KB240830

김유정 시집 동백꽃 외

김유정 지음

惠園出版社

그러나,
오늘은 웬일인지
어제와 같이 날도 맑고 산의 새들은
노래를 부르건만, 이쁜이는 아직도
나올 줄을 모른다.

차 례

일러두기

1. 이 책은 발췌 수록이 아닌 모든 작품의 전문을 수록하였다.
2. 표기는 원작에 충실했으되 오자는 현행 맞춤법에 따랐으며, 당시의 방언이나 속언은 살리되 의미 전달을 위해 가급적 현대 표기법을 따랐다.
3. 띄어쓰기는 개정된 한글 맞춤법에 따랐다.
4. 외래어는 현행 외래어 표기법에 따랐다.
5. 대화체와 인용은 " "부호로, 독백이나 생각은 ' '부호로 표기했다. 책명은 《 》로, 잡지나 신문명은 「 」부호로 표기하였다.
6. 이해하기 어려운 단어는 번호를 지정해 작품 말미에 뜻풀이를 해놓았다.
7. 이 책의 수록 순서는 연대순이다.

총각과 맹꽁이

잎잎이 비를 바라나 오늘도 그렇다. 풀잎은 먼지가 보얗게 나풀거린다. 말뚱한 하늘에는 불더미 같은 해가 눈을 크게 떴다.

땅은 달아서 뜨거운 김을 턱 밑에다 풍긴다. 호미를 옮겨 찍을 적마다 무더운 숨을 헉헉 뿜는다. 가물에 조잎은 앵생이[1]다. 가끔 엎드려 김 매는 이의 코며 눈퉁이를 찌른다. 호미는 퉁겨지며 쨍 소리를 때때로 낸다. 곳곳이 박힌 돌이다. 예사 밭이면 한 번 찍어 넘길 걸 서너 번 안 하면 흙이 일지 않는다.

콧등에서, 턱에서 땀은 물 흐르듯 떨어지며 호미자루를 적시고 또 흙에 스민다. 그들은 묵묵하였다. 조 밭고랑에 쭉 늘어 박혀서 머리를 숙이고 기어갈 뿐이다. 마치 땅을 파는 두더지처럼.

입을 벌리면 땀 한 방울이 더 흐를 것을 염려함이다. 그러자 어디서 말을 붙인다.

"어이 뜨거, 돌을 좀 밟았다가 혼났네."

"이놈의 것도 밭이라고 도지를 받아 처먹나."

"이제는 죽어도 너와는 품앗이 안 한다."

고 한 친구가 열을 내더니,

"씨 값으로 골치기나 하자구 도루 줘 버려라."

"이나마 없으면 먹을 게 있어야지!"

덕만이는 불안스러웠다. 호미를 놓고 옷깃으로 턱을 훑는다. 그리고 그편으로 물끄러미 고개를 돌린다. 가혹한 도지다. 입쌀 석 섬. 보리, 콩, 두 되의 소출은 근근 댓 섬. 나눠 먹기도 못 된다. 본디 밭이 아니다. 고목 느티나무 그늘에 가리어 여름날 오고가는 농군이 쉬던 정자 터이다. 그것을 지주가 무리로 갈아 도지를 놓아 먹는다. 콩을 심으면 잎나기가 고작이요 대부분이 열지를 않는 것이었다. 친구들은 일상 '덕만이가 사람이 병신스러워,' 하고 이 밭을 침 뱉어 비난하였다.

그러나 덕만이는 오히려 안 되는 콩을 탓할 뿐 올해는 조로 바꾸어 심은 것이었다.

"좀 쉬서들 하세!"

한 고랑을 마치고 덕만이는 일어서 고목께로 온다. 뒤묻어 땀바가지들이 옹게종게 모여든다. 돌 위에 한참 앉아 쉬더니 겨우 생기가 좀 돌았다. 곰방대들을 꺼내 문다. 혹은 대를 들고 담배 한 대 달라고 돌아치며 수선을 부린다.

"북새가 드네. 올 농사 또 헛하나 보다."

여러 눈이 일제히 말하는 시선을 더듬는다. 바람에 아른거리는 저편 버덩의 파란 볏잎을 이윽히 바라보았다. 염려스러이……

젊은 상투는 무척 시장하였다. 따로 떨어져 쭈그리고 앉았다. 고개를 폭 기울이고는 불평이 요만이 아니다.

"제미붙을, 배고파 일 못하겠네!"

"허기져 죽겠는걸, 허리가 착 까부러지는구나!"

옆에서 받는다.

"이 땀을 흘리고 에누리 없이 일할 수 있나? 진흥회 아니라 제 할

아비가 온대두!"

하고 또 뇌더니 아무도 대답이 없으매,

"개 ×두 없는 놈에게 호포[2]는 올려두 곁두리[3]만 안 먹으면 산담 그래!"

어조를 높여 일동에게 맞장구를 청한다.

"너는 그래두 괜찮아, 덕만이가 다 호포를 낼라구."

뚝건달 뭉태는 콧살을 찡긋이 비웃으며 바라본다. 네가 촌뜨기들이 떠들어 뭣하리 그보다……

"여보게들 오늘 참 들병이 온 것을 아나?"

이 말에 나이 찬 총각들은 귀가 번쩍 띄었다. 기쁜 소식이다. 그 입을 뻔히 쳐다보며 뒷말을 기다린다. 반갑기도 하려니와 한편으로는 의아하였다. 한참 바쁜 농시 방극[4]에 뭘 바라고 오느냐고 다 같은 질문이다.

그것은 들은 체 만 체 뭉태는 나무에 비스듬히 자빠져서 하늘로 눈만 껌벅인다. 그리고 홀로 침이 말라 칭찬이다.

"말갛고 살집 좋아라. 내려 씹어두 비린내두 없을걸! 제일 그 볼기짝 두두룩한 것이……"

"나이는?"

"스물둘, 한창 폈더라!"

"놈팽이 있나?"

예제서 슬근슬근 죄어 들며 묻는다.

"없어. 남편을 잃고서 홧김에 들병으로 돌아다니는 판이라네!"

"그럼 많이 돌아 먹었구면?"

"뭘 나이를 봐야지 숫배기더라."

"애 좋구나, 한잔 먹어 보자."

이쪽 저쪽서 수군거린다. 풍년이나 만난 듯이 야단들이다. 한구석에 앉았던 덕만이가 일어서 오더니 뭉태를 꾹 찍어 간다. 느티나무 뒤로 와서,

"성님 남편 없수?"

"그럼 정말이지!"

"나 좀 장가 들여 주. 한턱 내리다."

뭉태의 눈치를 훑는다. 의형이라 못할 말 없겠지만 그래도 어쩐지 얼굴이 후끈하였다.

"염려 말게. 그러나 돈이 좀 들걸!"

개울 건너서 덕만 어머니가 온다. 점심 광주리를 이고 더워서 허덕인다.

농군들은 일어서 소리치며 법석이다.

호미자루를 뽑아 호미등에다 길군악을 치는 놈도 있다.

"점심, 점심이다, 먹어야 산다!"

저녁이 들자 바람은 산들거린다. 뭉태는 제 집 바깥뜰에 보릿짚을 깔고 앉아서 동무 오기를 고대하였다. 덕만이가 제일 먼저 부리나케 내달았다. 뭉태 옆에 와 궁둥이를 내려놓으며 좀 머뭇거리더니,

"아까 말이 실토유. 꼭 장가 좀 들여 줘겨유."

"글쎄 나만 믿어. 설사 자네게 거짓말하겠나."

"성님만 믿우, 꼭 해 줘겨유."

하고 다지고,

"내, 내 닭 팔거든 호미씨샛날 단단히 한턱 하리다."

하고 또 한 번 굳게 다진다.

낮에 귀띔해 왔던 젊은측들이 하나둘 모인다. 약속대로 고스란히

여섯이 되었다. 모두들 일어서서 한 덩어리가 되어 수군거린다. 큰일이나 치러 가는 듯 이러자 저러자 의견이 분분하여 끝이 없다. 어떻게 해야 돈이 덜 들까가 문제다. 우리가 막걸리 석 되만 사 가지고 가자, 그래 계집더러 부으라고, 나중에 얼마간 주면 그만이다. 하니까 한편에선 그러지 말고 그 집으로 가서 술을 대고 퍼먹자, 그리고 시치미 딱 떼고 나오면, 하고 우기는 친구도 있다. 그러나 뭉태는 말하였다. 계집을 우리 집으로 부르자. 소주 세 병만 가져오래서 잔풀이로 시키는 것이 제일 점잖아.

술값은 각 추렴으로 할까 혹은 몇 사람이 술을 맡고 그 나머지는 안주를 할까를 토의할 제 덕만이는 선뜻 대답하였다. 오늘 밤 술값은 내 혼자 전부 물겠다고. 그리고 닭도 한 마리 내겠으니 아무쪼록 힘써 잘 해 달라고 뭉태에게 다시 당부하였다.

뭉태는 계집을 데리러 거리로 나갔다. 덕만이는 조금도 지체없이 오라 경계하였다. 그리고 제 집을 향하여 개울 언덕으로 올라 섰다. 산기슭에 내를 앞두고 놓았다. 방 한 칸, 부엌 한 칸 단 두 칸을 쌓아 올려 이엉으로 덮은 집이었다. 식구는 모자뿐. 아들이 일을 나가면 어머니도 따라 일찍 나갔다. 동네로 돌아다니며 일자리를 찾았다. 그리고 온종일 방아품을 팔아 밥을 얻다가 아들을 먹여 재우는 것이 그들의 살림이었다.

딸은 선채를 받고 놓았다. 아들 장가 들일 예정이던 것이 빚구멍 갚기에 시나브로[5] 녹여 버리고,

"그까짓 며느리쯤은 시시하다유."

하고 남들에게는 겉을 꺼리지만……

"언제나 돈이 있어 며느리를 좀 보나!"

돌아서 자탄을 마지않는 터이다. 반드시 장가는 들어야 한다.

덕만이는 언덕 밑에다 신을 벗었다. 그리고 큰 몸집을 사리어 사뿟 사뿟 집엘 들어섰다. 방문이 벌떡 나가떨어지고 집 안이 휭하다. 어머니는 자는 모양 닭장 문을 조심해 열었다. 손을 집어넣어 손에 닿는 대로 허구리께를 슬슬 긁어 주었다. 팔아서 등걸 잠방이 해 입는다는 닭이었다. 한 손이 재빠르게 모가지를 움켜잡자 다른 손이 날갯죽지를 훔키려 할 제 그만 빗났다. 한 놈이 풍기니까 뭇놈이 푸드득 하며 대구 골골거린다.

별안간,

"훼! 훼! 이 망할 년의 ×으로난 놈의 고양이!"

하고 줴박는 듯이 방에서 퇴나는 기색이더니,

"다 쫓았어유. 염려 말구 주무시여유!"

하니까,

"닭장 문 좀 꼭 얽어라."

소리뿐으로 다시 조용하다.

그는 무거운 숨을 돌렸다. 닭을 옆에 감추고 나는 듯 튀어나왔다. 그리고 뭉태 집으로 내달으며 그의 머리에 공상이 한두 가지가 아니었다. 뭉태가 예쁘달 때엔 어지간히 출중난 계집일 게다. 이런 걸 데리고 술장사를 한다면 그밖에 더 큰 수는 없다. 뒤 해만 잘 하면 소한 마리쯤은 낙자없이 떨어진다. 그리고 아들도 곧 낳아야 할 텐데 이거 무엇보다 큰 걱정이었다.

뭉태는 얼간하였다. 들병이를 혼자 껴안고 물리도록 시달린다.

두꺼운 입술을 이그리며,

"요것아, 소리 좀 해라, 아리랑 아리랑."

고갯짓으로 계집의 엉덩이를 두드린다. 좁은 봉당이 꽉 찼다. 상 하나 희미한 등잔을 복판에 두고 취한 얼굴이 청승궂게 죄어 앉았다. 다 같이 눈들은 계집에서 떠나지 않는다. 공석에서 벼룩은 들끓으며 등어리 정강이를 대구 뜯어 간다. 그러나 긁는 것은 사내의 체통이 아니다. 꾹 참고 제 치자로 계집 오기만 눈이 빨개 손꼽는다.

"술 좀 천천히 붓게유."

"그럼 일루 밤새유? 없으면 가친 자지유!"

계집은 곁눈을 주며 생긋 웃어 보인다. 덩달아 맹입이 맥없이 그리고 슬그머니 뺑긴다. 얼굴 까만 친구가 얼마 벼르다가 마코 한 개를 피워 올린다.

그리고 우격으로 끌어당겨 남보란 듯이 입을 맞춘다. 계집은 예사로 담배를 받아 피고는 생글거린다. 좌중은 뱀이 상했다. 양궐련 바람이 시다는 둥 이왕이면 속곳 밑 들고 인심 쓰라는 둥 별별 핀둥이가 다 들어온다.

"돌려라 돌려, 혼자만 주무르는 게야?"

목이 마르듯 사방에서 소리를 지르며 눈을 지릅 뜬다. 이 서슬에 계집은 일어서서 어디로 갈지를 몰라 술병을 들고 갈팡거린다. 덕만이는 따로 떨어져 봉당 끝에 구부리고 앉았다. 애꿎은 담배통만 돌에다 대고 두드린다. 암만 기다려도 뭉태는 저만 놀 뿐 인사를 아니 붙인다. 술은 제가 내련만 계집도 시시한지 눈 거들떠보지 않는다. 그래 입때 말 한마디 못 건네고 홀로 끙끙 앓는다. 봉당 아래 하얀 귀여운 신이 납죽 놓였다. 덕만이는 유심히 보았다. 돌아앉아서 남이 혹시 보지나 않나 살핀다. 그리고 퍼드러진 시커먼 흙발에다 그 신을 꿰고는 눈을 지그시 감아 보았다. 계집의 신이다. 다시 벗어 제 발에 꿰고는 짝없이 기뻐한다.

약물같이 개운한 밤이다. 버들 사이로 달빛은 해맑다. 목이 터지라고 맹꽁이는 노래 부른다. 암수놈이 의좋게 주고받는 사랑의 노래이었다. 이 소리를 들으매 불현듯 울화가 터졌다. 여지껏 누르고 눌러 오던 총각의 쿠더분한 울분이 모조리 폭발하였다. 에이 하치 못한 인생! 하고 제 몸을 책하고 난 뒤 계집의 앞으로 달려들어 무릎을 꿇었다. 두 손을 공손히 무릎 위에 얹었다. 그 행동이 너무나 쑥스럽고 남다르므로 벗들은 눈이 컸다.

"뵈기는 아까부터 뵈었으나 인사는 처음 여쭙니다."
하고 죽어 가는 음성으로 억지로 봉을 뗐다. 그로서는 참으로 큰 용기다.

"저는 강원두 춘천군 신면 중리 아랫말에 사는 김덕만입니다. 울 아버지가 성이 광산 김갑니다."
두 손을 자꾸 비비더니,

"어머니허구 단 두 식굽니다. 하치 못한 사람을 찾아 주셔서 너무 고맙습니다. 저는 서른넷인데두 총각입니다."

"?"
계집은 영문을 몰라 어안이 벙벙하다가,

"고만이올시다."
하며 이마를 기울여 절하는 것을 볼 때 참았던 고개가 절로 돌았다. 그리고 터지려는 웃음을 깨물다 재채기가 터져 버렸다.

"일테면 인사로군? 뭘 고만이야, 더 허지."
여기저기서 킥킥거린다. 그런 인사는 좀 됐다 하자구 핀잔이 들어온다. 모처럼 한 인사가 실패다. 그는 그 자리에서 일어나지도 못하고 얼굴이 벌개서 고개를 숙인 채 부처가 되었다.

새벽녘이다. 달이 지니 바깥은 검은 장막이 내린다.
세 친구는 봉당에 곯아떨어졌다. 술에 취한 게 아니라 어찌 지껄였던지 홍에 취하였다. 뭉태, 덕만이, 까만 얼굴, 세 사람이 마주 보며 앉았다. 제가끔 기회를 엿보나 맘대로 안 되며 속만 탈 뿐이다. 뭉태는 계집의 어깨를 잔뜩 부여잡고 부라질[6]을 한다. 실상은 안 취했건만 독단 주정이요 발광이다.

새매같이 쑤다가 계집 귀에다 눈치 빠르게 수군거리곤 그 옆구리를 꾹 찌르고,

"어이 술 췌. 소피 좀 보고 옴세."

벌떡 일어서 비틀거리며 싸리문 밖으로 나간다. 좀 있더니 계집이 마저 오줌 좀 누고 오겠노라고 나가 버린다. 덕만이는 실쭉허니 눈만 둥굴린다. 일이 내내 마음에 어그러지고 말았다. 그다지 믿었던 뭉태도 저 놀 구멍만 찾을 뿐으로 심심하다. 그리고 오줌은 만드는지 여태를 안 들어온다. 수상한 일이다. 그는 벌떡 일어서 문 밖으로 나왔다. 발 밑이 캄캄하다.

더듬어 가며 잿간, 낟가리, 나뭇더미 틈바귀를 샅샅이 내려 뒤졌다. 다시 발길을 돌리어 근방의 밭고랑을 뒤지기 시작하였다. 눈에서 불이 난다.

차차 동이 튼다. 젖빛 맑은 하늘이 품을 벌린다. 고운 봉우리, 험상궂은 봉우리, 이쪽 저쪽서 하나둘 툭툭 불거진다. 손뼉 같은 콩잎은 이슬을 머금고 우거졌다. 스칠 새 없이 다리에 척척 엉기며 물을 뿜는다. 한동안 헤갈을 하고서 밭 한복판 고랑에 콩잎에 가린 옷자락을 보았다. 다짜고짜로 달려들었다. 그러나,

"이게 무슨 짓이지유? 아까 뭐라구 마켓지유?"

하고는 저로도 창피스러워 뒤 칸 거리에서 다리가 멈칫하였다.

의형이라고 믿었던 게 불찰이다. 뭉태는 조금도 거침없었다. 고개도 안 돌리며,

"저리 가. 왜 사람이 눈치를 못 차리고 저 뻔새야."

화를 천둥같이 내지른다. 도리어 몰리니 기가 안 막힐 수 없다. 말문이 막혀 먹먹하다.

"그래 철석같이 장가 들여 주마 할 제는 언제유?"

하고 지지 않게 목청을 돋웠다.

"술값 내슈 가게유!"

손을 벌릴 때,

"나하고 안 살면 술값 못 내겠시우."

하고는 끝대로 배를 튀겼다.

눈은 눈물이 어리어 야속한 듯이 계집을 쏘았다. 계집은 술 먹고 술값 안 내는 경우가 뭐냐고 중언 부언 떠든다. 나중에는 내가 술 팔러 왔지 당신의 아내가 되어 온 것이 아니라고 좋이 타이르기까지 되었다.

뭉태는 시끄러웠다. 술값은 내가 주마고 계집의 팔을 이끌어 콩포기를 헤집고 길로 나가 버린다.

시위도 좀 해 봤으나 최후의 계획도 틀렸다. 덕만이는 아주 낙담하고 콩밭 복판에 멍허니 서서 그들의 뒷모양만 배웅한다. 계집이 길로 나서자 눈이 빠지게 기다리던 깜둥이 총각이 또 달려든다. 이것을 보니 가슴은 더욱 쓰라렸다. 동무가 빤히 지키고 서 있는데도 끌고 들어가는 그런 행세는 또 없을 게다. 눈물은 급기야 꺼칠한 윗수염을 거쳐 발등으로 줄줄 흘렀다.

이 집 저 집서 일꾼 나오는 것이 멀리 보인다. 연장을 들고 밭으로 논으로 제각기 흩어진다. 아주 활짝 밝았다.

덕만이는 금시로 콩밭을 튀어나왔다. 잿간 옆으로 달려들며 큰 돌멩이를 집어들었다. 마는 눈을 얼마 감고 있는 동안 단념하였는지 골

창⁷⁾으로 던져 버렸다. 주먹으로 눈물을 비비고는,

"살재두 나는 인전 안 살 터이유!"

하고 잿간을 향하여 소리를 질렀다.

그리고 제 집으로 설렁설렁 언덕을 내려간다. 그러나 맹꽁이는 여전히 소리를 끌어올린다. 골창에서 가장 비웃는 듯이 음충맞게 '맹!' 던지면 '꽁' 하고 간드러지게 받아넘긴다.

(1935년)

---

1) 앵생이 ― '앤생이'의 방언. 잔약한 사람이나 보잘것 없는 물건.

2) 호포 ― 조선 시대에, 봄·가을에 집집마다 내던 세.

3) 곁두리 ― 농부나 일꾼이 끼니 외에 참참이 먹는 음식.

4) 농시 방극(農時方劇) ― 농사일이 한창 바쁨.

5) 시나브로 ― 모르는 사이에 조금씩 조금씩.

6) 부라질 ― 젖먹이의 두 겨드랑이를 껴서 붙잡고 좌우로 흔들며 두 다리를 번갈아 오르내리게 하는 짓.

7) 골창 ― '고랑창'의 준말로, 좁고 깊은 고랑.

소낙비

　음산한 검은 구름이 하늘에 뭉게뭉게 모여드는 것이 금시라도 비한 줄기 할 듯하면서도 여전히 짓궂은 햇발은 겹겹 산 속에 묻힌 외진 마을을 통째로 자실 듯이 달구고 있었다. 이따금 생각나는 듯 살매들린 바람은 논밭간의 나무들을 뒤흔들며 미쳐 날뛰었다.

　산 밖으로 농군들을 멀리 품앗이 내보낸 안말의 공기는 쓸쓸하였다. 다만 맷맷한[1] 미루나무 숲에서 거칠어 가는 농촌을 읊는 듯, 매미의 애끓는 노래…….

　매움! 매애움!

　춘호는 자기 집 —— 올 봄에 5원을 주고 사서 들은 묵새긴[2] 오막살이 집 —— 방 문턱에 걸터앉아서 바른 주먹으로 턱을 괴고는 봉당[3]에서 저녁으로 때울 감자를 씻고 있는 아내를 묵묵히 노려보고 있었다. 그는 사날 밤이나 눈을 안 붙이고 성화를 하는 바람에 농사에 고리삭은[4] 그의 얼굴은 더욱 해쓱하였다.

　아내에게 다시 한번 졸라 보았다. 그러나 위협하는 어조로,

　"이봐, 그래 어떻게 돈 2원만 안 해 줄 테여?"

　아내는 역시 대답이 없었다. 갓 잡아온 새댁 모양으로 씻는 감자나

씻을 뿐 잠자코 있었다. 되나 안 되나 좌우간 이렇다 말이 없으니 춘호는 울화가 터져 죽을 지경이었다. 그는 타곳에서 떠돌아 온 몸이라 자기를 믿고 장리⁵⁾를 주는 사람도 없고 또는 그 알량한 집을 팔려 해도 단 2, 3원의 작자도 내닫지 않으므로 앞뒤가 꼭 막혔다. 마는 그래도 아내는 나이 젊고 얼굴 똑똑하겠다, 돈 2원쯤이야 어떻게라도 될 수 있겠기에 묻는 것인데 들은 체도 안 하니 썩 괘씸한 듯싶었다.

그는 배를 튀기며 다시 한번,

"돈 좀 안해 줄 테여?"

하고 소리를 빽 질렀다.

그러나 대꾸는 역시 없었다.

춘호는 노기 충천하여 불현듯 문지방을 떠다밀며 벌떡 일어섰다. 눈을 홉뜨고 벽에 기대인 지게 막대를 손에 잡자 아내의 옆으로 바람같이 달겨들었다.

"이년아, 기집 좋다는 게 뭐여. 남편의 근심도 덜어 주어야지, 끼고 자자는 기집이여?"

지게 막대는 아내의 연한 허리를 모질게 후렸다. 까부라지는 비명은 모지락스레 찌그러진 울타리 틈을 벗어 나간다. 잼처⁶⁾ 지게 막대는 앉은 채 고꾸라진 아내의 발 뒤축을 얼러 볼기를 내려갈겼다.

"이년아, 내가 언제부터 너에게 조르는 게여?"

범같이 호통을 치며 남편이 지게 막대를 공중으로 다시 올리며 모질음을 쓸 때 아내는,

"에그머니!"

하고 외마디를 질렀다. 연차여 몸을 뒤치자 거반 엎어질 듯이 싸리문 밖으로 내달렸다. 얼굴에 눈물이 흐른 채 황그리는⁷⁾ 설음으로 문 앞의 언덕을 내려와 개울을 건너고 맞은쪽에 뚫린 콩밭 길로 들어섰다.

"너, 네가 날 피하면 어디 갈 테여?"

발길을 막는 듯한 의미 있는 호령에 달아나던 아내는 다리가 멈칫하였다. 그는 고개를 돌리어 싸리문 안에 아직도 지게 막대를 들고 섰는 남편을 바라보았다. 어른에게 죄진 어린애같이 입만 종깃종깃하다가 남편이 뛰어나올까 겁이 나서 겨우 입을 열었다.

"쇠돌 엄마 집에 좀 다녀올게유."

쭈뼛쭈뼛 변명을 하고는 가던 길을 다시 횡하니 내걸었다. 아내라고 요새 이 돈 2원이 금시로 필요함을 모르는 바도 아니었다. 마는, 그의 자격으로나 노동으로나 돈 2원이란 감히 땅뜀도 못해[8] 볼 형편이었다. 벌이래야 하잘것없는 것 —— 아침에 일어나기가 무섭게 남에게 뒤질까 영산이 올라[9] 산으로 빼는 것이다. 조그만 종댕이를 허리에 달고 거한 산중에 드문드문 박혀 있는 도라지, 더덕을 찾아가는 것이었다. 깊은 산 속으로 우중충한 돌 틈바귀로 잔약한 몸으로 맨발에 짚신짝을 끌며 강파른 산등을 타고 돌려면 젖먹던 힘까지 녹아 내리는 듯 진땀이 머리로부터 발끝까지 쭉 흘러내린다.

아랫도리를 단 외겹으로 두른 낡은 치맛자락은 다리로, 허리로 척척 엉기어 걸음을 방해하였다. 땀에 불은 종아리는 거친 숲에 긁혀 매어 그 쓰라림이 말이 아니다. 게다가 무거운 흙내는 숨이 탁탁 막히도록 가슴을 찌른다. 그러나 삶에 발버둥치는 순진한 그의 머리는 아무 불평도 일지 않았다.

가물에 콩 나기로 어쩌다 도라지순이라도 어지러운 숲 속에 하나 둘 뾰족이 뻗어 오른 것을 보면 그는 그래도 기쁨에 넘치는 미소를 띠었다. 때로는 바위도 기어올랐다. 정히 못 기어오를 그런 험한 곳이면 칡덩굴에 매달리기도 하는 것이었다. 땟국에 절은 무명 적삼은 벗어서 허리춤에다 꾹 찌르고는 호랑이 숲이라 이름난 강원도 산골에 매달려 기를 쓰고 허비적거린다. 골바람은 지날 적마다 알몸을 두른 치맛자락을 공중으로 날린다. 그제마다 검붉은 볼기짝을 사양없이 내보이는 칡덩굴이 그를 본다면, 배를 움켜쥐어도 다 못 볼 것이다. 마는, 다행히 그윽한 산골이라 그 꼴을 비웃는 놈은 뻐꾸기뿐이었다.

이리하여 해동갑[10]으로 해갈을 하고 나면 캐어 모은 도라지, 더덕은 얼러 사발 가웃[11], 혹은 두어 사발 남짓하게 되는 것이다. 그러면 동리로 내려와 주막 거리에 가서 그걸 내주고 보리쌀과 사발 바꿈을 하였다. 그러나 요즘엔 그나마도 철이 겨워 소출이 없다. 그 대신 남의 보리 방아를 온종일 찧어 주고 보리밥 그릇이나 얻어다가는 집으로 돌아와 농토를 못 얻어 뻔뻔히 노는 남편과 같이 나누는 것이 그날 하루하루의 생활이었다. 그러고 보니 돈 2원은커녕 당장 목을 딴대도 피도 나올지가 의문이었다.

만약 돈 2원을 돌린다면 아는 집에서 보리라도 꾸어 파는 수밖에는 다른 도리가 없다. 그리고 온 동리의 아낙네들이 치맛바람에 팔자 고쳤다고 쑥덕거리며 은근히 시새우는 쇠돌 엄마가 아니고는 노는 벌이를 가진 사람이 없다. 그런데 도둑이 제 발 저리다고 그는 자기 꼴 주제에 제물에 눌려서 호사로운 쇠돌 엄마에게는 죽어도 가고 싶지 않았다. 쇠돌 엄마도 처음에는 자기와 같이 천한 농부의 계집이련만 어쩌다 하늘이 도와 동리의 부자 양반 이 주사와 은근히 배가 맞은 뒤로는 얼굴도 모양내고, 옷치장도 하고, 밥 걱정도 안 하고 하여 아주 금방석에 뒹구는 팔자가 되었다.

그리고 쇠돌 아버지도 이게 웬 땡이난 듯이 아내를 내어놓은 채 눈을 살짝 감아 버리고 이 주사에게서 나온 옷이나 입고, 주는 쌀이나 먹고 연년이 신통치 못한 자기 농사에는 한 손을 떼고는 희짜를 뽑는[12] 것이 아닌가.

사실 말인즉, 춘호 처가 쇠돌 엄마에게 죽어도 아니 가려는 그 속 까닭은 정작 여기 있었다.

바로 지난 늦은 봄, 달이 뚫어지게 밝은 어느 밤이었다.

춘호가 보름 계추를 보러 산모퉁이로 나간 것이 이슥하여도 돌아오지 않으므로 집에서 기다리던 아내가 인제 자고 오려나 생각하고는 막 드러누워 잠이 들려니까 웬 난데없는 황소 같은 놈이 뛰어들었다. 허둥지둥 춘호 처를 마구 깔다가 놀라서 으악 소리를 지르는 바람에, 그냥 달아난 일이 있었다. 어수룩한 시골 일이라 별반 풍설도 아니 나고 쓱싹 되었으나 며칠이 지난 뒤에야 그것이 동리의 부자 이 주사의 소행임을 비로소 눈치채었다.

그런 까닭으로 해서 춘호 처는 쇠돌 엄마와 직접 관계는 없단대도 그를 대하면 공연스레 얼굴이 뜨뜻하여지고 몹시 어색하였다. 죄나 진 듯이⋯⋯.

그리고 더욱이 쇠돌 엄마가,

"새댁, 나는 속옷이 세 개구, 버선이 네 벌이구 행."

하며, 아주 좋다고 핸들대는 꼴을 보면 혹시 자기에게 한 점을 두고서 비양거리는 거나 아닌가 하는 옥생각[13]으로 무안해서 고개도 못 들었다.

한편으로는 자기도 좀만 잘했다면 지금쯤은 쇠돌 엄마처럼 호강을 할 수 있었을 그런 갸륵한 기회를 깝살려[14] 버린 자기 행동에 대한 후회와 애탄으로 말미암아 마음을 괴롭히는 그 쓰라림도 적지 않았다. 그러나 아무러한 욕을 보더라도 나날이 심해 가는 남편의 무지한 매보다는 그래도 좀 헐할 게다. 오늘은 한맘 멈고 쇠돌 엄마를 찾아가려는 것이었다.

춘호 처는 이번 걸음이 헛발이나 안 칠까 일념으로 심화를 하며 수양버들이 쭉 늘여 박힌 논두렁 길로 들어섰다.

그는 시골 아낙네로는 용모가 매우 반반하였다. 좀 야윈 듯한 몸매는 호리호리한 것이 소위 동리의 문자대로 외입깨나 하염직한 얼굴이었으되 추레한 의복이며 퀴퀴한 냄새는 거지를 볼지른다.

그는 왼손, 바른손으로 겨끔내기¹⁵⁾로 치맛귀를 여며 가며 속살이 삐질까 조심조심 걸었다. 감사나운¹⁶⁾ 구름 송이가 하늘 신폭을 휘덮고는 차츰차츰 지면으로 처져 내리더니 그예 산봉우리에 엉기어 살풍경이 되고 만다. 먼 데서 개 짖는 소리가 앞뒷산을 한적하게 울린다. 빗방울은 하나 둘 떨어지기 시작하더니 차차 굵어지며 무더기로 퍼부어 내린다.

춘호 처는 길가에 늘어진 밤나무 밑으로 뛰어들어가 비를 그으며 쇠돌 엄마 집으로 멀리 바라보았다. 북쪽 산기슭 높직한 울타리로 뺑 돌려 두르고 앉았는 오목하고 맵시 있는 집이 그 집이었다. 그런데 싸리문이 꼭 닫힌 걸 보면 아마 쇠돌 엄마가 농군청에 저녁 제누리를 나르러 가서 아직 돌아오지 않은 모양이었다.

그는 쇠돌 엄마 오기를 지켜 보며 우두커니 서서 기다리고 있었다.

나뭇잎에서 빗방울은 뚝뚝 떨어지며 그의 뺨을 흘러 젖가슴으로 스며든다. 바람은 지날 적마다 냉기와 함께 굵은 빗발을 몸에 들이친다. 비에 쪼르륵 젖은 치마가 몸에 찰싹 감기어 허리로, 궁둥이로, 다리로, 살의 윤곽이 그대로 비쳐 올랐다.

무던히 기다렸으나 쇠돌 엄마는 오지 않았다. 하도 진력이 나서 하품을 하여 가며 정신없이 서 있노라니 왼편 언덕에서 사람 오는 발자국 소리가 들린다. 그는 고개를 돌려 보았다. 그러나 날쌔게 나무 틈으로 몸을 숨겼다. 동이배를 가진 이 주사가 지우산을 받쳐 쓰고는 쇠돌네 집을 향하여 엉덩이를 껍죽거리며 내려가는 길이었다. 비록 키는 작달막하나 숱 좋은 수염이라든지, 온 동리를 털어야 단 하나뿐인 탕건이든지, 썩 풍채 좋은 오십 전후의 양반이다.

그는 싸리문 앞으로 가더니 자기 집처럼 거침없이 문을 떠다밀고는 속으로 버젓이 들어가 버린다.

이것을 보니 춘호 처는 다시금 속이 편치 않았다. 자기는 개돼지같이 무시로 매만 맞고 돌아치는 천덕구니다. 안팎으로 겹귀염을 받으며 간들대는 쇠돌 엄마와 사람된 치수가 두드러지게 다름을 그는 알 수 있었다. 쇠돌 엄마의 호강을 너무나 부럽게 우러러보는 반동으로 자기도 잘했더라면 하는 턱없는 희망과 후회가 전보다 몇 갑절 쓰린 맛으로 그의 가슴을 찌부러뜨렸다.

쇠돌네 집을 하염없이 건너다보다가 어느덧 저도 모르게 긴 한숨이 굴러 내린다. 언덕에서 쓸려 내리는 사댓물[17]이 발등까지 개흙으로 덮으며 소리쳐 흐른다. 빗물에 푹 젖은 몸뚱어리는 점점 떨리기 시작한다.

그는 가볍게 몸서리를 쳤다. 그리고 당황한 시선으로 사방을 경계하여 보았다. 아무도 보이지 않았다. 다시 시선을 돌리어 그 집을 쏘아보며 속으로 궁리하여 보았다. 안에는 확실히 이 주사뿐일 게다. 그때까지 걸렸던 싸리문이라든지 또는 울타리에 넌 빨래를 여태 안 걷어들이는 것을 보면, 어떤 맹세를 두고라도 분명히 이 주사 외의 다른 사람은 하나도 없을 것이다.

그는 마음놓고 비를 맞아 가며 그 집으로 달려들었다. 봉당으로 선뜻 뛰어오르며,

"쇠돌 엄마 기슈?"

하고 인기를 내보았다.

물론 당자의 대답은 없었다. 그 대신 그 음성이 나자 안방에서 이 주사가 번개같이 머리를 내밀었다. 자기 딴은 꿈 밖이란 듯, 눈을 두 리번두리번 하더니 옷 위로 불거진 춘호 처의 젖가슴, 아랫배, 넓적다 리, 발등까지 슬쩍 음흉히 훑어보고는 거나한 낯으로 빙그레 한다. 그 리고 자기도 봉당으로 주춤주춤 나오며,

　"쇠돌 엄마 말인가? 왜 지금 막 나갔지. 곧 온댔으니 안방에 좀 들 어가 기다렸으면."

하고 매우 일이 딱한 듯이 어름어름한다.

　"이 비에 어딜 갔에유?"

　"지금 요 밖에 좀 나갔지, 그러나 곧 올걸……."

　"있는 줄 알고 왔는디……."

　춘호 처는 이렇게 혼잣말로 낙심하며 섭섭한 낯으로 머뭇머뭇하다 가 그냥 돌아갈 듯이 봉당 아래로 내려섰다.

　이 주사를 쳐다보며 물차는 제비같이 산드러지게,[18]

　"그럼 요담에 오겠에유, 안녕히 계시유."

하고 작별의 인사를 올린다.

　"지금 곧 온댔는데, 좀 기다리지……."

　"담에 또 오지유."

　"아닐세, 좀 기다리게, 여보게, 여보게, 이봐!"

　춘호 처가 간다는 바람에 이 주사는 체면도 모르고 기가 올랐다. 허둥거리며 재간껏 만류하였으나 암만 해도 안 될 듯싶다. 춘호 처가 여기엘 찾아온 것도 큰 기적이려니와 뇌성벽력에 구석진 곳이겠다 이 렇게 솔깃한 기회는 두 번 다시 못 볼 것이다. 그는 눈이 뒤집히어 입 에 물었던 장죽을 쭉 뽑아 방 안으로 치뜨리고는 계집의 허리를 뒤로 다짜고짜 끌어안아서 봉당 위로 끌어올렸다.

계집은 몹시 놀라며,

"왜 이러서유, 이거 노세유."

하고 몸을 뿌리치려고 앙탈을 한다.

"아니, 잠깐만."

이 주사는 그래도 놓지 않으며 허겁스러운 눈짓으로 계집을 달랜다.

흘러내리는 고의춤을 왼손으로 연신 치우치며 바른팔로는 계집을 잔뜩 움켜잡고 엄두를 못 내어 쩔쩔매다가 간신히 방 안으로 끙끙 몰아넣었다. 안으로 문고리는 재빠르게 채이었다.

밖에서는 모진 빗방울이 배춧잎에 부딪치는 소리, 바람에 나무 떠는 소리가 요란하다. 가끔 양철통을 내려 굴리는 듯 거푸진[19] 천둥소리가 방고래를 울리며 날은 점점 침침하여 갔다.

얼마쯤 지난 뒤였다. 이만 하면 길이 들었으려니 안심하고 이 주사는 날숨을 후우, 하고 돌린다. 실없이 고마운 비 때문에 발악도 못 치고 앙살도 못 피우고 무릎 앞에 고분고분 늘어져 있는 계집을 대견히 바라보며 빙긋이 얼러 보았다. 계집은 온몸에 진땀이 쭉 흐르는 것이 꽤 더운 모양이다.

벽에 걸린 쇠돌 어멈의 적삼을 꺼내어 계집의 몸을 말쑥하게 홀닦기 시작했다. 발끝서부터 얼굴까지…….

"너 열아홉이지?"

하고 이 주사는 취한 얼굴로 얼간히 물어 보았다.

"니에."

하고 메떨어진[20] 대답.

계집은 이 주사의 손에 눌리어 일어나도 못하고 죽은 듯이 가만히 누워 있었다.

이 주사는 계집의 몸을 다 씻고 나서 한숨을 내뿜으며 담배를 한 대 턱 피워 물었다.

"그래, 요새도 서방에게 주리경을 치느냐?"

하고 묻다가 아무 대답도 없으매,

"원 그래서야 어떻게 산단 말이냐, 하루 이틀이 아니고. 사람의 일이란 알 수 있는 거냐? 그러다 혹시 맞아 죽으면 정장[21] 하나 해 볼 곳 없는 거야. 허니, 네 명이 아까우면 덮어놓고 민적을 가르는 게 낫겠지."

하고, 계집의 신변을 위하여 염려를 마지않다가 번뜻 한 가지 궁금한 것이 있었다.

"너 참, 아이 낳았다 죽었다더구나?"

"니에."

"어디 난 듯이나 싶으냐?"

계집은 얼굴이 홍당무가 되어지며 아무 말 못하고 고개를 외면하였다.

이 주사도 그까짓 것 더 묻지 않았다. 그런데 웬 녀석의 냄새인지 무생채 썩는 듯한 시크무레한 악취가 불시로 코청을 찌르니 눈살을 찌푸리지 않을 수 없다. 처음에야 그런 줄은 소통 몰랐더니 알고 보니까 비위가 좋이 역하였다.

그는 빨고 있는 담배통으로 계집의 배꼽께를 똑똑히 가리키며,

"얘, 이 살의 때꼽 좀 봐라. 그래 물이 흔한데 이것 좀 못 씻는단 말이냐?"

하고, 모처럼의 기분을 상한 것이 앵하단[22] 듯이 꺼림한 기색으로 혀를 찼다. 하지만 계집이 참다 참다 이내 무안에 못 이기어 일어나 치마를 입으려 하니 그는 역정을 벌컥 내었다. 옷을 빼앗아 구석으로 동

댕이를 치고는 다시 그 자리에 끌어 앉혔다. 그리고 자기 딸이나 책하듯이 아주 대범하게 꾸짖었다.

"왜 그리 계집이 달망대니? 좀 듬직지가 못하구……"

춘호 처가 그 집을 나선 것은 들어간 지 약 2시간 만이었다.

비가 여전히 쭉쭉 내린다. 그는 진땀을 있는 대로 흠뻑 쏟고 나왔다. 그러나 의외로, 아니 천행으로 오늘 일은 성공이었다.

그는 몸을 솟치며 생긋하였다. 그런 모욕과 수치는 난생 처음 당하는 봉변으로, 지랄 중에도 몹쓸 지랄이었으나 성공은 성공이었다. 복을 받으려면 반드시 고생이 따르는 법이니 이까짓 거야 골백 번 당한대도 남편에게 매나 안 맞고 의좋게 살 수만 있다면 그는 사양치 않을 것이다. 이 주사를 하늘같이, 은인같이 여겼다. 남편에게 부쳐먹을 농토를 줄 테니 자기의 첩이 되라는 그 말도 죄송하였으나, 더욱이 돈 2원을 줄 게 내일 이맘때 쇠돌네 집으로 넌지시 만나자는 그 말은 무엇보다도 고마웠고 벅찬 짐이나 푼 듯 마음이 홀가분하였다. 다만 애켜이는 것은 자기의 행실이 만약 남편에게 발각되는 나절에는 대매에 맞아 죽을 것이다.

그는 일변 기뻐하며 일변 애를 태우며 자기 집을 향하여 세차게 쏟아지는 빗속을 가분가분 내려달렸다.

춘호는 아직도 분이 못 풀리어 뿌루퉁하니 홀로 앉았다. 그는 자기의 고향인 인제를 등진 지 벌써 3년이 되었다. 해를 이어 흉작에 농작물은 잘못되고 따라 빚쟁이들의 위협과 악다구니는 날로 심하였다.

마침내 하릴없이 집 세간살이를 그대로 내버리고 알몸으로 밤도주하였던 것이다. 살기 좋은 곳을 찾는다고 나 어린 아내의 손을 끌고 이 산 저 산을 넘어 표랑하였다. 그러나 우정 찾아든 곳이 고작 이 마을이나, 산 속은 역시 일반이다. 어느 산골엘 가 호미를 잡아 보아도

정은 조그만치도 안 붙었고, 거기에는 오직 쌀쌀한 불안과 굶주림이 품을 벌려 그를 맞을 뿐이었다. 터무니없다 하여 농토를 안 준다. 일 구멍이 없으매 품을 못 판다. 밥이 없다. 결국에 그는 피폐하여 가는 농민 사이를 감도는 엉뚱한 투기심에 몸이 달떴다.

요사이 며칠 동안을 두고 요 너머 뒷산 속에서 밤마다 큰 노름판이 벌어지는 기미를 알았다. 그는 자기도 한몫 보려고 끼룩거렸으나[23] 좀체로 밑천을 만들 수가 없었다. 2원! 수나 좋아서 이 2원이 조화만 잘 한다면 금시 발복이 못 된다고 누가 단언할 수 있으랴! 3, 40원 따서 동리의 빚이나 대충 가리고 옷 한 벌 지어 입고는 진저리나는 이 산골을 떠나려는 것이 그의 배포였다. 서울로 올라가 아내는 안잠을 재우고[24] 자기는 노동을 하고, 둘이서 다부지게 벌면 안락한 생활을 할 수가 있을 텐데, 이런 산 구석에서 굶어 죽을 맛이야 없었다. 그래서 젊은 아내에게 돈 좀 해 오라니까 요리 매낀 조리 매낀 매만 피하고 곁들어 주지 않으니 그 소행이 여간 괘씸한 것이 아니다.

아내가 물에 빠진 생쥐 꼴을 하고 집으로 달려들자 미처 입도 벌리기 전에 남편은 이를 악물고 주먹뺨을 냅다 붙인다.

"너, 이년, 매만 살살 피하고 어디 가 자빠졌다 왔니?"

볼치 한 대를 얻어맞고 아내는 오기가 질리어 벙벙하였다. 그래도 직성이 못 풀리어 남편이 다시 매를 손에 잡으려 하니 아내는 질겁을 하여 살려 달라고 두 손으로 빌며 개신개신[25] 입을 열었다.

"낼 되유…… 낼. 돈, 낼 되유."

하며 돈이 변통됨을 삼가 아뢰는 그의 음성은 절반이 울음이었다. 남편이 반신 반의하여 눈을 찡긋하다가,

"낼?"

하고 목청을 돋웠다.

"네, 낼 된다유"

"꼭 되여?"

"네, 낼 된다유."

남편은 시골 물정에 능통하니만치 난데없는 돈 2원이 어디서 어떻게 되는 것까지는 추궁해 물으려 하지 않았다. 그는 적이 안심한 얼굴로 방 문턱에 걸터앉으며 담뱃대에 불을 그었다. 그제야 비로소 아내도 마음을 놓고 감자를 삶으러 부엌으로 들어가려 하니 남편이 곁으로 걸어오며 측은한 듯이 말리었다.

"병 나, 방에 들어가 어여 옷이나 말리여. 감자는 내 삶을게."

먹물같이 짙은 밤이 내리었다. 비는 더욱 소리를 치며 앙상한 그들의 방 벽을 앞뒤로 울린다. 천장에서 비는 새지 않으나 집 지은 지가 오래 되어 고래가 물러앉았다시피 된 방이라 도배를 못한 방바닥에는 물이 스며들어 귀죽죽하다.

거기다 거적 두 잎만 덩그렇게 깔아 놓은 것이 그들의 침소였다. 석윳불은 없어 캄캄한 바로 지옥이다. 벼룩은 사방에서 마냥 스물거린다.

그러나 등걸잠²⁶⁾에 익숙한 그들은 천역덕스럽게 나란히 누워 줄기차게 퍼붓는 밤 빗소리를 귀담아 듣고 있었다. 가난으로 인하여 부부 간의 애틋한 정을 모르고 나날이 매질로 불평과 원한 중에서 복대기는 그들도 이 밤에는 불시로 화목하였다. 단지 남편의 품에 들은 돈 2원을 꿈꾸어 보고도.

"서울 언제 갈라유?"

남편의 왼팔을 베고 누웠던 아내가 남편을 향하여 응석 비슷이 물어 보았다. 그는 남편에게 서울의 화려한 거리며, 후한 인심에 대하여 여러 번 들은 바 있어 일상 안타까운 마음으로 몽상은 하여 보았으나

실지 구경은 못하였다. 얼른 이 고생을 벗어나 살기 좋은 서울로 가고
싶은 생각이 간절하였다.

"곧 가게 되겠지, 빚만 좀 없어도 가뜬하련만."

"빚은 낭종 갚더라도 얼핀 갑세다유."

"염려 없어, 이 달 안으로 꼭 가게 될 거니까."

남편은 썩 쾌히 승낙하였다. 딴은 그는 동리에서 일컬어 주는 질꾼
으로 투전장의 가보쯤은 시루에 콩나물 뽑듯하는 명수였다. 내일 밤
2원을 가지고 벼락같이 노름판에 달려가서 있는 돈이란 깡그리 모집
어 올 생각을 하니 그는 은근히 기뻤다. 그리고 교묘한 자기의 손재간
을 홀로 뽐내었다.

"이번이 서울 첨이지?"

하매, 그는 서울 바람 좀 한번 쐬었다고 큰 체를 하며 팔로 아내의 머
리를 흔들어 물어 보았다. 성미가 워낙 겁겁한지라[27] 지금부터 서울
갈 준비를 착착 하고 싶었다. 그가 제일 걱정되는 것은 둠 구석에 놓
아 자라 먹은 아내를 데리고 가면 서울 사람에게 놀림도 받을 게고
거리끼는 일이 많을 듯싶었다. 그래서 서울 가면 꼭 지켜야 할 필수
조건을 아내에게 일일이 설명치 않을 수 없었다.

첫째, 사투리에 대한 주의부터 시작되었다. 농민이 서울 사람에게
'꼬라리'라는 별명으로 감 잡히는 그 이유는 무엇보다도 사투리에 있
을지니 사투리는 쓰지 말며, '합세'를 '하십니까'로, '하게유'를 '하
오'로 고치되 말끝을 들지 말지라, 또 거리에서 어릿어릿하는 것은 내
가 시골뜨기요 하는 얼뜬 짓이니 갈 길은 재게[28] 가고 볼 눈은 또릿
또릿이 볼지라 하는 것들이었다. 아내는 그 끔찍한 설교를 귀담아 들
으며 모기 소리로,

"네, 네."

를 하였다.

남편은 뒤 시간 가량을 샐 틈 없이 꼼꼼하게 주의를 다져 놓고는 서울의 풍습이며 생활 방침 등을 자기의 의견대로, 그럴싸하게 이야기하여 오다가 말끝이 어느덧 화장술에 이르게 되었다. 시골 여자가 서울에 가서 안잠을 잘 자 주면 몇 해 후에는 집까지 얻어 갖는 수가 있는데, 거기에는 얼굴이 예뻐야 한다는 소문을 들은 바 있어 하는 소리였다.

"그래서 날마닥 기름도 바르고, 분도 바르고, 버선도 신고 해서 쥔 마음에 썩 들어야……"

한참 신바람이 올라 주워섬기다가 옆에서 쌔근쌔근 소리가 들리므로 고개를 돌려 보니 아내는 이미 곯아떨어져 잠이 깊었다.

"이런 망할 거, 남 말하는데 자빠져 잔담."

남편은 혼자 중얼거리며 바른팔을 들어 이마 위로 흐트러진 아내의 머리칼을 뒤로 쓰다듬어 넘긴다.

세상에 귀한 것은 자기 아내! 명색이 남편이며 이날까지 옷 한 벌 변변히 못해 입히고 고생만 짓시킨 그 죄가 너무나 큰 듯 가슴이 뻐근하였다. 그는 왁살스러운[29] 팔로 아내의 허리를 꼭 껴안아 자기의 앞으로 바특이[30] 끌어당겼다.

밤새도록 줄기차게 내리던 빗소리가 아침에 이르러서야 겨우 그치고 점심때에는 생기로운 볕까지 들었다.

쿨렁쿨렁 눈물 나는 소리는 요란히 들린다. 시내에서 고기 잡는 아이들의 고함이며, 농부들의 희희낙락한 메나리[31]도 기운차게 들린다. 비는 춘호의 근심도 씻어 간 듯 오늘은 그에게도 즐거운 빛이 보였다.

"저녁 제누리 때 되었을걸, 얼른 빗고 가 봐……"

그는 갈증이 나서 아내를 대고[32] 재촉하였다.

"아직 멀었어유."

"뭘!"

아내는 남편의 말대로 벌써부터 머리를 빗고 앉았으나 원체 달포나 아니 가리어[33] 엉클어진 머리가 시간이 꽤 걸렸다.

그는 호랑이 같은 남편과 오랜만에 정다운 정을 바꾸어 보니 근래에 볼 수 없는 화색이 얼굴에 떠올랐다.

어느 때에는 매적하게 생글생글 웃어도 보았다.

아내가 꼼지작거리는 것이 보기에 퍽이나 갑갑하였다. 남편은 아내 손에서 얼레빗을 쑥 뽑아 들고는 시원스레 쭉쭉 내려 빗긴다. 다 빗긴 뒤, 옆에 있는 밥사발의 물을 손바닥에 연신 칠해 가며 머리에다 번지르르하게 발라 놓았다. 그래 놓고 위에서부터 머리칼을 재워 가며 맵시 있게 쪽을 딱 찔러 주더니, 오늘 아침에 한사코 공을 들여 삼아 놓았던 짚신을 아내의 발에 신기고 주먹으로 자근자근 골을 내주었다.

"인제 가 봐!"

하다가,

"바루 곧 와, 응?"

하고 남편은 2원을 고이 받고자 손색 없도록, 실패 없도록 아내를 모양내 보냈다.

(1935년)

---

1) 맷맷하다 — (생김새가) 거침새 없이 곧고 길다.

2) 묵새기다 — 별로 하는 일 없이 한 곳에 오래 머무르며 날을 보내다.

3) 봉당 — 안방과 건넌방 사이의 마루를 놓을 자리를 흙바닥 그대로 둔 곳.

4) 고리삭다 — (젊은이의 말이나 행동이) 풀이 죽어 늙은이 같다.

5) 장리(長利) — 곡식을 꾸어 주고 받을 때에 본디 곡식의 절반을 받는 변리.

6) 잼처 ― 어떤 일에 바로 뒤이어 거듭.

7) 황그리다 ― 욕되리만큼 매우 낭패를 당하다.

8) 땅띔(도) 못하다 ― 생각조차 못하다.

9) 영산오르다 ― '신나다'를 속되게 이르는 말.

10) 해동갑 ― 어떤 일을 해질 무렵까지 계속함.

11) 가웃 ― 되·말·자의 수를 셀 때, 그 단위의 약 반에 해당되는 분량이 더 있음을 나타내는 말.

12) 희짜뽑다 ― 짐짓 희떱게 굴다.

13) 옥생각 ― 옹졸하게 하는 생각.

14) 깝살거리다 ― (찾아온 사람을) 따돌려 보내다.

15) 겨끔내기 ― 서로 번갈아 하기.

16) 감사납다 ― 모양이나 생각이 억세고 사납다.

17) 사탯물 ― 높은 언덕이나 산비탈 또는 쌓인 눈 따위가 무너져 내려앉는 일, 또 그 무너진 것이 빗물과 함께 섞인 것.

18) 산드러지다 ― 태도가 맵시 있고 경쾌하다.

19) 거푸지다 ― 언행이 씩씩하다.

20) 메떨어지다 ― (모양·말·행동 등이) 어울리지 않고 촌스럽다.

21) 정장(呈狀) ― 소장(訴狀)을 관청에 바치는 것.

22) 앵하다 ― 손해를 보아서 마음이 분하고 아깝다.

23) 끼룩거리다 ― 무엇을 내다보거나 삼키려 할 때 목을 길게 빼어 앞으로 자꾸 쑥쑥 내밀다.

24) 안잠자다 ― 여자가 남의 집에서 자면서 일을 해 주고 살다.

25) 개신개신 ― 게으르거나 약한 사람이 힘없이 움직이다.

26) 등걸잠 ― 덮개 없이 옷을 입은 채 아무 데나 쓰러져 자는 잠.

27) 겁겁하다 ― 성미가 급하여 참을성이 없다.

28) 재게 ― 동작이 빠르고 민첩하다.

29) 왁살스럽다 ― 우악한 데가 있다.

30) 바특이 ― 두 물체 사이가 썩 가깝다.

31) 메나리 ― 농부들이 논밭에서 일하면서 부르는 농부가의 하나.

32) 대고 ― 무리하게 자꾸.

33) 가리다 ― 머리를 대강 빗다.

노다지

  그믐 칠야 캄캄한 밤이었다. 하늘에 별은 깨알같이 총총 박혔다. 그 덕으로 솔숲 속은 간신히 희미하였다. 험한 산중에도 우중충하고 구석배기 외딴 곳이다. 버석만 하여도 가슴이 덜렁한다. 산골 호생원! 만귀는 잠잠하다.[1] 가을은 이미 늦었다고 냉기는 모질다. 이슬을 품은 가랑잎은 바스락 날아들며 얼굴을 추긴다.

  꽁보는 바랑을 모로 비고[2] 풀 위에 꼬부리고 누웠다가 잠깐 깜박하였다. 다시 눈이 띠었을 적에는 몸서리가 몹시 나온다. 형은 맞은편에 그저 웅크리고 앉았는 모양이다.

  "성님, 인저 시작해 볼라우!"

  "아즉 멀었네, 좀 칩더라도 찬찬히 해야지……."

  어둠 속에서 그 음성만 우렁차게, 그러나 가만히 들릴 뿐이다. 연모[3]를 고치는지 마치 쇠 부딪는 소리와 아울러 부스럭거린다. 꽁보는 다시 옹송그리고[4] 새우잠으로 눈을 감았다. 야기에 옷은 젖어 후줄근하다. 꽁보는 정신이 번쩍 나서 눈을 둥글린다.

  "누가 오는 게 아뉴?"

  "바람이겠지, 즈들이 설마 알라구."

신청부같은[5) 그 대답에 적이 맘이 놓인다.

옆에 형만 있으면야 몇 놈쯤 오기로서니 그리 쪼일 게 없다. 적삼의 깃을 여미며 휘돌아보았다. 감때사나운 큰 바위가 반득이는 하늘을 찌를 듯이 삐쭉 솟았다. 그 양 어깨로 자즈레한 바위는 뭉글뭉글한 놈이 검은 구름 같다. 그러면 이번에는 꿈인지 호랑인지 영문 모를 그런 험상궂은 대가리가 공중에 불끈 나타나 두리번거린다. 사방은 모두 이 따위 산에 둘렸다. 바람은 뻗질나게 구르며 습기와 함께 낙엽을 풍긴다. 을씨년스리 샘물은 노냥[6) 쫄랑, 쫄랑, 금시라도 시커먼 산 중턱에서 호랑이 불이 보일 듯싶다. 꼼짝 못할 함정에 들은 듯이 소름이 쭉 돋는다.

꽁보는 너무 서먹서먹하고 허전하여 어깨를 으쓱 올린다. 몹쓸 놈의 산골도 다 많어이, 산골마다 모조리 요지경이람! 이러고 보니 몹시 무서운 기억이 눈앞으로 번쩍 지난다.

바로 작년 이맘때이다. 그날도 오늘과 같이 밤을 도와 잠채[7)를 하러 갔던 것이다. 회양 근방에도 가장 험하다는 마치 이렇게 휘하고[8) 낯선 산골을 기어올랐다. 꽁보에 더펄이, 그리고 또 다른 동무 셋과. 초저녁부터 내리는 보슬비가 웬일인지 그칠 줄을 모른다.

붕 —— 하고 난데없이 이는 바람에 안기어 비는 낙엽과 함께 몸에 부딪고 또 부딪고 하였다.

모두들 입 벌릴 기력조차 잃고 대고 부들부들 떨었다. 방금 넘어올 듯이 덩치 커다란 바위는 머리를 불쑥 내대니 땀이 등줄기로 쪽 내려 흘렀다. 게다가 언제 호랑이가 내닫는지 알 수 없으매 가슴은 펄쩍 두근거린다.

그러나 하기는 이제 말이지 용케도 해 먹긴 하였다. 아무렇든지 다섯 놈이 서른 길이나 넘는 암굴에 들어가서 한 시간도 못 되자 감(광석)을 두 포대나 실히 따 올렸다. 마는, 문제는 노느매기$^{9)}$에 있었다. 어떻게 이놈을 나누면 서로 억울치 않을까. 꽁보는 금점에 남다른 이력이 있느니만치 제가 선뜻 맡았다. 부피를 대중하여 다섯 목에다 차례대로 메지메지$^{10)}$ 골고루 나눴던 것이다. 한데 이런 우스꽝스러운 놈이 또 있을까.

"이게 일터면 노눈 건가!"

어두운 구석에서 어떤 놈이 이렇게 쥐어박는 소리를 하는 것이다. 제딴은 욱기$^{11)}$를 보이느라고 가래침을 뱉었는데 꽁보는 하 어이없어서 그쪽을 뻔히 바라보았다. 이건 우리가 늘 하는 격식인데 이제 와서 새삼스럽게 게림을 부릴 것이 아니다.

"아니, 요게 내 거야?"

"그럼 누군 감벼락을 맞았단 말인가?"

"아니, 이 구덩이를 먼저 낸 것이 누군데 그래?"

"누구고 새고 알 게 뭐 있나, 금 있으니 땄고, 땄으니 노눴지!"

"알 게 없다? 내가 없어도 느가 땄니, 이 새끼야?"

"이런 숭맥 보래, 줄돼지 제 욕심 채기로 너만 먹자는 거야?"

바로 이 말에 자식이 욱하고 들어 덤볐다. 무지한 두 손으로 꽁보의 멱살을 잔뜩 움켜쥐고, 흔들고 지랄을 한다. 꽁보가 체구가 작고 좀팽이라 쳐들고 한창 얕본 모양이다. 비를 맞아 가며 숨이 꽉 막히도록 시달리니 꽁보도 화가 안 날 수 없다. 저도 모르게 어느덧 감석을 손에 잡자 놈의 골통을 패뜨렸다. 하니까, 이놈이 꼭 황소같이 식 ── 하더니 꽁보를 피언한 돌 위에다 집어 때렸다. 그리고 깔고 앉더니 대뜸 벽재를 돌이 곁갈빗대를 헉 하도록 아주 몹시 조졌다. 죽질 않아서 다행이지만 지금도 이게 가끔 도지어 몸을 못 쓰는 것이다. 남에는 왼편 어깨를 된통 맞았다. 정신이 다 아찔하였다. 험하고 깊은 산 속이라 그대로 죽여 버릴 작정이 분명하다. 세 번째에는 또다시 가슴을 겨누고 내려올 제, 인제는 꼬박 죽었구나 하였다. 참으로 지긋지긋하고 아슬아슬한 순간이었다. 그때 천행이랄까 대문짝처럼 크고 억센 더펄이가 비호같이 날아들었다. 잡은 참 그놈의 허리를 뒤로 두 손에 쥐어들더니 산비탈로 내던져 버렸다. 그놈은 그때 살았는지 죽었는지 이내 모른다. 꽁보는 곧바로 감석과 한꺼번에 더펄이 등에 업히어 마을로 내려왔던 것이다.

현재 꽁보가 갖고 다니는 그 목숨은 더펄이 손에서 명줄을 받은 그때의 끄트머리다. 더펄이를 형이라 불렀고 형우 제공을 깍듯이 하는 것도 까닭없는 일은 아니었다.

이 산골도 그 녀석의 산골과 똑 헐없는 흉측스러운 낯짝을 가졌다. 한번 휘돌아보니 몸서리치던 그 경상이 다시 생각하지 않을 수 없다.

꽁보는 담배를 빡빡 피우며 시름없이 앉았다.

"몸 좀 녹여서 인저 시적시적 해 볼까?"

더펄이도 추운지 떨리는 몸을 툭툭 털며 일어선다. 시작하도록 연모는 차비가 다 된 모양. 저편으로 가서 훔척훔척하더니 바랑[12)에서 막걸리 병과 돼지 다리를 꺼내 들고 이리로 온다.

"그래도 좀 거냉[13)은 해야 할걸."

하고, 그는 병마개를 이로 뽑더니,

"에이, 그냥 먹세, 언제 데워 먹겠나?"

"데웁시다."

"글쎄, 그것두 좋구, 근데 불을 놨다가 들키면 어쩌나?"

"저 바위 틈에다 가리고 뎁시다."

아우는 일어서서 가랑잎을 긁어 모았다. 형은 더듬어 가며 소나무 삭정이를 뚝뚝 꺾어서 한아름 안았다. 병풍과 같이 바위와 바위 사이에 틈이 벌었다. 그 속으로 들어가 그들은 불을 놓았다.

"커 —— 그어 맛 좋다이."

형은 쭉 켜고 거나하였다.

칼로 돼지 고기를 저며 들고 쩝쩝 씹는다.

"아까 술집 계집 봤나?"

"왜 그루?"

"어떻든가?"

"……."

"아주 똑 땄데 고거 참."

하고, 그는 눈을 불빛에 꿈벅거리며 싱글싱글 웃는다. 1년이면 열두 달 줄창 돌아다닌다는 신세였다. 오늘은 서로, 내일은 동으로, 조선 천지의 금점판치고 아니 쩝쩍거린 데가 없었다. 언제나 나도 그런 계집 하나 만나 살림을 좀 해 보누, 하면 무거운 한숨이 절로 안 날 수 없다.

"거, 계집 있는 게 한결 낫겠더군!"

하고 저도 열쩍을 만큼 시풍스러운 소리를 하니까,

"글쎄요……."

하고, 꽁보는 그 얼굴을 빠히 쳐다본다. 이날까지 같이 다녀야 그런 법 없더니만 왜 별안간 계집 생각이 날까, 별일이로군.

하긴, 저도 요즘으로 부쩍 그런 생각이 문득문득 안 나는 것도 아니지만, 가을이 늦어서 그런지 홀애비 마주 앉기만 하면 나는 건 그 생각뿐,

"성님 장가 들라우?"

"어디 웬 계집이 있나?"

"글쎄."

하고, 꽁보는 그 말을 재치다가 얼뜻 이런 생각을 하였다.

제 누이를 주면 어떨까. 지금 그 누이가 충주 근방 어느 농군에게 출가하여 자식을 둘씩이나 낳았다마는 매우 반반한 얼굴을 가졌다.

이걸 준다면 형은 무척 반기겠고, 또한 목숨을 구해 준 그 은혜에 대하여 손씨세[14]도 되리라.

"성님, 내 누이를 주라우?"

"누이?"

"썩 이쁘우, 성님이 보면 아마 담박 반하리다."

더펄이는 다음 말을 기다리며 다만 벙벙하였다.

불빛에 이글이글하고 검붉은 그 얼굴에는 만족한 미소가 떠올랐다. 그 누이에 대하여 칭찬은 전일부터 많이 들었다. 그럴 적마다 속중으로는 슬며시 생각이 달랐으나 차마 이렇다 토설치는 못했던 터이었다.

"어떻수?"

"글쎄, 그전에 살림하는 사람을 그리 되겠나?"

하며, 뒷심은 두면서도 어정쩡하게 물어 보았다. 그러고들 껍쩍하고 술을 따라서 아우에게 전하다가 반 기나 엎질렀다.

"그야, 돌려 빼면 그만이지 누가 뭐랠 터유."

꽁보는 자신이 있는 듯이 이렇게 선언하였다.

더펄이는 아주 좋았다. 팔짱을 딱 지르고 눈을 감았다. 나도 이제는 계집 하나 안아 보는구나! 아마 그 누이란 썩 이쁠 것이다. 오동통하고 아양스럽고 이런 계집에 틀림이 없으리라. 그럴 필요도 없건마는 그는 벌떡 일어서서 주춤주춤하다가 다시 펄썩 앉는다.

"은제 갈려나?"

"가만 있수, 이거 해 가지구 낼 갑시다."

오늘 일만 잘 되면 낼로 곧 떠나도 좋다. 충청도라야 강원도 역경을 지나 7, 80리 걸으면 그만이다. 낼 해껏 걸으면 모레 아침에는 누이 집을 들러서 다른 금점으로 가리라 예정하였다.

"빌어먹을 거, 은제쯤 재수가 좀 터 보나!"

꽁보는 뜯고 있던 돼지 뼈다귀를 내던지며 이렇게 한탄하였다.

"염려 말게, 어떻게 되겠지! 오늘은 꼭 노다지가 터질 테니 두고 볼려나?"

"작히 좋겠수, 그렇거든 고만 들어앉읍시다."

"이를 말인가, 이게 참 할 노릇을 하나, 이제 말이지."

그들은 몇 번이나 이렇게 자위했는지 그 수를 모른다.

네가 노다지를 만나든, 내가 만나든 둘이 똑같이 나눠 가지고 집을 사고 계집을 얻고, 술도 얻고, 편히 살자고. 그러나 여지껏 한 번이라도 그렇게 해 본 적이 없으니 매양 헛소리가 되고 말았다.

"닭 울 때도 되었네, 인제 슬슬 가 볼려나?"

더펄이는 선뜻 일어서서 바랑을 걸어지다가 꽁보를 바라보았다. 몸이 또 도지는지 불 앞에서 오르르 떨고 있는 것이 퍽으나 측은하였다.

"여보게 내 혼자 해 가주 올게 불이나 쬐고 거기 있을려나?"

"뭘, 갑시다."

꽁보는 꼬물꼬물 일어서며 바랑을 매었다. 그들은 발로 불을 비벼 끄고는 거기를 떠났다.

산에 골을 엇비슷이 돌아 오르는 샛길이 놓였다. 좌우로는 솔, 잣, 밤, 단풍, 이런 나무들이 울창하게 꽉 들어박혔다. 그 밑으로는 자갈, 아니면 불퉁바위는 예제 없이 마냥 뒹굴었다. 한갓 시커먼 그 암흑 속을 그들은 더듬고 기어오른다. 풀숲의 이슬로 말미암아 고의는 축축히 젖었다.

다리를 옮겨 놓을 적마다 철썩철썩 살에 붙으며 찬 기운이 쭉 끼친

다. 그리고 모진 바람은 뻔질 불어 내린다. '붕!' 하고 능글차게 낙엽
이 불어 내리다가는 '뺑!' 하고 되알지게 기를 복쓴다.

꽁보는 더펄이 뒤를 따라 오르며 달달 떨었다. 이게 지랄인지 난장
인지. 세상에 짜장 못해 먹을 건 금점 빼고 다시 없으리라. 금이 다
무엇인지, 요짓을 꼭 해야 한담. 게다 건뜻하면[15] 서로 두들겨 죽이는
것이 일. 참말이지 금쟁이치고 하나 순한 놈 못 봤다.

몸이 저릴 적마다 지겨웁던 과거를 또 연상하며 그는 다시금 몸에
소름이 돋았다. 그러자 맞은편 산 수풀에서 굴 불이 어른하였다. '호
랑이!' 이렇게 놀라고 더펄이 허리에 가 덥석 달리며 끙, 하고 무던히
골탕은 먹었으나 그대로 쓱싹 일어섰다. 동이 트기 전에 얼른 금을 따
야 될 것이다.

"여보게 아우, 나는 어딜 따라나?"

"저거, 아니 지금은 없어졌네."

"그게 눈이 어려서 헷거지 뭐야."

더펄이는 씸씸이 대답하고 천연스레 올라간다. 다구진 그 태도에
좀 안심이 되는 듯싶으나 그래도 썩 편치는 못하였다.

왜 이리 오늘은 겁만 드는지 까닭을 모르겠다. 몸은 매지근하고 열
로 인하여 입이 바짝바짝 탄다. 이것이 웬만하면 그럴 리 없으련마는,

"자네 안 되겠네, 내 등에 업히게……."

하고, 더펄이가 등을 내대일 제, 그는 잠자코 바랑 위로 덥죽 업혔다.
그래도 픽 소리 없이 덜렁덜렁 올라가는 더펄이를 굽어보며 그 몸이
여간 부러운 것이 아니었다.

불볕 내리는 복중처럼 씨근거리며 이마에 땀이 쫙 흘렀을 그때에야
비로소 더펄이는 산마루턱까지 이르렀다.

꽁보를 내려놓고 땀을 씻으며 후 —— 하고 숨을 돌린다. 인제 얼

마 안 남았겠지. 조금 내려가면 요 아래 있을 것이다.

그들이 이 마을에 들른 것은 바로 오늘 점심때이다. 지나서 그냥 가려 하다가 뜻하지 않은 주막 주인 말에 귀가 번쩍 띄었던 것이다. 저 산 너머 금점이 있는데 금이 폭폭 쏟아지는 화수분이라고.

요즘에는 화약 허가를 내가지고 완전히 일을 하고자 하여 부득이 잠시 휴광중이고, 머지않아 다시 시작할 게다. 그리고 금 도둑을 맞을까 하여 밤낮 구별 없이 감시하는 중이라 하는 것이다.

그러나 이 밤중에 누가 자지 않고, 설마 하고 더펄이는 덜렁덜렁 내려간다. 꽁보는 그 꽁무니를 쿡쿡 찔렀다. 그래도 사람의 일이니 둘은 모른다.

좌우 곁으로 살펴보며 살금살금 사리어 내려온다. 그들은 5분쯤 내리었다. 따냥을 겨눠 보니 깊이는 네 길이 넘겠다. 함부로 쪼아 먹은 구뎅이라 꺼칠한 놈이 군버력도 똑똑히 못 치웠다. 잠채를 염려하여 그랬으리라.

사다리는 모조리 떼가고 밍숭밍숭한 돌벽이 있을 뿐이다. 그들은 사방을 다시 한번 두레두레 돌아보았다. 지척을 분간키 어려우나 필경 사람은 없을 것이다.

마음을 놓고 바랑에서 광솔을 꺼내어 불을 대렸다. 더펄이가 먼저 장벽에 엎디어 위로 기어 내린다. 꽁보는 불을 들고 조심성 있게 천천히 내려온다.

한 길쯤 남았을 때 그만 발이 찍 —— 하고 더펄이는 떨어졌다.

"저게 뭐유?"

하고, 다르르 떨었다.

"뭐?"

"글쎄유…… 가만히 기슈."

아우는 불을 들이대고 줄맥을 한번 쭉 훑었다.

금점 일에는 난다 긴다 하는 아달맹이 금쟁이었다.

썩 보더니 복판에는 동이 먹어 들어가고 양편 가생이로 차차 줄이 생하는 것을 알았다.

"성님은 저편 구석을 따우."

아우는 이렇게 지시하고 저는 이쪽 구석으로 왔다. 그러나 차마 그 틈바귀로 들어갈 생각이 안 난다. 한 길이나 실히 되도록 쌓아올린 동발[16]이 금방 넘어올 듯이 위험했다. 밑에는 좀 작은 돌로 쌓아 그 위에는 제법 굵직굵직한 놈들이 얹혔다. 이것이 무너지면 깩 소리도 못 하고 치어 죽는다.

꽁보는 한참 생각했으되 별수없다. 낯을 찌푸려 가며 바랑에서 망치와 타랫징을 꺼내 들었다. 그런데 어떻게 파먹은 것이 일커녕 몸 하나 놓을 데가 없다. 마지못해 두 다리를 동발께로 쭉 뻗고 몸을 그 홈패기에 착 엎디어 망치질을 하기 시작하였다. 돌에 뚫린 석혈 구뎅이라 공기는 더욱 퀭하였다. 징 때리는 소리만 양쪽 벽에 무거웁게 친다. '꽝! 꽝!' 이렇게 몹시 귀를 울린다.

거반 한 시간이 넘었다. 그들은 버력[17] 같은 만감 이외에 아무것도 얻지 못했다.

다시 5분이 지난다. 10분이 지난다. 막 그때다. 꽁보는 땀을 철철 흘리며 좁다란 그 틈에서 감 하나를 손에 따 들었다.

턱없는 작은 목침 같은 그런 돌팍을, 엎드린 그 광채 불빛에 비치어 가만히 뒤져 보았다. 번들번들한 놈이 그 광채가 되우[18] 혼란스럽다. 혹시 연철이나 아닐까. 그는 돌 위에 눕혀 놓고 망치로 두드리며 깨 보았다. 좀체로 해서는 쪽이 잘 안 나갈 만치 쭌득쭌득한 금돌!

그는 다시 집어 들고 눈앞으로 바짝 가져오며 실눈을 떴다. 얼마를

뚫어지게 노려보았다. 무작정으로 가슴을 똑딱거리고 마냥 들렌다.[19]

이 돌에 박힌 금만으로도, 모름 몰라도 하치[20] 열 냥쭝은 넘겠지.

"천 원! 천 원!"

"그건 뭐야?"

더펄이는 이렇게 허둥지둥 달려들었다.

"노다지!"

하고, 풀 죽은 대답.

"으으응, 노다지?"

하기 무섭게 더펄이는 우뻑지뻑 그 돌을 받아들고 눈에 들이댄다. 척척 휠 만치 들이박힌 금, 우리도 이젠 팔자를 고치누나! 그는 껑쩍껑쩍 엉덩이춤이 절로 난다.

"이리 나오게, 내 땀세."

그는 아우의 몸을 번쩍 들어 내놓고 제가 대신 들어간다.

역시 등발께로 다리를 쭉 뻗고는 그 틈바귀에 덥석 엎디었다.

몸이 워낙 커서 좀 둥개나[21] 아무리 캐도 아우보다 힘이 낫겠지. 그 좁은 틈에 타랫징을 꽂아 박고, '식식!' 하고 망치로 때린다.

꽁보는 그 앞에서 시무룩하니 흥이 지었다. 금점 일로 할지면 제가 선생님이요, 형은 제 지휘를 받아 왔던 것이다. 뭘 안다고 푸뚱이가 어줍대는가, 돌쪽 하나 변변히 못 떼낼 것이……

그는 형의 태도가 심상치 않음을 얼핏 알았다. 금을 보더니 완연히 변한다.

"저 곡괭이 좀 집어 주게."

형은 고개도 아니 들고 소리를 빽 지른다. 아우는 잠자코 대꾸도 아니한다. 사람을 너무 얕보는 그 꼴이 썩 아니꼬웠다.

"아 이 사람아, 곡괭이 좀 얼른 집어 줘, 왜 저리 정신 없이 섰나."

그리고 눈을 딱 부릅뜨고 쳐다본다. 아우는 암말 않고 저편 구석에 놓인 곡괭이를 집어다 주었다. 그리고 우두커니 다시 섰다. 형이 무람없이[22] 굴면 굴수록 그것은 반드시 시위에 가까웠다. 힘이 좀 있다고 주제넘게 꺼떡이는 그 화상이야 눈허리가 시면 시었지 그냥은 못 볼 것이다.

"또 땄네, 내 기운이 어떤가?"

형은 이렇게 주적거리며 곡괭이를 연상 내려찍는다. 마치 죽통에 모여드는 돼지 모양이다.

억척스럽게도 손뼉만한 감을 두 쪽이나 따냈다. 인제는 약이 아니면 세상 없어도 못 딸 것이다.

"엑! 엑! 엑!"

그래도 억센 주먹에 굳은 동이 다 벌컥벌컥 나간다.

제 힘을 되우 자랑하는 형을 이윽히 바라보니 또한 그 속이 보인다. 필연코 이 노다지를 혼자 먹으려고 하는 것이다. 허면 내가 있는 것을 몹시 끄리겠지[23] 하고 속을 태운다.

"이것 봐, 자네 같은 건 골백 와야 소용 없네."

하고 또 뽐낼 제 가슴이 선뜩하였다.

앞서는 형의 손에 목숨을 구해 받았으나 이번에는 같은 산골에서 그 주먹에 명을 끊을지도 모른다.

그는 형의 주먹을 가만히 내려다보다가 가엾이도 앙상한 제 주먹에 대조하여 보지 않을 수 없다. 그러나 다만 속이 바르르 떨릴 뿐이다. 그러자 꽁보는 기겁을 해 놀라며 뒤로 물러섰다.

어이쿠, 하고 불시의 비명과 아울러 와르르, 하였다.

쌓아올린 동발이 어찌하다 중턱이 헐리었다. 모진 돌들은 더펄이의 장딴지며, 넓적다리, 엉덩이까지 그대로 엎눌렀다. 살은 물론 으스러졌으리라. 그는 엎으러진 채 꼼짝 못하고 아픔에 못 이기어 끙끙거린다. 허나 죽질 않기만 요행이다.

바로 그 위의 공중에는 징그럽게 커다란 돌들이 내려 구르자 그 밑을 받친 불과 조그만 조각돌에 걸리어 미처 못 굴러 내리고 간댕거리는 것이었다.

이 돌만 내려치면 목숨은 고사하고 육살이 될 것이다.

"여보게, 내 몸 좀 빼 주게."

형은 몸은 못 쓰고 죽어 가는 목소리로 애원한다. 그리고 또,

"아우, 나 죽네, 응?"

하고, 더욱 애를 끓으며 빌붙는다. 고개만 겨우 들었을 따름 그 외에는 손조차 자유를 잃은 모양 같다.

아우는 무너지려는 동발을 쳐다보며 얼른 그 머리맡으로 다가선다. 발 앞에 놓인 노다지 세 쪽을 날쌔게 손에 잡자 도로 얼른 물러섰다. 그리고 눈물이 흐른 형의 얼굴은 돌아도 안 보고 그 발로 허둥지둥 장벽을 기어오른다.

"이놈아!"

너머 기어올라 벼락같이 악을 쓰는 호통이 들리었다. 또 연하여 우지끈 뚝딱, 하는 무서운 폭성이 들리었다. 그것은 거의 거의 동시의 일이었다. 그러고는 좀 와스스 하다가 잠잠하였다.

그때는 벌써 두 길이나 넘어 아우는 기어올랐다. 굿문까지 다 나왔을 제 그는 머리만 내밀어 사방을 두릿거리다 그림자같이 사라진다.

더펄이의 형체는 보이지 않는다. 침침한 어둠 속에 단지 굵은 돌멩이만이 좍 흩어졌다. 이쪽 마구리[24)]의 타다 남은 화롯불은 바야흐로 질듯질듯 껌벅거린다. 그리고 된바람이 애, 하고는 굿문에서 모래를 좌륵좌륵 들이 뿜는다.

---

1) 잠잠하다 — 요란하거나 시끄럽지 않고 조용하다.
2) 비다 — '베다'의 방언.
3) 연모 — 물건을 만드는 데 쓰는 기구와 재료.
4) 옹송그리다 — 궁상스럽게 몸을 옹그리다.
5) 신청부같다 — 근심 걱정이 많아서 사소한 일을 돌아볼 마음의 여유가 없다.
6) 노냥 — 마냥.
7) 잠채 — 몰래 채굴하거나 채취하는 것.
8) 휘하다 — '휘휘하다'의 준말. 무서운 느낌이 들 정도로 쓸쓸하고 적막하다.
9) 노느매기 — 물건 따위를 노느는 일.
10) 메지메지 — 물건을 여러 몫으로 따로 나누는 모양.
11) 욱기 — 욱하는 성질. 사납고 괄괄한 성질.
12) 바랑 — '배낭'의 변한 말.
13) 거냉 — 약간 데워 찬 기운만 없애는 것.
14) 손씨세 — '손씻이'의 뜻. 남의 수고를 갚는 뜻의 예로 적은 물건을 주는
    일.
15) 건뜻 — '걸핏하면'의 방언.
16) 동발 — '동바리'의 준말. 광산에서 구덩이 양쪽에 기둥처럼 버티어 세우는
    통나무.
17) 버력 — 하늘이나 신령이 사람의 죄악을 징계하느라고 내린다는 벌.
18) 되우 — 몹시. 매우 심하게.
19) 들레다 — 야단스럽게 떠들다.
20) 하치 — 같은 종류의 물건 중에서 가장 품질이 낮은 물건.
21) 둥개다 — 일을 감당하지 못하고 쩔쩔 매다.
22) 무람없다 — 예의를 지키지 않아 버릇없다.
23) 끄리다 — '꺼리다'의 방언.
24) 마구리 — 물건의 양쪽 머리의 면.

금따는 콩밭

땅 속 저 밑은 늘 음침하다.

고달픈 간드레[1] 불. 맥없이 푸릿기하다. 밤과 달라서 낮엔 되우 흐릿하였다.

겉으로 황토 장벽으로 앞뒤 좌우가 콕 막힌 좁직한 구뎅이. 흡사 무덤 속같이 귀중중하다[2]. 싸늘한 침묵, 쿠더브레한 흙내와 징그러운 냉기만이 그 속에 자욱하다.

곡괭이는 뻗질 흙을 이르집는다[3]. 암팡스러이 내리쪼며,

퍽 퍽 퍼억.

이렇게 메떨어진 소리뿐. 그러나 간간 우수수 하고 벽이 헐린다.

영식이는 일손을 놓고 소맷자락을 끌어당기어 얼굴의 땀을 훑는다. 이놈의 줄이 언제나 잡힐는지 기가 찼다. 흙 한 줌을 집어 코 밑에 바짝 들여대고 손가락으로 샅샅이 뒤져 본다. 완연히 버력[4]은 좀 변한 듯싶다. 그러나 불통 버력이 아주 다 풀린 것도 아니었다. 말뚱 버력이라야 금이 나온다는데 왜 이리 안 나오는지.

곡괭이를 다시 집어든다. 땅에 무릎을 꿇고 궁둥이를 번쩍 든 채 식식거린다. 곡괭이는 무작정 내리찍는다.

바닥에서 물이 스미어 무르팍이 흥건히 젖었다. 구접⁵⁾은 천판에서 흙방울은 내리며 목덜미로 굴러든다. 어떤 때에는 윗벽의 한쪽이 떨어지며 등을 탕 때리고 부서진다. 그러나 그는 눈도 하나 깜짝하지 않는다. 금을 캔다고 콩밭 하나를 다 잡쳤다. 약이 올라서 죽을 둥, 살 둥, 눈이 뒤집힌 이 판이다. 손바닥에 침을 탁 뱉고 곡괭이 자루를 한 번 꽂아 잡더니 쉴 줄 모른다.

등 뒤에서는 흙 긁는 소리가 드윽드윽 난다. 아직도 버럭을 다 못 친 모양. 이 자식이 일을 하나 시졸 하나. 남은 속이 바직바직 타는데 웬 뱃심이 이리도 좋아.

영식이는 살기 띤 시선으로 고개를 돌렸다. 암말 없이 수재를 노려본다. 그제야 꾸물꾸물 바지게에 흙을 담고 등에 메고 사다리를 올라간다.

굿이 풀리는지 벽이 우쩔하였다. 흙이 부서져 내린다. 전날이라면 이곳에서 아내 한 번 못 보고 생죽음이나 안 할까 털끝까지 쭈뼛할게다. 그러나 이젠 그렇게 되고도 싶다. 수재란 놈하고 흙더미에 묻히어 한꺼번에 죽는다면 그게 오히려 날 게다.

이렇게까지 몹시몹시 미웠다.

이놈 풍치는 바람에 애꿎은 콩밭 하나만 결딴을 냈다. 뿐만 아니라 모두가 낭패. 세 벌 논도 못 맸다. 논둑의 풀은 성큼 자란 채 어지러이 늘어져 있다. 이 기미를 알고 지주는 대로하였다. 내년부터는 농사 질 생각을 말라고 발을 굴렀다. 땅은 암만을 파도 기수⁷⁾가 없다. 이만해도 다섯 길은 훨씬⁸⁾ 넘었으리라. 좀더 지펴야 옳을지 혹은 북으로 밀어야 옳을지 우두커니 망설거린다. 금점⁹⁾ 일에는 풋둥이다. 입때껏 주재의 지휘를 받아 일을 하여 왔고 앞으로도 역시 그러해야 금을 딸 것이다. 그러나 그런 칙칙한 것은 안 한다.

"이리 와 이것 좀 파게."

그는 으쓱 위풍을 보이며 이렇게 분부하였다. 그리고 저는 일어나 손을 털며 뒤로 물러선다.

수재는 군말 없이 고분하였다. 시키는 대로 땅에 무릎을 꿇고 벽채로 군버력을 긁어 낸 다음 다시 파기 시작한다.

영식이는 치다 나머지 버력을 짊어진다. 커단 걸때[10]를 뒤툭거리며 사다리로 기어오른다. 굿문[11]을 나와 버력 더미에 흙을 마악 내칠려 할 제,

"왜 또 파. 이것들이 미쳤나 그래!"

산에서 내려오는 마름과 맞닥뜨렸다. 정신이 떠름하여 그대로 벙벙히 섰다. 오늘은 또 무슨 포악을 들으려는가.

"말라니깐 왜 또 파는 게야."

하고 영식이의 바지게 뒤를 지팡이로 꽉 찌르더니,

"갈아 먹으라는 밭이지 흙 쓰고 들어가라는 거야, 이 미친 것들아. 콩밭에서 웬 금이 나온다구 이 지랄들이야 그래."

하고 목에 핏대를 올린다. 밭을 버리면 간수 잘못한 자기 탓이다. 날마다 와서 그 북새를 피고 금하여도 다음 날 보면 또 여전히 파는 것이다.

"오늘로 이 구뎅이를 도로 묻어 놔야지, 낼로 당장 징역갈 줄 알게."

너무 감정에 격하여 말도 잘 안 나오고 떠듬떠듬거린다. 주먹은 곧 날아들 듯이 허구리께서 불불 떤다.

"오늘만 좀 해 보고 고만두겠어유."

영식이는 낯이 붉어지며 가까스로 한 마디 하였다. 그리고 무턱대고 빌었다.

마름은 들은 척도 안하고 가 버린다.

그 뒷모양을 영식이는 멀거니 배웅하였다. 그러다 콩밭 낮짝을 들여다보니 무던히 애통 터진다. 멀쩡한 밭에 구멍이 사면 풍풍 뚫렸다.

예제 없이[12] 버력은 무더기무더기 쌓였다. 마치 사태 만난 공동 묘지와도 같이 귀살쩍고[13] 되우 을씨년스럽다. 그다지 잘 되었던 콩 포기는 거반 버력 더미에 닿아 깔려 버리고 군데군데 어쩌다 남은 놈들만이 고개를 나풀거린다. 그 꼴을 보는 것은 자식 죽는 걸 보는 게 낫지 차마 못할 경상이었다.

농토는 모조리 떨어질 것이다. 그러나 대관절 올 밭도지 벼 두 섬 반은 뭘로 해 내야 좋을지. 게다 밭을 망쳤으니 자칫하면 징역을 갈는지도 모른다.

영식이가 구덩이 안으로 들어왔을 때 동무는 땅에 주저앉아 쉬고 있었다. 태연 무심히 담배만 뻑뻑 피는 것이다.

"언제나 줄을 잡는 거야."

"인제 차차 나오겠지."

"인제 나온다?"

하고 코웃음치고 엇먹더니[14] 조금 지나매,

"이 새끼."

흙덩이를 집어들고 골통을 내리친다.

수재는 어쿠 하고 그대로 푹 엎드린다. 그러다 벌떡 일어선다. 눈에 띄는 대로 곡괭이를 잡자 대뜸 달려들었다. 그러나 강약이 부동. 왁살스러운 팔뚝에 튕겨져 벽에 가서 쿵 하고 떨어졌다. 그 순간에 제가 빼앗긴 곡괭이가 정수리를 겨누고 날아드는 걸 보았다. 고개를 홱 돌린다. 곡괭이는 흙벽을 퍽 찍고 다시 나간다.

수재 이름만 들어도 영식이는 이가 갈렸다. 분명히 홀딱 속은 것이다. 영식이는 본디 금점에 이력이 없었다. 그리고 흥미도 없었다. 다만 밭고랑에 웅크리고 앉아서 땀을 흘려 가며 꾸벅꾸벅 일만 하였다. 올엔 콩도 뜻밖에 잘 열리고 맘이 좀 놓였다. 하루는 홀로 김을 매고 있노라니까,

"여보게 덥지 않은가, 좀 쉬었다 하게."

고개를 들어 보니 수재다. 농사는 안 짓고 금점으로만 돌아다니더니 무슨 바람에 또 왔는지 싱글벙글한다. 좋은 수나 걸렸나 하고,

"돈 좀 많이 벌었나? 나 좀 채 주게."

"벌구말구. 맘껏 먹고 맘껏 쓰고 했네."

술에 거나한 얼굴로 싯껏 주절거린다. 그리고 밭머리에 쭈그리고 앉아 한참 객설을 부리더니,

"자네 돈벌이 좀 안할려나. 이 밭에 금이 묻혔네, 금이."

"뭐?"

하니까,

바로 이 산 너머 큰 골에 광산이 있다. 광부를 300여 명이나 부리는 노다지 판인데 매일 소출되는 금이 70냥을 넘는다. 돈으로 치면 7천 원. 그 줄맥이 큰 산 허리를 뚫고 이 콩밭으로 나왔다는 것이다. 둘이서 파면 불과 열흘 안에 줄을 잡을 게고 적어도 하루 서 돈씩은 따리라. 우선 30원만 해도 얼마냐. 소를 산대도 반 필이 아니냐고.

그러나 영식이는 귀담아듣지 않았다. 금점이란 칼 물고 뜀뛰기다. 잘 되면 이어니와 못 되면 신세만 조진다. 이렇게 전일부터 들은 소리가 있어서였다.

그 다음 날도 와서 꾀송거리다[15] 갔다.

셋째 번에는 집으로 찾아왔는데 막걸리 한 병을 손에 떡 들고 영을

피운다. 몸이 달아서 또 온 것이었다. 봉당에 걸터앉아서 저녁상을 물 끄러미 바라보더니 조당수[16]는 몸을 훑는다는 둥 일꾼은 든든히 먹어야 한다는 둥 남들은 논를 사느니 밭을 사느니 떠드는데 요렇게 지내다 그만두려냐는 둥 일쩌웁게 지절거린다.

"아주머니, 이것 좀 먹게 해 주시게유."

그리고 비로소 영식이 아내에게 술병을 내놓는다.

그들은 밥상을 끼고 앉아서 즐겁게 술을 마셨다. 몇 잔이 들어가고 보니 영식이의 생각도 적이 돌아섰다. 딴에는 1년 고생하고 끽 콩 몇 섬 얻어 먹느니보다는 금을 캐는 것이 슬기로운 짓이다. 하루에 잘만 캔다면 한 해 줄곧 공들인 그 수확보다 훨씬 이익이다. 올 봄 보낼 제 비료값, 품삯, 빚해 빚진 7원 까닭에 나날이 졸리는 이 판이다. 이렇게 지지하게 살고 말 바에는 차라리 가로 지나 세로 지나 사내 자식이 한번 해 볼 것이다.

"낼부터 우리 파 보세. 돈만 있으면이야, 그까진 콩은······."

수재가 안달스레 재우쳐 보채일 제 선뜻 응낙하였다.

"그래 보세. 빌어먹을 거 안 됨 고만이지."

그러나 꽁무니에서 죽을 마시고 있던 아내가 허리를 쿡쿡 찔렀게 망정이지 그렇지 않았더면 좀 주저할 뻔도 하였다.

아내는 아내대로의 셈이 빨랐다. 시체는 금점이 판을 잡았다. 선부르게 농사만 짓고 있다간 결국 비렁뱅이밖에는 더 못 된다. 얼마 안 있으면 산이고 논이고 밭이고 할 것 없이 다 금쟁이 손에 구멍이 뚫리고 뒤집히고 뒤죽박죽이 될 것이다. 그때는 뭘 파먹고 사나. 자, 보아라. 머슴들은 짜기나 한 듯이 일하다 말고 후딱 하면 금점으로들 내빼지 않는가. 일꾼이 없어서 올엔 농사를 질 수 없으니 마느니 하고 동리에서는 떠들썩하다. 그리고 번동 포농이조차 호미를 내던지고 강변으로 개울로 사금을 캐러 달아난다. 그러다 며칠 뒤에는 다비신에 다 옥당목을 떨치고 희짜를 뽑는 것이 아닌가.

아내는 콩밭에서 금이 날 줄은 아주 꿈 밖이었다. 놀라고도 또 기뻤다. 올에는 노상 침만 삼키던 그놈 코다리(명태)를 짜장 먹어 보겠구나 하여도 속이 메질 듯이 짜릿하였다. 뒷집 양근 댁은 금점 덕택에 남편이 사다 준 흰 고무신을 신고 나릿나릿 걷는 것이 무척 부러웠다. 저도 얼른 금이나 펑펑 쏟아지면 흰 고무신도 신고 얼굴에 분도 바르고 하리라.

"그렇게 해 보지 뭐. 저 양반 하잔 대로 하면 어련히 잘 될라구."

얼떨하여 앉았는 남편은 이렇게 추겼던 것이다.

동이 트기 무섭게 콩밭으로 모였다.

수재는 진언이나 하는 듯이 이리 대고 중얼거리고 저리 대고 중얼거리고 하였다. 그리고 덤벙거리며 이리 왔다가 저리 왔다가 하였다. 제 딴은 땅 속에 누운 줄맥을 어림하여 보는 맥이었다.

한참을 밭을 헤매다가 산 쪽으로 붙은 한구석에 딱 서며 손가락을 펴들고 설명한다. 큰 줄이란 본시 산운, 산을 끼고 도는 법이다. 이 줄이 노다지임에는 필시 이켠으로 비듬히 누웠으리라. 그러니 여기서부터 파 들어가자는 것이었다.

영식이는 그 말이 무슨 소린지 새기지는 못했다. 마는 금점에는 난다는 수재이니 그 말대로 하기만 하면 영락없이 금퇴야 나겠지 하고 그것만 꼭 믿었다. 군말없이 지시해 받은 곳에다 삽을 푹 꽂고 파헤치기 시작하였다.

금도 금이면 애써 키워 온 콩도 콩이었다. 거진 다 자란 허울 멀쑥한 놈들이 삽 끝에 으츠러지고[18] 흙에 묻히고 하는 것이다. 그걸 보는 것은 썩 속이 아팠다. 애틋한 생각이 물밀 때 가끔 삽을 놓고 허리를 구부려서 콩잎의 흙을 털어 주기도 하였다.

"아, 이 사람아 맥쩍게 그건 봐 뭘 해, 금을 캐자니깐."

"아니야, 허리가 좀 아퍼서!"

핀잔을 얻어먹고는 좀 열쩍었다.[19] 하기는 금만 잘 터져 나오면 이까짓 콩밭쯤이야. 이 밭을 풀어 논도 만들 수 있을 것이다. 눈을 감아 버리고 삽의 흙을 아무렇게나 콩잎 위로 횈횈 내어던진다.

"국으로 땅이나 파 먹지 이게 무슨 지랄이야!"

동리 노인은 뻔질 찾아와서 귀거친 소리를 하곤 하였다.

밭에 구멍을 셋이나 뚫었다. 그리고 대고 뚫는 길이었다. 금인가 난장을 맞을 건가 그것 때문에 농군은 버렸다. 이게 필연코 세상이 망하려는 징조이리라. 그 소중한 밭에다 구멍을 뚫고 이 지랄이니 그놈이 온전할 겐가.

노인은 제울화에 지팡이를 들어 삿대질을 아니할 수 없었다.

"벼락 맞느니 벼락 맞어."

"염려 말아유, 누가 알래지유."

영식이는 그럴 적마다 데퉁스레 쏘았다. 골김에 흙을 되는 대로 내꾼지고는 침을 탁 뱉고 구덩이로 들어간다. 그러나 마음 한구석에는 언제나 끈하였다. 줄을 찾는다고 콩밭을 통해 뒤집어 놓았다. 그리고 줄이 언제나 나올지 아직 까맣다. 논도 못 매고 물도 못 보고 벼가 어이 되었는지 그것조차 모른다. 밤에는 잠이 안 와 멀뚱허니 애를 태웠다.

수재는 낙담하는 기색도 없이 늘 하냥[20]이었다. 땅에 웅숭그리고 시적시적 노량으로 땅만 판다.

"줄이 꼭 나오겠나?"
하고 목이 말라서 물으면,
"이번에 안 나오거던 내 목을 베게."
서슴지 않고 장담을 하고는 꿋꿋하였다.

이걸 보면 영식이도 마음이 좀 뇌는 듯싶었다. 전들 금이 없다면 무슨 멋으로 이 고생을 하랴. 반드시 금은 나올 것이다. 그제는 이왕 손해는 하릴없거니와 고만두리라는 절망이 스스로 사라지고 다시금 주먹이 쥐어지는 것이었다.

캄캄하게 밤은 어두웠다. 어디선가 뭇개가 요란히 짖어댄다.

남편은 진흙투성이를 하고 내려왔다. 풀이 죽어서 몸을 잘 가누지도 못하고 아랫목에 축 늘어진다.

이 꼴을 보니 아내는 맥이 다시 풀린다. 오늘도 또 글렀구나. 금이 터지면 집을 한 채 사 간다고 자랑을 하고 왔더니 이내 헛일이었다. 인제 좌기[21)가 나서 낯을 들고 나아갈 염의조차 없어졌다.

남편에게 저녁을 갖다 주고 딱하게 바라본다.

"인젠 꿔 온 양식도 다 먹었는데……."

"새벽에 산제를 좀 지낼 텐데 한 번만 더 꿔 와."

남의 말에는 대답 없고 유하게 흘게 늦은[23) 소리뿐, 그리고 드러누운 채 눈을 지그시 감아 버린다.

"죽거리두 없는데 산제는 무슨……."

"듣기 싫어, 요망 맞은 년 같으니."

이 호통에 아내는 고만 멈씰하였다. 요즘 와서는 무턱대고 공연스레 골만 내는 남편이 역 딱하였다. 환장을 하는지 밤잠도 아니 자고 소리만 빽빽 지르며 덤벼들려고 든다. 심지어 어린것이 좀 울어도 이 자식 갖다 내꾼지라고 북새를 피는 것이다.

저녁을 아니 먹으므로 그냥 치워 버렸다. 남편의 영을 거역키 어려워 양근댁한테로 또다시 안 갈 수 없다. 그간 양식을 줄곧 꾸어다 먹고 갚지도 못하였는데 또 무슨 면목으로 입을 벌릴지 난처한 노릇이었다.

그는 생각다 끝에 있는 염치를 보째 쏟아 던지고 다시 한번 찾아가는 것이다. 마는 딱 맞닥뜨리어 입을 열고,

"낼 산제를 지낸다는데 쌀이 있어야지유"

하자니 역, 낯이 화끈하고 모닥불이 날아든다.

그러나 그들은 어지간히 착한 사람이었다.

"암 그렇지요. 산신이 벗나면 죽도 그릅니다."

하고 말을 받으며 그 남편은 빙그레 웃는다. 워낙이 금점에 장구 닳아난 몸인 만큼 이런 일에도 적잖이 속이 틔었다. 손수 쌀 닷 되를 떠다 주며,

"산제란 안 지냄 몰라두 이왕 지낼려면 아주 정성껏 해야 됩니다. 산신이란 노하길 잘 하니까유."

하고 그 비방까지 깨우쳐 보낸다.

쌀을 받아들고 나오며 영식이 처는 고마움보다 먼저 미안에 질리어 얼굴이 다시 빨갰다. 그리고 그들 부부 살아가는 살림이 참으로 참으로 몹시 부러웠다. 양근댁 남편은 날마다 금점으로 감돌며 버력 더미를 뒤지고 토록²³⁾을 주워 온다. 그걸 온종일 장판돌에다 갈면 수가 좋으면 2, 3원, 옥아도 7, 80전 꼴은 매일 셈이 되는 것이다.

그러면 쌀을 산다 피륙을 끊는다 떡을 한다 장리를 놓는다……. 그런데 우리는 왜 늘 요꼴인지. 생각만 하여도 가슴이 메이는 듯 맥맥한 한숨이 연발을 하는 것이었다.

아내는 집에 돌아와 떡쌀을 담갔다. 낼은 뭘로 죽을 쑤어 먹을는지. 윗목에 웅크리고 앉아서 맞은쪽에 자빠져 있는 남편을 곁눈으로 살짝 흘겨본다. 남들은 돌아다니며 잘도 금을 주워 오련만 저 망나닌 제 밭 하나를 다 버려도 금 한 톨 못 주워 오나. 에, 에, 변변치도 못한 사나이. 저도 모르게 얕은 한숨이 거푸 두 번이 터진다.

밤이 이슥하여 그들 양주는 떡을 하러 나왔다. 남편은 절구에 쿵쿵 빻았다. 그러나 체가 없다. 동네로 돌아다니며 빌려 오느라고 아내는 다리에 불풍이 났다.[24]

"왜 이리 앉었수, 불 좀 지피지."

떡을 찧다가 얼이 빠져서 멍하니 앉았는 남편이 밉살스럽다. 남은 이래저래 애를 죄는데 저건 무슨 생각을 하고 저리 있는 건지. 낫으로 삭정이를 탁탁 쪼개서 던져 주며 아내는 은근히 혹달[25]이었다.

닭이 두 홰를 치고 나서야 떡은 되었다.

아내는 시루를 이고 남편은 겨드랑에 자리때기를 꼈다. 그리고 캄캄한 산길을 올라간다.

비탈길을 얼마 올라가서야 콩밭은 놓였다. 전면이 우뚝한 검은 산에 둘리어 막힌 곳이었다. 가장자리 느티, 대추나무들은 머리를 풀었다.

밭머리 조금 못 미처 남편은 걸음을 멈추자 뒤의 아내를 돌아본다.

"인내, 그리구 여기 가만히 섰어."

시루를 받아 한 팔로 껴안고 그는 혼자서 콩밭으로 올라섰다. 앞에 쌓인 것이 모두가 흙더미, 그 흙더미를 마악 돌아서려 할 제 아따, 돌을 찼나 보다. 몸이 쓰러지려고 우찔근 하니 아내가 기겁을 하여 뛰오르며 그를 부축하였다.

"부정타라구 왜 올라와, 요망 맞은 년."

남편은 몸을 고루잡자 소리를 뻑 지르며 아내 얼뺨을 붙인다.[27] 가뜩이나 죽어라 죽어라 하는데 불길하게도 계집년이. 그는 마뜩지 않게 투덜거리며 밭으로 들어간다.

　밭 한가운데다 자리를 펴고 그 위에 시루를 놓았다. 그리고 시루 앞에다 공손하고 정성스리 재배를 커다랗게 한다.

　"우리를 살려 줍시사. 산신께서 거들어 주지 않으면 저희는 죽을밖에 꼼짝할 수 없습니다유."

　그는 손을 모으고 이렇게 축원하였다.

　아내는 이 꼴을 바라보며 독이 뾰록같이 올랐다. 금점을 합네 하고 금 한 톨 못 캐는 것이 버릇만 점점 글러 간다. 그 전에는 없더니 요새로 건뜻하면 탕탕 때리는 못된 버릇이 생긴 것이다. 금을 캐랬지 뺨을 치랬나. 제발 덕분에 고놈의 금 좀 나오지 말았으면. 그는 뺨 맞은 앙심으로 맘껏 방자하였다.

　하긴 아내의 말 고대로 되었다. 열흘이 썩 넘어도 산신은 깜깜 무소식이었다. 남편은 밤낮으로 눈을 까뒤집고 구덩이에 묻혀 있었다. 어쩌다 집엘 내려오는 때이면 얼굴이 헐떡이고 어깨가 축 늘어지고 거반 병객이었다. 그리고 잠자코 커단 몸집을 방고래에다 킹 하고 내던지곤 하는 것이다.

　"제미붙을, 죽어나 버렸으면."

　혹은 이렇게 탄식하기도 하였다.

　아내는 바가지에 점심을 이고서 집을 나섰다. 젖먹이는 등을 두드리며 좋다고 끼끽거린다.

　이젠 흰 고무신이고 코다리고 생각조차 물렸다. 그리고 금 하는 소리만 들어도 입에 신물이 날 만큼 되었다. 그건 고사하고 꿔다 먹은 양식에 졸리지나 말았으면 그만도 좋으련만.

가을은 논으로 밭으로 누렇게 내리었다. 농군들은 기꺼운 낯을 하고 서로 만나면 흥겨운 농담, 그러나 남편은 얘한[27] 밭만 망치고, 논조차 건살 못하였으니 이 가을에는 뭘 거둬들이고 뭘 즐겨할는지. 그는 동리 사람의 이목이 부끄러워 산길로 돌았다.

솔숲을 나서서 멀리 밖에를 바라보니 둘이 다 나와 있다. 오늘도 또 싸운 모양. 하나는 이쪽 흙더미에 앉았고 하나는 저쪽에 앉았고 서로들 외면하여 담배만 뻑뻑 피운다.

"점심들 잡숫게유."

남편 앞에 바가지를 내려놓으며 가만히 맥을 보았다.

남편은 적삼이 찢어지고 얼굴에 상채기를 내었다. 그리고 두 팔을 걷고 먼 산을 향하여 묵묵히 앉았다.

수재는 흙에 박혔다 나왔는지 얼굴은커녕 귓속들이 흙투성이다. 코밑에는 피딱지가 말라붙었고 아직도 조금씩 피가 흘러내린다. 영식이 처를 보더니 열쩍은 모양. 고개를 돌리어 모로 떨어치며 입맛만 쩍쩍 다신다. 금을 캐라니까 밤낮 피만 내다 말려는가. 빚에 졸리어 남은 속을 볶는데 무슨 호강에 이 지랄들인구. 아내는 못마땅하여 눈가에 살을 모았다.

"산제 지낸다구 꿔 온 것은 은제나 갚는다지유?"

뚱하고 있는 남편을 향하여 말끝을 꼬부린다. 그러나 남편은 눈썹 하나 까딱하지 않는다. 이번에는 어조를 좀 돋우며,

"갚지도 못할 걸 왜 꿔 오라 했지유?"

하고 얼추 호령이었다.

이 말은 남편의 채 가라앉지도 못한 분통을 다시 건드린다. 그는 벌떡 일어서며 황밤 주먹을 쥐어 창낭할 만치 아내의 골통을 후렸다.

"계집년이 방정맞게."

다른 것은 모르나 주먹에는 아찔이었다. 멋없이 덤비다간 골통이 부서진다. 암상을 참고 바르르 하다가 이윽고 아내는 등에 업은 아이를 끌러 들었다. 남편에게로 그대로 밀어 던지니 아이는 까르륵 하고 숨 모는 소리를 친다.

그리고 아내는 돌아서서 혼잣말로,

"콩밭에서 금을 딴다는 숙맥도 있담."

하고 빗대 놓고 비양거린다.

"이년아, 뭐?"

남편은 대뜸 달려들며 그 볼치에다 다시 올찬 황밤을 주었다. 적이나 하면 계집이니 위로도 하여 주련만 요건 분만 폭폭 질러 노려나. 에이, 빌어먹을거 이판사판이다.

"너허구 안 산다, 오늘루 가거라."

아내를 와락 떠다밀어 논둑에 젖혀 놓고 그 허리를 발길로 퍽 질렀다. 아내는 입을 헉 하고 벌린다.

"네가 허라구 옆구리를 쿡쿡 찌를 제는 은제냐, 요 집안 망할 년."

그리고 다시 퍽 질렀다. 연하여 또 퍽.

이 꼴들을 보니 수재는 조바심이 일었다. 저러다가 그 분풀이가 다시 제게로 슬그머니 옮아 올 것을 지레 채었다. 인제 걸리면 죽는다. 그는 비슬비슬하다 어느 틈엔가 구덩이 속으로 시나브로 없어져 버린다.

볕은 다사로운 가을 향취를 풍긴다. 주인을 잃고 콩은 무거운 열매를 둥글둥글 흙에 굴린다. 맞은쪽 산 밑에서 벼들을 베며 기뻐하는 농군의 노래.

"터졌네, 터져."

수재는 눈이 휘둥그렇게 굿문을 뛰어나오며 소리를 친다. 손에는 흙 한 줌이 잔뜩 쥐었다.

"뭐?"

하다가,

"금줄 잡았어, 금줄."

"응!"

하고 외마디를 뒤남기자 영식이는 수재 앞으로 살같이 달려들었다. 허겁지겁 그 흙을 받아들고 샅샅이 헤쳐 보니 딴은 재래에 보지 못하던 불그죽죽한 황토이었다. 그는 눈에 눈물이 핑 돌며,

"이게 원줄인가?"

"그럼 이것이 곱색줄[28]이라네. 한 포에 댓 돈씩은 넉넉 잡히네."

영식이는 기쁨보다 먼저 기가 탁 막혔다. 웃어야 옳을지 울어야 옳을지. 다만 입을 반쯤 벌린 채 수재의 얼굴만 멍하니 바라본다.

"이리 와 봐. 이게 금이래."

이윽고 남편은 아내를 부른다. 그리고 내 뭐랬어, 그러게 해 보라고 그랬지, 하고 설면설면 덤벼오는 아내가 한결 어여뻤다. 그는 엄지손가락으로 아내의 눈물을 지워 주고 그러고 나서 껑충거리며 구덩이로 들어간다.

"그 흙 속에 금이 있지요?"

영식이 처가 너무 기뻐서 코다리에 고래등 같은 집까지 연상할 제 수재는 시원스러이,

"네, 한 포대기에 50원씩 나와유."

하고 대답하고 오늘 밤에는 꼭 정녕코 꼭 달아나리라 생각하였다.

거짓말이란 오래 못 간다. 뽕이 나서 뼈다귀도 못 추리기 전에 훨훨 벗어나는 게 상책이겠다.

(1935년)

1) 간드레(candle) — 광산의 갱내에서 켜 들고 다니는 카바이드 등(燈).
2) 귀중중하다 — 더럽고 지저분한 느낌이 있다.
3) 이르집다 — 껍질을 뜯어 벗기다.
4) 버력 — 광석이나 탄을 캘 때 나오는, 광물이 섞이지 않은 잡돌.
5) 구접스럽다 — 너절하고 더럽다.
6) 천판(天板) — 광물을 파내는 구덩이의 천장.
7) 기수 — 낌새.
8) 훨썩 — 몹시 넓게 벌어지거나 열린 모양.
9) 금점 — 금광.
10) 걸때 — 사람의 몸피의 크기.
11) 굿문 — 갱구(坑口).
12) 예제 없다 — 여기나 저기나 구별이 없다.
13) 귀살쩍다 — 일이나 물건이 마구 뒤얽혀 정신이 뒤숭숭하다.
14) 엇먹다 — 말과 행동이 엇나가며 비꼬다.
15) 꾀송거리다 — 달콤한 말로 꾀다.
16) 조당수 — 좁쌀로 묽게 쑨 당수.
17) 일쩝다 — 일거리가 되어 귀찮거나 불편하다.
18) 으츠러지다 — 연한 것이 다른 것에 문질리거나 눌리어 부스러지다.
19) 열쩍다 — 조금 겸연쩍고 부끄럽다.
20) 하냥 — 한결같이 줄곧.
21) 좌기 — 기세가 꺾이는 것.
22) 흘게 늦다 — 흘게가 조금 풀려 단단하지 못하다.
23) 토록 — 다른 잡석과 함께 광맥 밖의 곁에 드러나 있는 광석.
24) 불풍나게 — 바쁘게 들락날락하는 모양.
25) 훅닥 — '후딱'의 방언. 속으로 화가 돋는 것을 나타낸 말.
26) 얼빰붙이다 — 얼떨결에 빰을 때리다.
27) 앰하다 — '애매하다'의 준말.
28) 곱색줄 — 황화광이 산화해 괴분상으로 된 적색 광맥.

만무방

산골에 가을은 무르녹았다.

아람드리 노송은 빽빽이 늘어 박혔다.

새새이 끼인 도토리, 벚, 돌배, 갈잎 들은 울긋불긋. 잔디를 적시며 맑은 샘이 쫄쫄거린다. 산토끼 두 놈은 한가로이 마주 앉아 그 물을 할짝거리고, 이따금 정신이 나는 듯 가랑잎은 부수수 하고 떨린다. 산산한 산들바람. 귀여운 들국화는 그 품에 새뜩새뜩 넘논다. 흙내와 함께 향긋한 땅김이 코를 찌른다. 요놈은 싸리버섯, 요놈은 잎 썩은 내, 또 요놈은 송이…… 아니, 아니, 가시넝쿨 속에 숨은 박하풀 냄새로군.

응칠이는 뒷짐을 딱 지고 어정어정 노닌다. 유유히 다리를 옮겨 놓으며 이 나무 저 나무 사이로 호아든다. 코는 공중에서 벌렸다 오므렸다 연신 이러며 훅, 훅. 구붓한 한 송목 밑에 이르자 그는 발을 멈춘다. 이번에는 지면에 코를 얕이 갖다 대고 한 바퀴 비잉 나물 끼고 돌았다.

"아하, 요놈이로군!"

썩은 솔잎에 덮이어 흙이 봉곳이 돋아올랐다.

그는 손가락을 꾸짖으며 정성스레 살살 헤쳐 본다. 과연 귀여운 송이. 망할 녀석, 조금만 더 나오지, 그걸 뚝 따들곤 뒷짐을 지고 다시 어슬렁 어슬렁. 가끔 선하품은 터진다. 그럴 적마다 두 팔을 떡 벌리곤 먼 하늘을 바라보고 늘어지게도 기지개를 늘인다.

때는 한창 바쁠 추수 때이다.

농군치고 송이 파적 나올 놈은 생겨나도 않았으리라. 하나 그는 꼭 해야만 할 일이 없었다. 싶으면 하고 말면 말고 그저 그뿐. 그러함에는 먹을 것이 더러 있느냐면 있기는커녕 부쳐먹을 농토조차 없는, 계집도 없고, 집도 없고, 자식도 없고. 방은 있대야 남의 곁방이요 잠은 새우잠이요, 하지만 오늘 아침만 해도 한 친구가 찾아와 벼를 털 텐데 일 좀 와 해 달라는 걸 마다하였다.

몇 푼 바람에 그까짓 걸 누가 하느냐. 보다는 송이가 좋았다. 왜냐하면 이 땅 삼천리 강산에 늘여놓인 곡식이 말짱 뉘 것이람. 먼저 먹는 놈이 임자 아니냐. 먹다 걸릴 만치 그토록 양식을 쌓아 두고 일이 다 무슨 난장맞을 일이람. 걸리지 않도록 먹을 궁리나 할 게지. 하기는 그도 한 세 번이나 걸려서 구메밥¹⁾으로 사관²⁾을 틀었다마는 결국 제 밥상 위에 올라앉은 제 몫도 자칫하면 먹다 걸리긴 매일반……

올라갈수록 덤불은 우겄다. 머루며 다래, 칡, 게다 이름 모를 잡초. 이것들이 위아래로 이리저리 서리어 좀체 길을 내지 않는다. 그는 잔 딧길로만 돌았다. 넓적다리가 번죽이는 찢어진 고의자락을 아끼며 조심조심 사려 딛는다. 손에는 칡으로 엮어 들은 일곱 개 송이. 늙은 소나무마다 가선 두리번거린다. 사냥개 모양으로 코로 쿡, 쿡, 내를 한다. 이것도 송이 같고 저것도 송이 같고, 어떤 게 알짜 송이인지 분간을 모른다. 토끼똥이 소보록한 데 갈잎이 한 잎 뚝 떨어졌다. 그 잎을 살며시 들어 보니 송이 대구리가 불쑥 올라왔다. 매우 큰 송이인 듯. 그는 반색하여 그 앞에 무릎을 털썩 꿇었다. 그리고 그 위에 두 손을 내들며 열 손가락을 다 펴 들었다. 가만가만히 살살 흙을 헤쳐 본다. 주먹만한 송이가 나타난다. 애 이놈 크구나. 손바닥 위에 따 올려놓고는 한참 들여다보며 싱글벙글한다. 우중충한 구석으로 바위는 벽같이 깎아질렀다. 그 중턱을 얽어 나간 칡잎에서는 물이 쪼록쪼록 흘러내린다. 인삼이 썩어 내리는 약수라 한다. 그는 돌 위에 걸터앉으며 또 한 번 하품을 하였다. 간밤 쓸데없는 노름에 밤을 팬 것이 몹시 나른하였다. 따사로운 햇살이 숲을 새어든다. 다름쥐가 솔방울을 떨어치며, 어여쁜 할미새는 앞에서 알씬거리고. 동리에서는 타작을 하느라고 와글거린다. 흥겨워 외치는 목성, 그걸 억누르고 공중에 웅, 웅, 진동하는 벼 터는 기계 소리. 맞은쪽 산 속에서 어린 목동들의 노래는 처량히 울려 온다. 산 속에 묻힌 마을의 전경을 멀리 바라보다가 그는 눈을 찌긋하며 다시 한번 하품을 뽑는다. 이 웬놈의 하품일까. 생각해 보니 어제 저녁부터 여지껏 창자가 곯린든 것이다. 불현듯 송이 꾸럼에서 그 중 크고 먹음직한 놈을 하나 뽑아 들었다.

응칠이는 그 송이를 물에 써억써억 부벼서는 떡 벌어진 대구리부터 걸삼스리 덥석 물어 떼었다. 그리고 넓죽한 입이 움질움질 씹는다. 혀가 녹을 듯이 만칠만칠하고 향기로운 그 맛. 이렇게 훌륭한 놈을 입맛만 다시고 못 먹다니. 문득 옛 추억이 혀 끝에 뱅뱅 돈다. 이놈을 맛보는 것도 참 근자의 일이다. 감불생심[3]이지 어디 냄새나 똑똑히 맡아 보리. 산 속으로 쏘다니다 백판 못 따기도 하려니와 더러 딴다는 놈은 행여 상할까 봐 손도 못 대게 하고 집에 내려다 묻고 묻고 하는 것이다. 그러나 요행이 한 꾸러미 차면 금시로 장에 가져다 판다. 이틀 사흘씩 공들인 거로되 잘 되면 40전, 못 받으면 25전, 저녁거리를 기다리는 아내를 생각하며 좁쌀 서너 되를 손에 사들고 어두운 고개를 터덜터덜 올라가는 건 좋으나 이 신세를 뭐에 쓰나 하고 보면 을

프냥궂기가 짝이 없겠고……. 이까짓 걸 못 먹어 그래, 홧김에 또 한 놈을 뽑아 들고 이번엔 물에 흙도 씻을 새 없이 그대로 텁석거린다. 그러나 다른 놈들도 별수 없으렷다. 이 산골이 송이의 본고향이로되 아마 1년에 한 개조차 먹는 놈이 드물리라.

"흠, 썩어진 두상들!"

그는 폭넓은 얼굴을 일그리며 남이나 들으란 듯이 이렇게 비웃는다. 썩었다 함은 데생겼다[4] 모멸하는 그의 언투였다. 먹다 나머지 송이꽁댕이를 바로 자랑스러이 입에다 치뜨리곤 트림을 섞어 가며 우물거린다.

송이 두 개가 들어가니 이제는 먹을 재미가 없다. 뭔가 좀 든든한 걸 먹었으면 좋겠는데. 떡, 국수, 말고기, 개고기, 돼지고기 그렇지 않으면 소고기냐. 아따 궁한 판이니 아무거나 있으면, 속중으로 여러 가질 먹으며 시름없이 앉았다. 그는 눈꼴이 슬그머니 돌아간다. 웬놈의 닭인지 암탉 한 마리가 조 아래 무덤 앞에서 뻉뺑 맨다. 골골거리며 감도는 걸 보매 아마 알자리를 보는 맥이라. 그는 돌에서 궁뎅이를 들었다. 낮은 하늘로 외면하여 못 본 척하고 닭을 향하여 저켠으로 널찍이 돌아 내린다. 그러나 무덤까지 왔을 때 몸을 돌리며,

"후, 후, 후, 이 자식이 어딜 가 후우."

두 팔을 벌리고 쫓아간다. 산꼭대기로 치모니 닭은 허둥지둥 갈 길을 모른다. 요리 매낀 조리 매낀, 꼬꼬댁거리며 속만 태울 뿐. 그러나 바위 틈에 끼어 왁살스러운 그 주먹에 모가지가 둘로 나기에는 불과 몇 분 못 걸렸다.

그는 으슥한 숲 속으로 찾아들었다. 닭의 껍질을 홀랑 까고서 두 다리를 들고 찢으니 배창이 옆구리로 꿰진다. 그놈은 긁어 뽑아서 껍질과 한데 뭉치어 흙에 묻어 버린다.

고기가 생기고 보니 연하여 나느니 막걸리 생각. 이걸 부글부글 끓여 놓고 한 사발 떡 곁들이면 똑 좋을 텐데 제기. 응칠이의 고기는 어디 떨어졌는지 술집까지 못 가는 고기였다. 아무려나 고기 먹고 술 먹고 거꾸론 못 먹느냐. 그는 닭의 가슴패기를 입에 들이대고 고기 먹고 쭉 찢어 가며 먹기 시작한다. 쫄깃쫄깃한 놈이 제법 맛이 들었다. 가슴을 먹고 넓적다리, 볼기짝을 먹고 거반 반쯤을 다 해내고 나니 어쩐지 맛이 좀 적었다. 결국 음식이란 양념을 해야 하는군. 수풀 속으로 그냥 설렁설렁 내려온다. 솔숲을 빠져 화전께로 내리려고 할 때 별안간 등 뒤에서,

"여보게, 저 응칠이 아닌가."

고개를 돌려 보니 대장간하는 성팔이가 작달막한 체구에 들갑작거리며 고개를 넘어온다. 그런데 무슨 긴한 일이나 있는지 부리나케 달려들더니,

"자네 응고개 논의 벼 없어진 거 아나?"

응칠이는 그만 가슴이 덜컥 내려앉았다. 이 바쁜 때 농군의 몸으로 응고개까지 애써 갈 놈도 없으려니와 또한 하필이면 절 보고 벼의 없어짐을 말하는 것이 여간 심상치 않은 일이 아니었다.

잡담 제하고 응칠이는,

"자넨 어째서 응고개까지 갔든가?"

하고 대담스레 그 눈을 쏘아보았다. 그러나 성팔이는 조금도 겁먹은 기색 없이,

"아 어쩌다 지냈지 뭘 그래."

하며 도리어 얼레발을 치고 덤비는 수작이다. 고연 놈, 응칠이는 입때[5] 다녀야 동무를 팔아 배를 채우는 그런 비열한 짓은 안 한다. 낯을 붉히자 눈에 불이 보이며,

"어쩌다 지냈다?"

응칠이가 이 동리에 들어온 것은 어느덧 달이 넘었다. 인제는 물릴 때도 되었고, 좀 떠 보고자 생각은 간절하나 아우의 일로 말미암아 망설거리는 중이었다.

그는 오라는 데는 없어도 갈 데는 많았다. 산으로 들로 해변으로 발부리 놓이는 곳이 즉 가는 곳이다.

그러다 저물며는 그대로 쓰러진다. 남의 방앗간이고 헛간이고 혹은 강가, 시새장.[6] 물론 수가 좋으면 괴때기[7] 위에서 밤을 편히 잘 적도 있었다. 이렇게 하여 강원도 어수룩한 산골로 이리 넘고 저리 넘고 못 간 데 별로 없이 유람 겸 편답하였다.

그는 한구석에 머물러 있음은 가슴이 답답할 만치 되우[8] 괴로웠다. 그렇다고 응칠이가 본시 역마 직성[9]이냐 하면 그런 것도 아니다. 그도 5년 전에는 사랑하는 아내가 있었고 아들이 있었고, 집도 있었고, 그때야 어딜 하루라도 집을 떨어져 보았으랴. 밤마다 아내와 마주 앉으면 어찌하면 이 살림이 좀 늘어 볼까 불어 볼까 애간장을 태우며 갖은 궁리를 되하고 되하였다. 마는, 별 뾰족한 수는 없었다. 농사는 열심으로 하는 것 같은데 알고 보면 남은 건 겨우 남의 빚뿐. 이러다가는 결말엔 봉변을 면치 못할 것이다. 하루는 밤이 깊어서 코를 골며 자는 아내를 깨웠다. 밖에 나아가 우리의 세간이 몇 개나 되는지 세어 보라 하였다. 그러고 저는 벼루에 먹을 갈아 찍어 들었다. 벽에 바른 신문지는 누렇게 끄을렀다. 그 위에다 불러 주는 물목대로 일일이 내려 적었다. 독이 세 개, 호미가 둘, 낫이 하나로부터 밥사발, 젓가락, 짚이 석 단까지 그 다음에는 제가 빚을 얻어 온 데, 그 사람들의 이름을 쭉 적어 놓았다. 금액은 제각기 그 아래다 달아 놓고. 그 옆으론 조금 사이를 떼어 역시 조선문으로 나의 소유는 이것밖에 없노라. 나는 54원을 갚을 길이 없으매 죄진 몸이라 도망하니 그대들은 아예 싸울 게 아니고 서로 의논하여 억울치 않도록 분배하여 가기 바라노라 하는 의미의 성명서를 벽에 남기자 안으로 문들을 걸어 닫고 울타리 밑구멍으로 세 식구가 빠져 나왔다.

이것이 응칠이가 팔자를 고치던 첫날이었다.

그들 부부는 돌아다니며 밥을 빌었다. 아내가 빌어다 남편에게, 남편이 빌어다 아내에게, 그러자 어느 날 밤 아내의 얼굴이 썩 슬픈 빛이었다. 눈보라는 살을 엔다. 다 쓰러져 가는 물방앗간 한 구석에서 섬[10]을 두르고 언내에게 젖을 먹이며 떨고 있더니 여보게유, 하고 고개를 돌린다. 왜, 하니까 그 말이, 이러다간 우리도 고생일뿐더러 첫째 언내를 잡겠수, 그러니 서루 갈립시다, 하는 것이다. 하긴 그럴 법한 말이다. 쥐뿔도 없는 것들이 붙어 다닌댔자 별수없다. 그보담은 서로 갈리어 제 맘대로 빌어먹는 것이 오히려 가뜬하리라. 그는 선뜻 응낙하였다. 아내의 말대로 개가를 해 가서 젖먹이나 잘 키우고 몸 성히 있으면 혹 연분이 닿아 다시 만날지도 모르니깐, 마지막으로 아내와 같이 땅바닥에서 나란히 누워 하룻밤을 새고 나서 날이 훤해지자 그는 툭툭 털고 일어섰다.

매팔자[11]란 응칠이의 팔자이겠다.

그는 버젓이 게트림[12]으로 길을 걸어야 걸릴 것은 하나도 없다. 논 맬 걱정도, 호포 바칠 걱정도, 빚 갚을 걱정, 아내 걱정, 또는 굶는 걱정도. 호동그라니 털고 나서니 팔자 중에는 아주 상팔자다. 먹고만 싶으면 도야지구, 닭이구, 개구, 언제나 옆을 떠날 새 없겠지, 그리고 돈, 돈도…….

그러나 주재소를 그는 노려보았다. 툭하면 오라, 가라, 하는데 학질이었다. 어느 동리고 가 있다가 불행히 일만 나면 누구보다도 그부터 붙들려 간다. 왜냐하면 그는 전과 4범이었다. 처음에는 도박으로, 다음엔 절도로, 또 고 담에는 절도로, 절도로…….

그러나 이번 멀리 아우를 방문함은 생활이 궁하여 근대러[13] 왔다거나 혹은 일을 해 보러 온 것은 결코 아니었다. 혈족이라곤 단 하나의 동생이요, 또한 오래 못 본지라 때없이 그리웠다. 그래 모처럼 찾아본 것이 뜻밖에 덜컥 일을 만났다.

지금까지 논의 벼가 서 있다면 그것은 성한 사람의 짓이라 안 할 것이다.

응오는 응고개 논의 벼를 여태 베지 않았다. 물론 응오가 베어야 할 것이다. 누가 듣던지 그 형 응칠이를 먼저 의심하리라. 그럼 여기에 따르는 모든 책임을 응칠이가 혼자 지지 않으면 안 될 것이다.

응오는 진실한 농군이었다. 나이 서른하나로 무던히 철났다 하고 동리에서 쳐 주는 모범 청년이었다. 그런데 벼를 베지 않는다. 남은 다들 거둬들였고 털기까지 하련만 그는 벨 생각조차 않는 것이다.

지주라든 혹은 그에게 장리를 놓은 김 참판이든 뻔질 찾아와 벼를 베라 독촉하였다.

"얼른 털어서 낼 건 내야지."

하면 그 대답은,

"계집이 다 죽게 됐는데 벼는 다 뭐지유우."

하고 한결같이 내뱉는 소리뿐이었다.

하기는 응오의 아내가 지금 기지 사경[14]이매 틈은 없었다 하더라도 돈에 놀아서 약을 못 쓰는 이 판이니 진시 벼라도 털어야 할 것이다.

그러면 왜 안 털었던가…….

그것은 작년 응오와 같이 지주 문전에다 타작을 하던 친구라면 묻지는 않으리라. 한 해 동안 애를 졸이며 홀자식 모양으로 알뜰히 가꾸던 그 벼를 거둬들임은 기쁨에 틀림없었다. 꼭두새벽부터 엣, 엣, 하며 괴로움을 모른다. 그러나 캄캄하도록 털고 나서 지주에게 도지를 제하고, 장리쌀을 제하고, 색초를 제하고 보니 남은 것은 등줄기를 흐르는 식은땀이 있을 따름. 그것은 슬프다 하기보다 끝없이 부끄러웠다. 같이 털어 주던 동무들이 뻔히 보고 섰는데 빈 지게로 덜렁거리며 집으로 돌아오는 건 가장 열쩍기 짝이 없는 노릇이었다. 참다 참다 못해 응오는 눈물이 흘렀던 것이다.

가뜩한데 엎치고 덮치더라고 올해는 고나마 흉작이었다. 샛바람과 비에 벼는 깨깨 비틀렸다. 이놈을 가을하다간 먹을 게 남지 않음은 물론이요 빚도 다 못 가릴 모양. 에라, 빌어먹을 거 너들끼리 캐다 먹든 말든 마음대로 하여라, 하고 내던져 두지 않을 수 없다. 벼를 거뒀다고 말만 나면 빚쟁이들은 우우 몰려들 거니깐……

응칠이의 죄목은 여기에서도 또렷이 드러난다. 국으로 가만만 있으면 좋을 걸 이 사품[15]에 뛰어들어 지주의 뺨을 제법 갈긴 것이 응칠이었다.

처음에야 그럴 작정이 아니었다. 그는 여러 곳 물을 마셨으니만치 어지간히 속이 튄 건달이었다. 지주를 만나 까놓고 썩 좋은 소리로 의논하였다. 올 농사는 반실이니 도지도 좀 감해 주는 게 어떠냐고. 그러나 지주는 암말없이 고개를 모로 흔들었다. 정 이러면 1년 품은 빼야 할 테니 나는 그 논에다 불을 지르겠수, 하여도 잠자코 응치 않는다. 지주로 보면 자기로도 그 벼는 넉넉히 거둬들일 수는 있다. 마는, 한번 버릇을 잘못해 놓으면 여느 작인까지 행실을 버릴까 염려하여 겉으로 독촉만 하고 있는 터이었다. 실상이야 고까짓 벼쯤 있어도 고만 없어도 고만, 그 심보를 눈치채고 응칠이는 화를 벌컥 낸 것만은 좋으나 저도 모르게 대뜸 주먹뺨이 들어갔던 것이다.

이렇게 문제 중에 있는 벼인데 귀신의 놀음 같은 변괴가 생겼다. 다시 말하면 벼가 없어졌다. 그것도 병들어 쓰러진 쭉정이는 제쳐놓고 무얼로 그랬는지 알장 이삭만 따갔다. 그 면적으로 어림하면 아마 못 돼도 한 댓 말 가량은 될는지!

응칠이가 아침 일찍이 그 논께로 노닐자 이걸 발견하고 기가 막혔다. 누굴 성가시게 굴려고 그러는지 산 속에 파묻힌 논이라 아직은 본 사람이 없는 모양 같다.

하나 동리에 이 소문이 퍼지기만 하면 저는 어느 모로든 혐의를 받아 폐는 좋이 입어야 될 것이다.

응칠이는 송이도 송이려니와 실상은 궁리에 바빴다. 속중으로 지목 갈 만한 놈은 여럿 들어 보았으나 이렇다 찍을 만한 증거가 없다. 어쩌면 재성이나 성팔이 이 두 놈 중의 짓이리라 하고, 결국 이렇게 생각하는 것도 응칠이가 아니면 안 될 것이다.

원수는 외나무다리에서 만났다.

응칠이는 저의 짐작이 들어맞음을 알고 당장에 일을 낼 듯이 성팔이의 눈을 들이 노렸다.

성팔이는 신이 나서 떠들다가 그 눈총에 어이가 질려서 고만 벙벙하였다. 그리고 얼굴이 헬쓱하여 마주 보고 쳐다보더니,

"그래, 자네 왜 그케 노하나. 지내다 보니깐 그렇길래 일테면 자네 보구 얘기지 뭐."

하고 뒷감당을 못하여 우물쭈물한다.

"노하긴 누가 노해!"

응칠이는 뻐팅겼던 몸에 좀더 힘을 올리며,

"응고개를 어째 갔드냐 말이지."

"놀러 갔다 오는 길인데 우연히……"

"놀러 갔다, 거기가 노는 덴가?"

"글쎄, 그렇게까지 물을 게 뭔가. 난 응고개 아니라 서울은 못 갈 사람인가."

하다가 성팔이는 속이 타는지 코로 후응, 하고 날숨을 크게 뽑는다.

이렇게 나오는 데는 더 물을 필요가 없었다. 성팔이란 놈도 여간내기가 아니요 구장네 솥인가 뭔가 떼어다 먹고 한 번 다녀온 놈이었다. 많이 사귀지는 못했으나 동리 평판이 그놈과 같이 다니다가는 엉뚱한 일 만난다 한다. 이번에 응칠이 저 역시 그 섭수에 걸렸음을 알고,

"그야 응고개라고 못 갈 리 없을 테……"

하고 한번 엇먹다. 그러나 자네두 알다시피 거 어디야 거기 바로 길이 있다든지 사람 사는 동리라면 혹 모른다 하지마는 성한 사람이야 응고개에 뭘 먹으러 가나, 그렇지 자네야 심심하니까, 하고 앞을 꽉 눌러 등을 떠본다. 여기에는 대답 없고 성팔이는 덤덤히 쳐다본다. 무엇을 생각했는가 한참 있더니 호주머니에서 단풍갑을 꺼낸다. 우선 제가 한 개를 물고 또 하나를 뽑아 내대며,

"궐련 하나 피게."

매우 듬직한 낯을 해 보인다.

이놈이 이에 밝기가 몹시 밝은 성팔이다. 턱없이 궐련 하나라도 선심을 쓸 궐자[16]가 아니라는 생각은 하였으나 그렇다고 예까지 부르대는[17] 건 도리어 저의 처지가 불리하다.

그것은 짜장 그 손에 넘는 짓이니,

"아 웬 궐려은 이래."

하고 슬쩍 농치며,

"성냥 있겠나?"

일부러 불까지 거대게 하였다.

응칠이에게 액을 떠넘기어 이용하려는 고 야심을 생각하면 곧 달겨들어 다리를 꺾어 놔야 옳을 것이다. 그러나 이 마당에 떠들어대고 보면 저는 드러누워 침뱉기.

결국 뒤로 잡로 앞에서 어른거리는 법이 아니다. 동리에 소문이 퍼질 것만 두려워하며,

"여보게, 자네가 했건 내지 했건간."

하고 과연 정다이 그 등을 툭 치고 나서,

"우리 둘만 알고 동리에 말은 내지 말게."

하다가 성팔이가 이 말에 매우 놀라며 눈을 말똥말똥 뜨니,

"그까짓 벼쯤 먹으면 어떤가!"

하고 껄껄 웃어 버린다.

성팔이는 한 굽 접히어 말문이 메었는지 얼떨하여 입맛만 다신다.

"아예 말은 내지 말게, 응 알지."

하고 다시 다질 때에야 겨우 주저주저 입을 열어,

"내야 무슨 말을 내겠나."

하고 조금 사이를 떼어 놓고,

"내야 무슨 말을…… 그건 염려 말게."

하더니 비실비실 몸을 돌리어 저 갈 길을 내걷는다. 그러나 저 앞 고개까지 가는 동안에 두 번이나 돌아다보며 이쪽을 살피고 하는 것만은 사실이다.

응칠이는 그 꼴을 이윽히 바라보고 입 안으로 죽일 놈, 하였다. 아무리 도둑이라도 같은 동료에게 제 죄를 넘겨씌우려 함은 도저히 의리가 아니다.

그건 그렇다치고 응오가 더 딱하지 않는가. 기껏 힘들여 지어 놓았

다 남 좋은 일 한 것을 안다면 눈이 뒤집힐 일이겠다.

이래서야 어디 이웃을 믿어 보겠는가…….

확적히 증거만 있어 이놈을 잡으면 대번에 요절을 내리라 결심하고 응칠이는 침을 탁 뱉어 던지고 산을 내려온다. 그런데 그놈의 행티로 가늠 보면 응칠이 저 만치는 때가 못 벗은 도둑이다. 어느 미친 놈이 논두렁에까지 가새를 들고 오는가. 격식도 모르는 푸뚱이가 그럴려면 바로 조 낟가리 수수 낟가리 말이지 그 속에 들어앉아 가새로 속닥거려야 들킬 리도 없고 일도 편하고 두 포대고 세 포대고 마음껏 딸 수도 있다. 그러나 틈 보고 집으로 나르면 그만이지 누가 논의 벼를 다…… 그렇게도 벼에 걸신이 들었다면 바로 남의 집 머슴으로 들어가 한 달포 동안 주인 앞에 얼렁거리며 신용을 얻어 오다가 주는 옷이나 얻어 입고 다들 잠들거든 볏섬이나 두둑이 짊어메고 덜렁거리면 그뿐이다. 이건 맥도 모르는 게 남도 못 살게 굴려고 에이 망할 자식두…… 그는 분노에 살이 다 부들부들 떨리는 듯싶었다. 그러나 이런 좀도둑이란 봉이 나기 전에는 바짝 물고 덤비는 법이었다.

오늘 밤에는 요놈을 지켰다 꼭 붙들어 가지고 정강이를 분질러 놓으리라, 밥을 먹고는 태연히 막걸리 한 사발을 껄떡껄떡 들이키자,

"커! 가을이 되니깐 맛이 행결 낫군!"

그는 주먹으로 입가를 쓱쓱 훔친 다음 송이 꾸럼에서 세 개를 뽑는다. 그리고 그걸 갈퀴같이 마른 주막 할머니 손에 내어주며,

"옛수, 송이나 잡숫게유."

하고 술값을 치렀으나,

"이이 송이두 고눔 참."

간사를 피는 것이 겉으로는 반기는 척하면서도 좀 시쁜[18) 모양이다. 제딴은 한 개에 3전씩 치더라도 9전밖에 안 되니깐…….

응칠이는 슬며시 화가 나서 그 얼굴을 유심히 들여다보았다. 움푹 들어간 볼때기에 저건 또 왜 저리 멋없이 불거졌는지 툭 나온 광대뼈 하고 치마 아래로 남실거리는 발가락은 자칫 잘못 보면 황새 발목이니 이건 언제 잡아 가려고 남겨 두는 거야 —— 보면 볼수록 하나 이쁜 데가 없다. 한두 번 먹은 것도 아니요 언젠가 울타리께 풀을 비어주고 술사발이나 얻어 먹은 적도 있었다. 고렇게 야멸차게 따질 건 뭔가. 그는 눈살을 흘깃 맞히고는 하나를 더 꺼내어,

"옛수, 또 하나 잡숫게유!"

내던져 주곤 댓돌에 가래침을 탁 뱉었다. 그제야 식성이 좀 풀리는지 그 가죽으로 웃으며,

"아이구 이거 자꾸 주면 어떻게 해."

"어떻하긴 자꾸 살찌게유."

하고 한마디 톡 쏘고 일어서다가 무엇을 생각함인지 다시 툇마루에 주저앉는다.

"그런데 참 요즘 성팔이 보셨수?"

"아아니, 당최 볼 수가 없더군."

"술도 안 먹으러 와유?"

"안 와!"

하고는 입 속으로 뭐라고 중얼거리며 의아한 낯을 들더니,

"왜 또 뭐 일이?……"

"아니유, 본 지가 하 오래니깐."

응칠이는 말끝을 얼버무리고 고개를 돌리어 한데를 바라본다. 벌써 점심때가 되었는지 닭들이 요란히 울어 댄다. 논둑의 미루나무는 부하고 또 부, 하고 잎이 날리며 팔랑팔랑 하늘로 올라간다.

"성팔이가 이 마을에 얼마나 살았지요?"

"글쎄, 재작년 가을이지 아마."

하고 장죽을 빡빡 빨더니,

"근대 또 떠난대든가, 홍천인가 어디 즈 성님한테로 간대."

하고 그게 옳지, 여기서 뭘 하느냐, 대장간이라구 일이나 많으면 모르거니와 밤낮 파리만 날리는데 그보다는 즈 형이 크게 농사를 짓는대니 그 뒤나 거들어 주고 국으로 얻어 먹는 게 신상에 편하겠지. 그래 불일간 처자식을 데리고 아마 떠나리라고 하고,

"농군은 그저 농사를 지야 돼."

"낼 술 먹으러 또 오지유."

간단히 인사를 하고 응칠이는 다시 일어났다.

주막을 나서니 옷깃을 스치는 개운한 바람이다. 밭 둔덕의 대추는 척척 늘어진다. 멀지않아 겨울은 또 오렷다. 그는 응오의 집을 바라보며 그간 죽었는지 궁금하였다.

응오는 봉당에 걸터앉았다. 그 앞 화로에는 약이 바글바글 끓는다. 그는 정신없이 들여다보고 앉았다.

우중충한 방에는 아내의 가쁜 숨소리가 들린다. 색, 색 하다가 아이구, 하고는 까무러치게 콜럭거린다. 가래가 치밀어 몹시 괴로운 모양. 뽑아 줄 사이가 없이 풀들은 뜰에 엉켰다. 흙이 드러난 지붕에서 망초가 휘어청휘어청, 바람은 가끔 찾아와 싸리문을 흔든다. 그럴 적마다 문은 을씨년스럽게 삐이걱삐이걱. 이웃의 발바리는 부엌에서 한창 바쁘게 달그락거린다. 마는, 아침에 아내에게 먹이고 남은 조죽밖에야. 아니 그것도 참 남편이 마치 긁었으니 사발에 붙은 찌꺼지뿐이리라……

"거, 다 졸았나 부다."

응칠이는 약이란 다 졸면 못 쓰니 짜 먹여라, 하였다. 약이라야 어

제 저녁 울 뒤에서 옭아들인 구렁이지만…….

그러나 응오는 듣고도 흘렸는지 혹은 못 들었는지 잠자코 고개도 안 든다.

"옜다, 송이 맛이나 봐라."

하고 형이 손을 내밀 제야 겨우 시선을 들었으나 술이 거나한 그 얼굴을 거북상스리 훑어본다. 그리고 송이를 고맙지 않게 받아 치뜨리고는,

"이거나 먹어."

하다가,

"뭐?"

소리를 크게 질렀다. 그래도 잘 들리지 않으므로,

"뭐야 뭐야, 좀 똑똑히 하라니깐?"

하고 골피를 찌푸린다.

그러나 아내는 손짓만으로 무슨 말인지 알 수가 없다. 음성으로 치느니보다 종이 비비는 소리랄지, 그걸 듣기에는 지척도 멀었다.

가만히 보다 응칠이는 제가 다 불안하여,

"뒤보겠다는 게 아니냐."

"그럼 그렇다 말이 있어야지."

남편은 이내 짜증을 내며 몸을 일으킨다. 병약한 아내의 음성이 날로 변하여 감을 시방 안 것도 아니련만.

그는 방바닥에 늘어져 꼬치꼬치 마른 반송장을 조심히 일으키어 등에 업었다.

울 밖 밭머리에 잿간은 놓였다. 머리가 눌릴 만치 납짝한 굴 속이다. 게다가 거미줄은 예제없이 엉키었다. 부춧돌 위에 내려놓으니 아내는 벽에 의지하여 웅크리고 앉는다. 그리고 남편은 눈을 멀뚱멀뚱

뜨고 지키고 섰는 것이다.

이 꼴을 멀거니 바라보다 응칠이는 마뜩지 않게 코를 휭, 풀며 입맛을 다시었다. 응오의 짓이 어리석고 울화가 터져서이다. 요즈음 응오가 형에게 말도 잘 않고 왜 어딱비딱 하는지 그 속은 응칠이도 모르는 배 아닐 것이다.

응오가 이 아내를 찾아올 때 꼭 3년간을 머슴을 살았다. 그처럼 먹고 싶던 술 한잔 못 먹었고, 그처럼 침을 삼키던 그 개고기 한 메 물론 못 샀다. 그리고 사경을 받는 대로 꼭꼭 장리에 놓았으니 후일 선채[19]로 썼던 것이다. 이렇게까지 근사[20]를 모아 얻은 계집이련만 단 두 해가 못 가서 이 꼴이 되고 말았다.

그러나 이 병이 무슨 병인지 도시 모른다. 의원에게 한 번이라도 변변히 뵈 본 적이 없다. 혹 안다는 사람의 말인즉 노점[21]이니 어렵다 하였다. 돈만 있다면야 노점이고 염병이고 알 바가 못 될 거로되 사날 전 거리로 쫓아 나오며,

"성님!"

하고 팔을 챌 적에는 응오도 어지간히 급한 모양이었다.

"왜?"

응칠이가 몸을 돌리니 허둥지둥 그 말이 이제는 별도리가 없다. 있다면 꼭 한 가지가 남았느니 그것은 엊그저께 산신을 부리는 노인이 이 마을에 오지 않았는가. 그 노인이 응오를 특히 동정하여 15원만 들이어 산치성[22]을 올리면 씻은 듯이 낫게 해 주리라는데.

"성님은 언제나 돈 만들 수 있지유?"

"서, 안 된다. 치성 들여 날 병이 안 낫겠니."

하여 여전히 딱 떼이고 그러게 내 뭐래던, 애전에 계집 다 버리고 날 따라 나서랬지 하고,

"그래 농군의 살림이란 제 목매기라지!"

그러나 아우가 암말 없이 몸을 홱 돌리어 집으로 돌아갈 제 응칠이는 속으로 괜한 소리를 했구나, 하였다.

응오는 도로 아내를 업어다 방에 뉘었다. 약은 다 졸았다. 불이 삭기 전 짜야 할 것이다. 식기를 기다려 약사발을 입에 대어 주니 아내는 군말 없이 그 구렁이 물을 껄떡껄떡 들이마신다.

응칠이는 마당에 우두커니 앉았다. 사람의 목숨이란 과연 중하군 하였다. 그러나 계집이라는 저 물건이 저렇게 떼기 어렵도록 중할까, 하니 암만해도 알 수 없고,

"너 참 요 건너 성팔이 알지?"

"……."

"너하고 친하냐?"

"……."

"성이 뭐래는데 거 대답 좀 하렴!"

하고 소리를 빽 질러도 아우는 대답은 말고 고개도 안 든다. 그러나 응칠이는 하늘을 쳐다보고 트림만 끄윽, 하고 말았다. 술기가 코를 콱 콱 찔러야 할 터인데 이건 풋김치 냄새만 코 밑에서 뱅뱅 돈다. 공짜 김치만 퍼먹을 게 아니라 한잔 더 했으면 좋았을걸. 그는 일어서서 대를 허리에 꽂고 궁둥이의 흙을 털었다. 벼 도둑맞은 이야기를 할까 하다가 아서라 가뜩이나 울상이 속이 쓰릴 것이다. 그보다는 이놈을 잡아 놓고 낭중 희짜를 뽑는 것이 점잖겠지…….

그는 문 밖으로 나와 버렸다.

답답한 아우의 살림을 보니 역 답답하던 제 살림이 연상되고 가슴이 두루 답답하였다. 이런 때에는 무가 십상이다. 사실 하느님이 무를 마련해 낸 것은 참으로 은혜로운 일이다. 맥맥할 때 한 개를 씹고 보

면 꿀꺽 하고, 쿡 치는 그 맛이 좋고, 남의 무밭에 들어가 하나를 쑥 뽑으니 가락무. 이키, 이거 오늘 운수 대통이로군. 내던지고 그 다음 놈을 뽑아 들고 개울가로 내려온다. 물에 쓱쓱 닦아서는 꽁지는 이로 비어 던지고 으썩 깨물어 붙인다.

개울 둔덕에 포플러는 호젓하게 매출이 컸다. 자갈돌은 그 밑에 옹기종기 모였다. 가생이로 잔디가 소보록하다. 응칠이는 나가자빠져 건너다보면 눈을 멀뚱멀뚱 굴리고 누웠다. 산이 삥삥 돌리어 숨이 콕 막힐 듯한 그 마을…….

아리랑 아리랑 아라리요
아리랑 띄어라 노다가세
증기차는 가자고 왼 고동 트는데
정든 님 품 안고 낙누낙누
아리랑 아리랑 아라리요
아리랑 띄어라 노다가세
낼 갈지 모레 갈지 내 모르는데
옥씨기 강낭이는 심어 뭐하리
아리랑 아리랑 아라리요
아리랑 띄어라…….

그는 콧노래로 이렇게 흥얼거리다 갑작스레 강릉이 그리웠다. 펄펄 뛰는 생선이 좋고, 아침 햇살이 힘차게 출렁거리는 그 물결이 좋고. 이까진 둠 구석에서 쪼들리는 데 대다니. 그래도 즈이 딴엔 무어 농사 좀 지었답시고 약을 복복 쓰며 잘도 떠들어대인다. 하지만 그런 숭에도 어디인가 형언치 못할 쓸쓸함이 떠돌지 않는 것도 아니다. 30여

년 전 술을 빚어 놓고 쇠를 울리고 흥에 질리어 어깨춤을 덩실거리고 이러던 가을과는 저 딴쪽이다. 가을이 오면 기쁨에 넘쳐야 될 시골이 점점 살기만 떠어 옴은 웬일인고. 이렇게 보면 재작년 가을 어느 밤 산중에서 낫으로 사람을 찔러 죽인 강도가 문득 떠오른다. 장을 보고 오는 농군을 농군이 죽였다. 그것도 많이나 되었으면 모르되 빼앗은 것이 한껏 동전 네 닢에 수수 일곱 되, 게다가 흔적이 탄로날까 하여 낫으로 그 얼굴의 껍질을 벗기고 조기 대강이 이기듯 끔찍하게 남기고 조긴 망나니다. 흉악한 자식. 그 알량한 돈 4전에, 나 같으면 가여워 덧돈을 주고라도 왔으리라. 이번 놈은 그 따위 깍다귀나 아닐는지 할 때 찬 김과 아울러 치미는 소름에 머리끝이 다 쭈뼛하였다. 그간 아우의 농사를 대신 돌봐 주기에 이럭저럭 날이 늦었다. 오늘 밤에는 이놈의 다리를 꺾어 놓고 내일쯤은 봐서 설렁설렁 뜨는 것이 옳은 일이겠다. 이 산을 넘을까 저 산을 넘을까 주저거리며 속으로 점을 치다가 슬그머니 코를 골아 올린다.

밤이 내리니 만물은 고요히 잠이 든다. 검푸른 하늘에 산봉우리는 울퉁불퉁 물결을 치고 흐릿한 눈으로 별은 떴다. 그러다 구름 떼가 몰려 닥치면 깜깜한 절벽이 된다. 또한 마을 한복판에는 거친 바람이 오락가락 쓸쓸히 궁글고, 이따금 코를 찌르는 후련한 산사 내음새. 북쪽 산 밑 미루나무에 싸여 주막이 있는데 유달리 불이 반짝인다. 노세, 노세, 젊어서 노세. 노랫소리는 나직나직 한산히 흘러 나온다. 아마 벼를 뒷심대고 외상이리라……

응칠이는 잠자코 벌떡 일어나 바깥으로 나섰다. 그리고 다 나와서야 그 집 친구에게 눈치를 안 채이도록,

"내 잠깐 다녀옴세!"

"어딜 가나?"

친구는 웬 영문을 몰라서 뻔히 치어다보니 밤이 이렇게 늦었으니 나갈 생각 말고 어여 이리 들어와 자라 하였다. 기껀 둘이 앉아서 개 코쥐코 떠들다가 갑자기 일어서니까 꽤 이상한 모양이었다.

"건너 마을 가 담배 한 봉 사 올라구."

"담배 여기 있는데 또 사 뭐 하나?"

친구는 호주머니에서 굳이 연봉을 꺼내어 손에 들어 보이더니,

"아참, 깜빡……."

하고 응칠이는 미안스러운 낯으로 뒤통수를 긁적긁적한다. 하기는 섬을 좀 쳐달라구 며칠째 당부하는 걸 노름에 몸이 팔려 고만 잊곤 했던 것이다. 먹고 자고 이렇게 신세를 지면서 이건 썩 안됐다 생각은 했지만,

"내 곧 다녀올걸 뭐."

어정쩡하게 한마디 남기곤 그 집을 뒤에 남긴다.

그러나 이 친구는,

"그럼, 곧 다녀오게!"

하고 때를 재치는 법은 없었다. 언제나 여일같이,

"그럼 잘 다녀오게!"

이렇게 그 신상만 편하기를 비는 것이다.

응칠이는 모든 사람이 저에게 그 어떤 경의를 갖고 대하는 것을 가끔 느끼고 어깨가 으쓱거린다. 백판 모르는 사람도 데리고 앉아서 몇 번 말만 좀 하면 대뜸 구부러진다. 그렇게 장한 것인지 그 일을 하다가, 그 일이라야 도둑질이지만, 들어가 욕보던 이야기를 하면 그들은 눈을 커다랗게 뜨고,

"아이구, 그걸 어떻게 당하셨수!"

하고 적이 놀라면서도,

"그래 그 돈은 어떡했수?"

"또 그럴 생각이 납디까요?"

"참 우리 같은 농군에 대면 호강살이유!"

하고들 한편 썩 부러운 모양이었다. 저들도 그와 같이 진탕 먹고 살고는 싶으나 주변 없어 못하는 그 울분에서 그런 이야기만 들어도 다소 위안이 되는 것이다. 응칠이는 이걸 잘 알고 그 누구를 논에다 거꾸로 박아 놓고 달아나다가 붙들리어 경치던 이야기를 부지런히 하며,

"자네들은 안적 멀었네, 멀었어."

하고 흰소리를 치면 그들은, 옳다는 뜻이겠지, 묵묵히 고개만 끄덕끄덕하며 속없이 술을 사 주고 담배를 사 주고 하는 것이다.

그런데 이번 벼를 훔쳐 간 놈은 응칠이를 마구 넘보는 모양 같다. 이렇게 생각하면 응칠이는 더욱 쾌씸하였다. 그는 물푸레 몽둥이를 벗삼아 논둑길을 질러서 산으로 올라간다.

이슥한 그믐 칠야…….

길은 어둡고 흐릿한 언저리만 눈앞에 아물거린다. 그 논까지 7마장은 느긋하리라. 이 마을을 벗어나는 어귀에 고개 하나를 넘는다. 또 하나를 넘는다. 그러면 그 다음 고개와 고개 사이에 수목이 울창한 산 중턱을 비켜 대고 몇 마지기의 논이 놓였다. 응오의 논은 그 중의 하나이었다. 길에서 썩 들어앉은 곳이라 잘 뵈도 않는다. 동리에 그런 소문이 안 났을 때에는 천행으로 본 놈이 없을 것이나 반드시 성팔이의 성행임에는…….

응칠이는 공동 묘지의 첫 고개를 넘었다. 그리고 다음 고개의 마루턱을 올라섰을 때 다리가 주춤하였다. 저 왼편 높은 산 고랑에서 불이 반짝하다 꺼진다. 짐승 불로는 너무 흐리고……. 아하, 이놈들이 또 왔군. 그는 가던 길을 옆으로 새었다. 더듬더듬 나뭇가지를 짚으며 큰

산으로 올라간다. 바위는 미끄러 내리며 발등을 찧는다. 딸기 가시에 종아리는 따갑고 엉금엉금 기어서 바위를 끼고 감돈다.

산 거반 꼭대기에 바위와 바위가 어깨를 겯고 움쑥 들어간 굴이 있다. 풀들은 뻗치어 굴문을 막는다. 그 속에 돌아앉아서 다섯 놈이 머리를 맞대고 수군거린다. 불빛이 샐까 염려다. 남폿불을 얕이 달아 놓고 몸들을 바싹바싹 여미어 가리운다.

"어서 후딱후딱 쳐, 갑갑해서 원."

"이번엔 누가 빠지나?"

"이 사람이지 뭘 그래."

"다시 섞어, 어서 이 따위 수작이야."

하고 한 놈이 골을 내고 화투를 빼앗아 제 손으로 섞다가 깜짝 놀란다. 그리고 버썩 대드는 응칠이를 벙벙히 치어다보며 얼뚤한다. 그들은 응칠이가 오는 것을 완고척이 싫어하는 눈치였다. 이런 애송이 노름판인데 응칠이를 들였다가는 맥을 못 쓸 것이다. 속으로는 되우 꺼렸지마는 그렇다고 응칠이의 비위를 건드림은 더욱 좋지 못하므로,

"아, 응칠인가, 어서 들어오게."

하고 선웃음을 치는 놈에,

"난 올 듯하기에, 자넬 기다렸지."

하며 어수대는 놈,

"하여튼 한케 떠 보세."

이놈들은 손을 잡아들이며 썩들 환영이다.

응칠이는 그 속으로 들어서며 무서운 눈으로 좌중을 한 번 훑어보았다.

그런데 재성이도 그 틈에 끼여 있는 것이 아닌가. 사날 전만 해도 응칠이더러 먹을 양식이 없으니 돈 좀 취하라던 놈이 의심이 부쩍 일

었다. 도둑이란 흔히 이런 노름판에서 씨가 퍼진다. 고 옆으로 기호도 앉았다. 이놈은 며칠 전 제 계집을 팔았다. 그 돈으로 영동 가서 장사를 하겠다던 놈이 노름을 왔다. 제깐 주제에 딸 듯싶은가. 하나는 용구. 농사엔 힘 안 쓰고 노름에 몸이 달았다. 시키는 부역도 안 나온다고 동리에서 손두를 맞은 놈이다. 그리고 남의 집 머슴녀석. 뽐을 내고 멋없이 점잔을 피우는 중늙은이 상투쟁이, 이 물건은 어서 날아왔는지 보지도 못하던 놈이다. 체 이것들이 뭘 한다구!

응칠이는 기호의 등을 꾹 찔러 가지고 밖으로 나왔다. 외딴 곳으로 데리고 와서,

"자네 돈 좀 없나?"

하고 돌아서다가,

"웬걸 돈이 어디……."

눈치만 남고 어름어름하니,

"아내와 갈렸다지, 그 돈 다 뭐 했나?"

"아 이 사람아 빚 갚았지!"

기호는 눈을 내리깔며 매우 거북한 모양이다.

오른편 엄지로 한 코를 막고 홍, 하고 내뿜더니 이번 빚에 졸리어 죽을 뻔했네, 하고 묻지 않는 발뺌까지 없어서 설대로 등어리를 긁죽 긁죽한다. 그러나 응칠이는 속으로 이놈, 하였다. 응칠이는 실눈을 뜨고 기호를 유심히 쏘아 주었더니,

"꼭 4원 남았네."

하고 선뜻 알리고,

"빚 갚고 뭣 하고 흐지부지 녹았어."

어색하게도 혼잣말로 우물쭈물 웃어 버린다. 응칠이는 퉁명스러이,

"나 2원만 최게."

하고 손을 내다가 그래도 잘 듣지 않으매,

"따서, 둘이 노눌 테야, 누가 떼먹나."

하고 소리가 한 번 빽 아니 나올 수 없다.

이 말에야 기호도 비로소 안심한 듯, 저고리 섶을 쳐들고 훔척거리다 쭈뼛쭈뼛 꺼내 놓는다. 딴은 응칠이의 솜씨이면 낙짜는 없을 것이다. 설혹 재간이 모자라 잃는다면 우격이라도 도로 몰아갈 테니깐…….

"나두 한케 떠 보세."

응칠이는 우죄스레 굴로 기어든다. 그 콧등에는 자신 있는 그리고 흡족한 미소가 떠오른다. 사실이지 노름만치 그를 행복하게 하는 건 다시 없다. 슬프다가도 화투나 투전장을 손에 들면 공연스리 어깨가 으쓱거리고 아무리 일이 바빠도 노름판은 옆에 못 두고 지낸다. 그는 이놈 저놈의 눈치를 한 번 슬쩍 훑고,

"두 패로 나누지?"

응칠이는 재성이와 용구를 데리고 한 옆으로 비켜앉았다. 그리고 신바람이 나서 화투를 섞다가 손을 따악 짚으며,

"튀전이래지 이깐 화투는 하여튼 뭘 할 텐가, 녹뼈긴가 켤 텐가?"

"약단이나 그저 보지."

사방은 매섭게 조용하였다. 바위 위에서 혹 바람에 모래 구르는 소리뿐이다. 어쩌다,

"옜다 봐라."

하고 화투짝이 쩔꺽 한다. 그리곤 다시 쥐 죽은 듯 잠잠하다.

그들은 이욕에 몸이 닳아서 이야기고 뭐고 할 여지가 없다. 행여 속지나 않는가 하여 눈들이 빨개서 서로 독을 올린다. 어떤 놈이 뜯는 놈이고 어떤 놈이 뜯기는 놈인지 영문 모른다.

응칠이가 한 장을 내던지고 명월 공산을 보기 좋게 떡 젖혀 놓으니,

"이거 왜 수짜질이야!"

용구가 골을 벌컥 내며 쳐다본다.

"뭐가?"

"뭐라니 아, 이 공산 자네 밑에서 빼내지 않았나?"

"봤으면 고만이지 그렇게 노할 건 또 뭔가!"

응칠이는 어설피 입맛을 쩍쩍 다시며,

"그럼 이번엔 파토지?"

하고 손의 화투를 땅에 내던지며 껄껄 웃어 버린다.

이때 한옆에서 별안간,

"이 자식, 죽인다!"

악을 쓰는 것이니 모두들 놀라며 시선을 모은다. 머슴이 마주 앉은 상투의 뺨을 갈겼다. 말인즉 매조 다섯 끗을 엎어 쳤다고…….

하나 정말은 돈을 잃은 것이 분한 것이다. 이 돈이 무슨 돈이냐 하면 1년 품을 팔은 피 묻은 사경이다. 이런 돈을 송두리 먹히다니…….

"이 자식, 너는 야마시꾼이지. 돈 내라."

멱살을 훔켜잡고 다시 두 번을 때린다.

"허, 이놈이 왜 이러누, 어른을 몰라 보고."

상투는 책상다리를 잡숫고 허리를 쓰윽 펴더니 점잖이 호령한다. 자식뻘 되는 놈에게 뺨을 맞는 건 말이 좀 덜 된다. 약이 올라서 곧 일을 칠 듯이 엉덩이를 번쩍 들었으나 그러나 그대로 주저앉고 말았다. 악에 바짝 받친 놈을 건드렸다가는 결국 이쪽이 손해다. 더럽단 듯이 허, 허 웃고,

"버릇 없는 놈 다 봤고!"

하고 꾸짖은 것은 잘 됐으나 기어이 어이쿠, 하고 그 자리에 푹 엎어진다. 이마가 터져서 피가 흘렀다. 어느 틈엔가 돌멩이가 날아와 이마의 가죽을 터친 것이다.

응칠이는 싱글거리며 굴을 나섰다. 공연스레 쑥스럽게 일이나 벌어지면 성가신 노릇이다. 그리도 돈 백이나 될 줄 알았더니 다 봐야 한 40원이 될까말까. 그걸 바라고 어느 놈이 앉았는가……

그가 딴 것은 본밑을 알라 9원하고 80전이다. 기호에 5원을 내주고,

"자, 반이 넘네. 자네 계집 잃고 돈 잃고 호강이겠네."

농담으로 비웃어 던지고는 숲 속으로 설렁설렁 내려온다.

"여보게, 자네에게 청이 있네."

재성이 목이 말라서 바득바득 따라온다. 그 청이란 묻지 않아도 알 수 있었다. 저에게 돈을 다 빼앗기곤 구문이겠지. 시치미를 딱 떼고 나 갈 길만 걷는다.

"여보게 응칠이, 아, 내 말 좀 들어!"

그제는 팔을 잡아 낚으며 살려 달라 한다. 돈을 좀 늘일까 하고 벼 열 말을 팔아 해 보았더니 다 잃었다고. 당장 먹을 게 없어 죽을 지경이니 노름 밑천이나 하게 몇 푼 달라는 것이다. 그러나 벼를 털었으면 그저 먹을 것이지 어줍잖게 노름은…….

"그런 걸 왜 너보고 하랬어?"

하고 돌아서며 소리를 빽 지르다가 가만히 보니 눈에 눈물이 글썽하다. 잠자코 돈 2원을 꺼내 주었다.

응칠이는 돌에 앉아서 팔짱을 끼고 덜덜 떨고 있다. 사방은 빼앵 돌리어 나무에 둘리씌였다. 거무튀튀한 그 형상이 헐없이 무슨 도깨비 같다. 바람이 불 적마다 쏴아, 하고 쏴아, 하고 음충맞게 건들거린다. 어느 때에는 쩍, 쩍, 하고 목을 따는지 비명도 올린다.

그는 가끔 뒤를 돌아보았다. 별일은 없을 줄 아나 호옥 뭐가 덤벼들지도 모른다. 서낭당은 바로 등 뒤다. 족제비인지 뭔지, 요동통에 돌이 무너지며 바시락바시락한다. 그 소리가 묘하게도 등줄기를 쪼옥 긁는다. 어두운 꿈속이다. 하늘에서 이슬은 내리어 옷깃을 축인다. 공포도 공포려니와 냉기로 하여 좀체로 견딜 수가 없다.

산골은 산신까지도 주렸으렷다. 아들 낳아 달라고 떡 갖다 바칠 이 없을 테니까. 이놈의 영감님 홧김에 덥석 달겨들면, 앞뒤로 다시 한 번 휘 돌아본 다음 설대를 뽑는다. 그리고 오금팽이[23]로 불을 가리고는 한 대 뻑뻑 피워 물었다. 논은 여남은 칸 떨어져 그 아래 누웠다. 일심 정기를 다하여 나무 틈으로 뚫어보고 앉았다. 그러나 땅에 대를 털려니까 풀숲이 이상스러이 흔들린다. 뱀, 뱀이 아닌가. 구시월 뱀이라니 물리면 고만이다. 자리를 옮겨 앉으며 손으로 입을 막고 하품을 터친다. 아마 두어 시간은 더 넘었으리라. 이놈이 필연코 올 텐데 안 오니 또 무슨 조활까. 이 짓이란 소문이 나기 전에 한 번 더 와 보는 것이 원칙이다. 잠을 못 자서 눈이 뻑뻑한 것이 제물에 슬금슬금 감긴다. 이를 악물고 눈을 뒵쓰면 이번에는 허리가 노글거린다. 속은 쓰리고 골치는 때리고. 불꽃 같은 노기가 불끈 일어서 몸을 옥죄인다. 이놈의 다리를 못 꺾어 놔도 애비 없는 호래자식이겠다.

닭들이 세 홰를 운다. 머얼리 산을 넘어오는 그 음향이 퍽이나 서글프다. 큰비를 몰아드는지 검은 구름이 잔뜩 끼인다. 하긴 지금도 빗방울이 뚝, 뚝, 떨어진다.

그때 논둑에서 희끄무레한 허깨비 같은 것이 얼씬거린다. 정신을 바짝 차렸다. 영락없이 성팔이, 재성이 그들 중의 한 놈이리라. 이 고생을 시키는 그놈! 이가 북북 갈리고 어깨가 다 식식거린다. 몽둥이를 잔뜩 우려 잡았다. 그리고 벌떡 일어나서 나무 줄기를 끼고 조심조심

돌아 내린다. 하나 도랑쯤 내려오다가 그는 멈씰하여 몸을 뒤로 물렸다. 늑대 두 놈이 짝을 짓고 이편 산에서 저편 산으로 설렁설렁 건너가는 길이었다. 빌어먹을 늑대, 이것까지 말썽이람. 이마의 식은땀을 씻으며 도로 제자리로 돌아온다. 어쩌면 이번 이놈도 재작년 강도 짝이나 안 될는지. 급시로 불길한 예감이 뒤통수를 탁 치고 지나간다. 그는 옷깃을 여미어 한 대를 더 붙였다. 돌연히 풍세는 심하여진다. 산골짜기로 몰아드는 억센 놈이 가끔 발광이다. 다시금 더르르 몸을 떨었다. 가을은 왜 이 지경인가. 여기에서 밤 새울 생각을 하니 기가 찼다.

얼마나 되었는지 몸을 좀 녹이고 일어나서 서성서성할 때이었다. 논으로 다가오는 희미한 그림자를 분명히 두 눈으로 보았다. 그러고 보니 피로고, 한고[24]이고 다 딴소리다. 고개를 내대고 딱 버티고 서서 눈에 쌍심지를 올린다.

흰 그림자는 어느 틈엔가 어둠 속에 사라져 보이지 않는다. 그리고 다시 나올 줄을 모른다. 바람 소리만 왱, 왱, 칠 뿐이다. 다시 암흑 속이 된다. 확실히 벼를 훔치러 논 속으로 들어갔을 것이다. 여깽이[25] 같은 놈이 궂은 날새를 기화삼아 맘껏 하겠지. 의리 없는 썩은 자식, 격장[26]에서 같이 굶는 터에…… 오냐 대거리만 있거라. 이를 한 번 부드득 갈아붙이고 차츰차츰 논께로 내려온다.

응칠이는 논께로 바특이 내려서서 소나무에 몸을 착 붙였다. 섣불리 서둘다간 남의 횡액을 입을지도 모른다. 다 훔쳐 가지고 나올 때만 기다린다. 몽둥이는 잔뜩 힘을 올린다.

한 식경쯤 지났을까, 도적은 다시 나타난다. 논둑에 머리만 내놓고 사면을 두리번거리더니 그제야 기어나온다. 얼굴에는 눈만 내놓고 수건인지 뭔지 헝겊이 가리었다. 봇짐을 등에 짊어 메고는 허리를 구붓

이 뺑손을 놓는다. 그러자 응칠이가 날쌔게 달려들며,

"이 자식아, 남의 벼를 훔쳐 가!"

하고 대포처럼 고함을 지르니 논둑으로 고대로 데굴데굴 굴러서 떨어진다. 얼결에 호되게 놀란 모양이다.

응칠이는 덤벼들어 우선 허리께를 내려 조졌다. 어이 쿠쿠, 쿠 하고 처참한 비명이다. 이 소리에 귀가 번쩍 띄어서 그 고개를 들고 팔부터 벗겨 보았다. 그러니 너무나 어이가 없었음인지 시선을 치걷으며 그 자리에 우두망찰한다.[27)

그것은 무서운 침묵이었다. 살뚱맞은 바람만 공중에서 북새를 논다.[28)

한참을 신음하다 도적은 일어나더니,

"성님까지 이렇게 못 살게 굴기유?"

제법 눈을 부라리며 몸을 홱 돌린다. 그리고 느끼며 울음이 복받친다. 봇짐도 내버린 채,

"내 것 내가 먹는데 누가 뭐래?"

하고 데퉁스러이 내뱉고는 비틀비틀 논 저쪽으로 없어진다.

형은 너무 꿈속 같아서 멍하니 섰을 뿐이다.

그러나 얼마 지나서 한 손으로 그 봇짐을 들어 본다. 가쁜하니 끽 말가웃이나 될는지. 이까짓 걸 요렇게까지 해 가려는 그 심정은 실로 알 수 없다. 벼를 논에다 도로 털어 버렸다. 그리고 아내의 치마겠지, 검은 보자기를 척척 개서 들었다. 내 걸 내가 먹는다…… 그야 이를 말이랴. 허나 내 걸 내가 훔쳐야 할 그 운명도 얄궂거니와 형을 배반하고 이 짓을 벌인 아우도 아우렸다. 에이 고연 놈, 할 제 볼을 적시는 것은 눈물이었다. 그는 주먹으로 눈물을 쓱, 비비고 머리에 번쩍 떠오르는 것이 있으니 두레두레한 황소의 눈깔. 시오 리를 남쪽 산으

로 들어가면 어느 집 바깥 뜰에 밤마다 늘 매여 있는 투실투실한 그 황소. 아무렇게 따지든 70원은 갈 데 없으리라. 그는 부리나케 아우의 뒤를 밟았다.

공동 묘지까지 거반 왔을 때에야 가까스로 만났다. 아우의 등을 탁 치며,

"얘 좋은 수 있다. 네 원대로 돈을 해 줄게 나하구 잠깐 다녀오자."

씩씩한 어조로 기쁘도록 달랬다. 그러나 아우는 입 하나 열려 하지 않고 그대로 실쭉하였다. 뿐만 아니라 어깨 위에 올려놓은 형의 손을 부질없단 듯이 몸으로 털어 버린다. 그리고 뼈익 달아난다. 이걸 보니 하 엄청나고 기가 콱 막히었다.

"이놈아!"

하고 악에 받치어,

"명색이 성이라며?"

대뜸 몽둥이를 들어가 그 볼기짝을 후려갈겼다. 아우는 모로 몸을 꺾더니 시나브로 찌그러진다. 뒤미처 앞정강이를 때리고 등을 팼다. 일어나지 못할 만치 매는 내리었다. 체면을 불구하고 땅에 엎드리어 엉엉 울도록 매는 내리었다.

홧김에 하긴 했으되 그 꼴을 보니 또한 마음이 편할 수 없다. 침을 퇴 뱉어 던지곤, 팔자 드신 놈이 그저 그렇지 별수 있나, 쓰러진 아우를 일으키어 등에 업고 일어섰다. 언제나 철이 날는지 딱한 일이었다. 속 썩는 한숨을 후우 하고 내뿜는다. 그리고 어청어청 고개를 묵묵히 내려온다.

(1935년)

1) 구메밥 — 죄수에게 벽 구멍으로 몰래 들여보내는 밥.
2) 사관 — 객지에서 남의 집에 일시 숙식을 붙이는 일.
3) 감불생심(敢不生心) — 힘이 부쳐 감히 엄두도 내지 못함.
4) 데생겼다 — 생김새나 됨됨이가 덜 이루어지다.
5) 입때 — 여태.
6) 시새장 — 우물가.
7) 괴때기 — 괴꼴. 타작할 때 나오는 벼 낟알이 섞인 짚북데기.
8) 되우 — 아주 몹시, 되게, 된통.
9) 역마 직성(驛馬直星) — 늘 분주하게 떠돌아다니는 사람의 별명.
10) 섬 — 주위와 관계없이 좁은 면적을 비유.
11) 매팔자 — 빈들빈들 놀기만 하면서도 먹고 사는 일에 걱정이 없는 경우를
일컫는 말.
12) 게트림 — 거만스럽게 거드름을 피우며 하는 트림.
13) 근대다 — 몹시 성가시게 굴다.
14) 기지 사경 — 거의 죽을 지경에 이름.
15) 사품 — 어떠한 동작·일 등이 진행되는 바람이나 기회.
16) 궐자 — '그자'를 홀하게 이르는 말.
17) 부르대다 — 거친 말로 남을 나무라다시피 떠들어대다.
18) 시쁘다 — 마음에 차지 않다.
19) 선채(先綵) — 혼례 전에 신랑 집에서 신부 집으로 보내는 채단.
20) 근사 — 맡은 일에 힘쓰는 것.
21) 노점 — '폐결핵'의 한의학상의 이름.
22) 산치성 — 산신령에게 정성을 드리는 것.
23) 오금팽이 — 구부러진 물건의 굽은 자리의 안쪽.
24) 한고 — 추위로 인한 괴로움.
25) 여깽이 — '여우'의 방언.
26) 격장 — 담을 사이에 두고 서로 이웃하는 것.
27) 우두망찰하다 — 정신이 얼떨떨하여 어찌할 바를 모르다.
28) 북새(를) 놓다 — 부산을 떨고 법석이다.

아 내

　우리 마누라는 누가 보든지 뭐 이쁘다고는 안 할 것이다. 바로 계집에 환장한 놈이 있다면 모르거니와. 나도 일상 같이 지내긴 하나 아무리 잘 고쳐 보아도 요만치도 이쁘지 않다. 하지만 계집이 낯짝이 이뻐 맛이냐. 제기랄 황소 같은 아들만 줄대 잘 빠쳐 놓으면 고만이지. 사실 우리 같은 놈은 늙어서 자식까지 없다면 꼭 굶어 죽을밖에 별도리 없다. 가진 땅 없어, 몸 못 써 일 못하여, 이걸 누가 얼쳤다고 그냥 먹여 줄 테냐. 하니까 내 말이 이왕 젊어서 되는 대로 자꾸 자식이나 쌓아 두자 하는 것이지.

　그리고 어미가 낯짝 글렀다고 그 자식까지 더러운 법은 없으렷다. 아, 바로 우리 똘똘이를 보아도 알겠지만 제 어미년은 쥐었다 놓은 개떡 같아도 좀 똑똑하고 깨끗이 생겼느냐. 비록 먹고도 대구 또 달라고 불아귀처럼 덤비기는 할망정. 참 이놈이야말로 나에게는 아버지보담도, 할아버지보담도 아주 말할 수 없이 끔찍한 보물이다.

　닌이 나에게 되지 않은 큰 체를 하게 된 것도 결국 이 자식을 낳았기 때문이다. 전에야 그 상판대길 가지고 어딜 끽소리나 제법 했으랴. 흔히 말하길 계집의 얼굴이란 눈의 안경이라 한다. 마는 제 아무리 물

아 내 ■ 95

커진 눈깔이라도 이 얼굴만은 어째 볼 도리 없을 게다.

이마가 훌떡 까지고 양미간이 벌면 소견이 탁 틔었다지 않냐. 그럼 좋기는 하다마는 아기자기한 맛이 없고 이 조로 둥글넓적이 내려온 하관에 멋없이 쑥 내민 것이 입이다. 두툼은 하나 건순[1] 입술, 말 좀 하려면 그리 정하지 못한 윗니가 부질없이 뻔질 드러난다. 설혹 그렇다 치고 한복판에 달린 코나 좀 똑똑히 생겼다면 얼마나 좋겠나. 첫대 눈에 띄는 것이 그 코인데, 이렇게 말하면 년의 흉을 보는 것 같지만, 썩 잘 보자 해도 먼 산 바라보는 돼지의 코가 자꾸만 생각이 난다.

꼴이 이러니까 밤이면 내 눈치만 스을슬 살피는 것이 아니냐. 오늘은 구박이나 안 할까, 하고 은근히 애를 태우는 맥이렷다. 이게 가여워서 피곤한 몸을 무릅쓰고 대개 내가 먼저 말을 걸게 된다. 온종일 뭘 했느냐는 둥, 싸리문을 좀 고쳐 놓으라 했더니 어떻게 했느냐는 둥, 혹은 오늘 밤에는 웬일인지 훨씬 코가 좋아 보인다는 둥, 하고. 그러면 년이 금세 헤에 벌어지고 힝 하게 내 곁에 와 앉아서는 어깨를 비겨 대고 슬근슬근 부빈다.

그리고 코가 좋아 보인다니 정말 그러냐고 몸이 달아서 묻고 또 묻고 한다. 저로도 믿지 못할 그 사실을 한때의 위안이나마 또 한 번 들어 보자는 심정이렷다. 그 속을 알고 짜장 콧날이 서나 보다고 하면 년의 대답이 뒷간엘 갈 적마다 잡아당기고 했더니 혹 나왔을지 모른다나, 그리고 아주 좋아한다.

그러나 어느 때에는 한나절 밭고랑에서 시달린 몸이 고만 축 늘어지는구나. 물론 말 한마디 붙일 새 없이 방바닥에 그대로 누워 버리지. 하면 년이 제 얼굴 때문에 그런 줄 알고 한구석에 가 시무룩해서 앉았다. 얼굴 모로 돌리어 턱을 뻐쭘 쳐들고 있는 걸 보면 필경 제 깐엔 옆얼굴이나 한 번 봐 달라는 속이겠지. 경칠 년. 옆얼굴이라고 뭐

깨묵셍이나 좀 난 줄 알구……

　이러던 년이 똘똘이를 내놓고는 갑자기 세도가 댕댕해졌다. 내가 들어가도 네놈 언제 봤냔 듯이 좀체 들떠보는 법 없지. 눈을 스르르 내리깔고는 잠자코 아이에게 젖만 먹이겠다. 내가 좀 아이의 머리라도 쓰담으며,

　"이 자식, 밤낮 잠만 자나?"

　"가만 둬, 왜 깨 놓고 싶은감."

하고 사정없이 내 손등을 주먹으로 갈긴다. 나는 처음에 어떻게 되는 셈인지 몰라서 멀거니 천장만 한참 쳐다보았다. 내 자식 내가 만지는데 주먹으로 때리는 건 무슨 경우야. 하지만 잘 따져 보니까 조금도 내가 억울할 것은 없다. 년이 나에게 큰 체를 해야 될 권리가 있는 것을 차차 알았다.

　그래서 그때부터 내가 이년, 하면 저는 이놈, 하고 대들기로 무언중 계약되었지.

　동리에서는 남의 속도 모르고 우리를 깍따귀들이라고 별명을 지었다. 혹하면 서로 대들려고 노리고만 있으니까 말이지. 하긴 요즘에 하루라도 조용한 날이 있을까 봐서 만나기만 하면 이놈, 저년, 하고 먼저 대들기로 위주다. 다른 사람들은 밤에 만나면,

　"마누라 밥 먹었수?"

　"아니요, 당신 오면 같이 먹으려구……"

하고 일어나 반색을 하겠지만 우리는 안 그러다. 누가 그렇게 팽이 소리로 달라붙느냐. 방에 떡 들어서는 길로 우선 넓적한 년의 궁둥이를 발길로 퍽 들이지른다.

　"이년아! 일어나서 밥 차려!"

　"이놈이 왜 이래, 대릴 꺾어 놀라!"

하고 년이 고개를 겨우 돌리면,

"나무 판 돈 뭐 했어, 또 술 처먹었지?"

이렇게 제법 탕탕 호령하였다. 사실이지 우리는 이래야 정이 보째 쏟아지고 또한 계집을 데리고 사는 멋이 있다. 손자새끼 낯을 해 가지고 마누라 어쩌구 하고, 어리광으로 덤비는 건 보기만 해도 눈허리가 시질 않겠니. 계집 좋다는 건 욕하고 치고 차고, 다 이러는 멋에 그렇게 치고 보면 혹 궁한 살림에 쪼들리어 악에 받친 놈의 말일지는 모른다. 마는 누구나 다 일반이겠지. 가다가 속이 맥맥하고 부아가 끓어오를 적이 있지 않나. 농사는 지어도 남는 것이 없고, 빚에는 몰리고. 게다가 집에 들어서면 자식 놈 킹킹거려, 년은 옷이 없으니 떨고 있어, 이러한 때 그냥 배길 수야 있느냐. 트죽태죽 꼬집어 가지고 년의 비녀쪽을 턱 잡고는 한바탕 홀두들겨 대는구나. 한참 그 지랄을 하고 나면 등줄기에 땀이 뿍 흐르고 한숨까지 후, 돈다면 웬만치 속이 가라앉을 때였다. 담에는 년을 도로 밀쳐 버리고 담배 한 대만 피워 물면 된다.

이 멋에 계집이 고마운 물건이라 하는 것이고 내가 또 년을 못 잊어하는 까닭이 거기 있지 않나. 그렇지 않다면이야 저를 계집이라고 등을 뚜덕여 주고 그 못난 코를 좋아 보인다고 가끔 추어 줄 맛이 뭐야. 하지만 년이 훌쩍거리고 앉아서 우는 걸 보면 이건 좀 재미 적다. 제가 주먹심으로든 입심으로든 나에게 덤비려면 어림도 없다. 쌈의 시초는 누가 먼저 걸었든간 언제든지 경을 팟다발같이 치고 나앉는 것은 년의 차지렷다.

"이리 와 자빠져 자……."

"곤두어, 너나 자빠져 자렴."

하고 년이 독이 올라서 돌아다도 안 보고 비쌘다. 마는, 한 서너 번 내려오라고 권하면 나중에는 저절로 내 옆으로 스스로 기어들게 된다. 그리고 눈물 흐르는 장반을 벙긋이 흘겨보이는 것이 아니냐. 하니까 년으로 보면 두들겨 맞고 비쌔는 멋에 나하고 사는지도 모르지.

그러나 우리가 원수같이 늘 싸운다고 정이 없느냐 하면 그건 잘못이다. 말이 났으니 말이지 정분치고 우리 것만치 찰떡처럼 끈끈한 놈은 다시 없으리라. 미우면 미울수록, 싸울수록 잠시를 떨어지기가 아깝도록 정이 착착 붙는다. 부부의 정이란 이런 겐지 모르나 하여튼 영문 모를 찰거머리 정이다. 나뿐 아니라 년도 매를 한참 두들겨 맞고 나서 같이 자리에 누우면,

"내 얼굴이 그래두 그렇게 숭업진 않지?"

하고 정말 잘난 듯이 바짝바짝 대든다. 그러면 나는 이때 뭐라고 대답해야 옳겠느냐. 하 기가 막혀서 천장을 쳐다보고 피익 내어 버린다.

"이년아, 그게 얼굴이야?"

"얼굴 아니면 가주 다닐까?"

"내니깐 이년아! 데리구 살지, 누가 근다리니 그 낯짝을?"

"뭐, 네 얼굴은 얼굴인 줄 아니? 불밤송이 같은 거, 참 내니깐 데리구 살지……."

이러면 또 일어나서 땀을 한 번 흘리고 다시 드러누울 수밖에 없다. 내 얼굴이 불밤송이 같다니 이래도 우리 어머니가 나를 낳고서 나중 땅마지기나 만져 볼 놈이라고 좋아하던 이 얼굴인데. 하지만 다시 일어나고 손짓 발짓을 하고 하는 게 성이 가셔서 대개는 그대로 눙쳐 둔다.

"그래, 내 너 이뻐할게 자식이니 대구 내놔라."

"먹이지도 못할 걸 자꾸 나 뭘 하게, 굶겨 죽일려구?"

"아 이년아! 꿔다 먹이진 못하니?"

하고 소리는 빽 지르나 딴은 뒤가 켕긴다. 더끔더끔 모아 두었다가 먹이지도 못하면 그걸 어떻게 하랴. 죄다 버리지도 못하고 떼송장이 난다면, 이런 걸 보면 년이 나보담 훨씬 소견이 튼 것을 알 수 있겠다. 물론 10리만큼 벌어진 양미간을 보아도 나와는 턱이 다르지만.

우리가 요즘 먹는 것은 내가 나무 장사를 해서 벌어들인다. 여름 같으면 품이나 판다 하지만 눈이 척척 쌓였으니 얼음을 깨 먹느냐. 하기야 산골에서 어느 놈치고 별수 있겠냐마는 하루는 산에 가서 나무를 해 들이고 그 담날엔 읍에 갖다가 판다. 나니깐 쌍지게질도 할 근력이 되겠지만. 잔뜩 나무 두 지게를 혼자서 번차례로 이놈 져다 놓고 쉬고 저놈 져다 놓고 쉬고 이렇게 해서 장찬 30리 길을 한나절에 들어가는구나. 그렇지 않으면 언제 한 지게 한 지게씩 팔아서 목구멍을 축일 수 있겠느냐. 잘 받으면 두 지게에 80전, 운이 나쁘면 60전, 65전 그걸로 좁쌀, 콩, 밀 미역, 무엇 사 들고 찾아오겠다. 죽을 쑤었으면 좀 느루²⁾ 가겠지만 우리는 더럽게 그런 것은 안 한다. 먹다 못 먹어서 뱃가죽을 움켜쥐고 나설지언정 으레 밥이지. 똘똘이는 4살짜리 어린애니깐 한 보시기, 나는 제 아버지니까 한 사발에다 또 반 사발을 더 먹고, 그런데 년은 유독히 두 사발을 처먹지 않나. 그리고도 나보다 먼저 홀딱 집어 세고는 내 사발의 밥을 한 귀퉁이 더 떠 먹는 버릇이 있다.

계집이 좋다 했더니 이게 밥버러지가 아닌가 하고 한 때는 가슴이 선뜩할 만치 겁이 났다. 없는 놈이 양이나 좀 먹어야지 이렇게 대고 처먹으면, 너 웬 밥을 이렇게 처먹니 하고 눈을 크게 뜨니까 년의 대답이, 애난 배가 그렇지 그럼, 저도 앨 나 보지, 하고 샐쭉이 토라진다. 아따 그래, 대구 처먹어라.

나중 밥값은 그 배때기에 다 게 있고 게 있는 거니까.

어떤 때에는 내가 좀 덜 먹고라도 그대로 내주고 말겠다. 경을 칠 년, 하지만 참 너무 처먹는다.

그러나 년이 떡국이 농간을 해서 나보담 한결 의뭉스럽다. 이깐 농사를 지어 뭘 하느냐? 우리 들병이²⁾로 나가자고. 딴은 내 주변으로 생각도 못했던 일이지만 참 훌륭한 생각이다. 밑지는 농사보다는 이밥에, 고기에, 옷, 마음대로 입고 좀 호강이냐. 마는, 년 얼굴을 이윽히 뜯어보다간 고만 풀이 죽는구나. 들병이에게 술 먹으러 오는 건 계집의 얼굴 보자 하는 걸 어떤 뱔 없는 놈이 저 낮짝엔 몸살날 것 같지 않다. 알고 보니 참 분하다. 년이 좀만 똑똑히 나왔더면 수가 나는걸. 멀뚱히 쳐다보고 쓴 입맛만 다시니까 년이 그 눈치를 채었는지,

"들병이가 얼굴만 이뻐서 되는 게 아니라던데, 얼굴은 박색이라도 수단이 있어야지!"

"그래 너는 그거 할 수단 있겠니?"

"그럼 하면 하지, 못할 게 뭐야."

년이 이렇게 아주 번죽 좋게 장담을 하는 것이 아니냐. 들병이로 나가서 식성대로 밥 좀 한바탕 먹어 보자는 속이겠지. 몇 번 다져 물어도 제가 꼭 될 수 있다니까 아따 그러면 한번 해 보자꾸나. 밑천이 뭐 드는 것도 아니고 소리나 몇 마디 반반히 가르쳐서 데리고 나서면 고만이니까. 내가 밤에 집에 들어오면 년을 앞에 앉히고 소리를 가르치겠다.

우선 내가 무릎 장단을 치며 아리랑 타령을 한 번 부르는구나. 아리랑 아리랑 아라리요, 춘천아 봄의 산아 잘 있거라, 신연강 배 타면 하직이라. 산골의 계집이면 강원도 아리랑쯤은 곧잘 하련만 년은 그것도 못 배웠다. 그러니 쉬운 아리랑부터 시작할밖에. 그러면 년은 도사리고 앉아서 두 손으로 엉덩이를 치며 흉내를 낸다. 목구멍에서 질

그릇 물러앉은 소리가 나니까 나중에 목이 트이면 노래는 잘 할 게다마는 가락이 딱딱 들어맞아야 할 텐데 이게 세상에 돼 먹어야지.

나는 노래를 가르치는데 이 망할 년은 소설책을 읽고 앉았으니 어떡허냐. 이걸 데리고 앉으면 흔히 닭이 울고 때로는 날도 밝는다. 년이 하도 못하니까 본보기로 나만 하고 또 하고 또 하고, 그러니 저를 들병이를 가르친다는 게 결국 내가 배우는 폭이 되지 않나.

망할 년, 저도 손으로 가리고 하품을 줄대 하며 졸리어 죽겠지.

하지만 내가 먼저 자자 하기 전에는 제가 차마 졸립다진 못할라. 애초에 들병이로 나가자, 말을 낸 것이 누군데 그래. 이렇게 생각하면 울화가 불컥 올라서 주먹이 가끔 들어간다.

"이년아 정신을 좀 채려, 나만 밤낮 하래니?"

"이놈이 팔때길 꺾어 놀라."

"이거 잘 배면 너 잘 되지 이년아, 날 주는 거냐, 큰 체게."

이번엔 손가락으로 이마빼길 꾹 찔러서 뒤로 넘긴다. 여느 때 같으면 년이 독살이 나서 저리로 내뺄 게다. 제가 한 죄가 있으니까 다시 일어나서 소리를 가르쳐 주기만 기다리는 게 아니냐.

하니 딱한 일이다. 될지 안 될지도 의문이거니와 서로 하품은 뻔질 터지고 이왕 내친 걸음이니 그렇다고 안할 수도 없고, 에라 빌어먹을 것, 너나 내나 얼른 팔자를 고쳐야지 늘 이러다 말 테냐. 이렇게 기를 한 번 쓰는구나. 그리고 밤의 산천이 울리도록 소리를 빽빽 질러 가며 년하고 또다시 흥타령을 부르겠다.

그래도 하나 기특한 것은 년이 성의는 있단 말이지. 하기는 그나마도 없다면야 들병이커녕 깻묵도 그르지만 날이라도 틈만 있으면 저 혼자서 노래를 연습하는구나. 빨래를 할 적이면 빨래방추로 가락을 맞추어 가며 이팔청춘을 부른다. 혹은 방 한구석에 죽치고 앉아서 어깻짓으로 버선을 꿰매며 노랫가락도 부른다. 노래 한 장단에 바늘 한 꿰엄씩이니 버선 한 짝 기우려면 열 나절은 걸리지. 하지만 아따 버선으로 먹고 사느냐. 노래만 잘 배워라. 년도 나만치나 이밥에 고기가 얼른 먹고 싶어서 몸살도 나는지 어떤 때에는 바깥 밭둑을 지나가려면 뒷간 속에서 콧노래가 흥이 겨울 적도 있겠다.

그러나 인제 노랫가락에 흥타령쯤 겨우 배웠으니 그 담 건 어느 하가[4]에 배우느냐. 망할 년두 참. 게다가 년이 시큰둥해서 날더러 신식 창가를 가르쳐 달라고 들병이는 구식 소리도 잘 해야 하겠지만 첫째 시체 창가를 알아야 불러 먹는다 한다. 말은 그럴 법하나 내가 어디 시체 창가를 알 수 있냐. 땅이나 파 먹던 놈이 나는 그런 거 모른다, 하고 좀 무색했더니 며칠 후에는 년이 시체 창가 하나를 배 가주 왔다. 화로를 끼고 앉아서 그 전을 두드리며 네 보란 듯이 자랑스럽게 하는 것이 아닌가. 피었네 피었네 연꽃이 피었네, 피었다고 하였더니 볼 동안에 옴쳤네.[5] 대체 이걸 어디서 배웠을까. 애 이년 참 나보단 수단이 좋구나, 하고 나는 퍽 감탄하였다.

그랬더니 나중 알고 보니까 년이 어느 틈에 야학에 가서 배우질 않았겠나. 야학이란 요 산 뒤에 있는 조그만 움인데 농군 아이에게 한겨울 동안 국문을 가르친다. 창가를 할 때쯤 해서 년이 춘 줄도 모르고 거길 찾아간다. 아이를 업고 문 밖에 서서 귀를 기울이고 엿듣다가 저도 가만가만히 흉내를 내보고 내보고 하는 것이다. 그래 가지고 집에 와서는 희짜를 뽑고 야단이지. 신식 창가는 며칠만 좀더 배우면 아주 능통하겠다.

그러나 이무리 생각해 봐도 년의 낯짝만은 걱정이다. 소리는 차차 어지간히 돼 들어가는데 이놈의 얼굴이 암만 봐도 봐도 영 글렀구나. 경칠 년, 좀만 염전히 나왔더면 이 판에 돈 한몫 크게 잡는걸. 간혹

가다 제물에 화가 뻗치면 아무 소리 않고 년의 배때기를 한두어 번 안 줴박을 수 없다. 웬 영문인지 몰라서 년도 눈깔을 크게 굴리고 벙벙히 쳐다보지. 땀을 낼 년. 그 낯짝을 하고 나한테로 시집을 온담, 뻔뻔하게. 하나 년도 말은 안 하지만 제 얼굴 때문에 가끔 성화이지. 쪽 떨어진 손거울을 들고 앉아서 이리 뜯어보고 저리 뜯어보고 하지만 눈깔이야 일반이겠지 저라고 나 뵐 리가 있겠니. 하니까 오장 썩는 한숨이 연방 터지고 한풀 죽는구나. 그러나 요행히 내가 방에 있으면 돌아보고,

"이봐! 내 얼굴이 요즘 나가지 않어?"

"그래, 좀 난 것 같다."

"아니 정말 해 봐."

하고 이년이 팔때기를 꼬집고 바싹바싹 들이덤빈다. 년이 능글차서 나쯤은 좋도록 대답해 주려니, 하고 아주 탁 믿고 묻는 게렷다. 정말 본 대로 말할 사람이면 제가 겁이 나서 감히 묻지도 못한다. 진정 이뻐졌다, 하고 나서도 능청을 좀 부리면 년이 좋아서 요새 분때를 자주 밀었으니까 좀 나졌겠지, 하고 들병이는 뭐 그렇게까지 이쁘지 않아도 된다고 또 구구히 설명을 늘어놓는다. 경을 칠 년, 계집은 얼굴 밉다는 말이 칼로 찌르는 것보다도 더 무서운 모양이다. 별 욕을 다 하고 개 잡듯 막 뚜드려도 조금 뒤에는 헤, 하고 앞으로 기어드는 이년이다. 마는 어쩌다 제 얼굴의 흥이나 좀 본다면 사흘이고 나흘이고 년이 나를 스을슬 피하며 은근히 곯으려고 든다. 망할 년 밉다는 게 그렇게 진저리가 나면 아주 면사포를 쓰고 다니지 그래. 년이 능청스러워서 조금만 이뻤더라면 나는 얼렁얼렁 해 버리고 돈 있는 놈 군서방 해 갔으렷다. 계집이 얼굴 이쁘면 제 값 다하니까. 그렇게 생각하면 년의 낯짝 더러운 것이 나에게는 불행 중 다행이라 안 할 수 없으리라.

계집은 아마 남편을 속여 먹은 맛에 깨가 쏟아지나 보다. 년이 들병이 노릇을 할 수단이 있다고 괜히 장담한 것도 저의 이 행실을 믿고 그랬는지도 모른다. 새벽 일찍이 뒤를 보려니까 어디서 창가를 부른다. 거적 틈으로 내다보니 년이 밥을 끓이면서 연습을 하지 않나. 눈보라는 생생 소리를 치는데 보강지[6]에 쪼그리고 앉아서 부지깽이로 솥뚜껑을 톡톡 두드리겠다. 그리고 거기 맞추어 신식 창가를 청승맞게 부르는구나. 그러다 밥이 우르르 끓으니까 뙤를 빗겨 놓고 다시 시작한다. 젊어서도 할미꽃 늙어서도 할미꽃 아하하 우습다, 꼬부라진 할미꽃. 망할 년, 창가는 경치게도 좋아하지. 방아타령 좀 부지런히 공부해 두라니까 그건 안 하고. 아따 아무 거라도 많이 하니 좋다. 마는 이번엔 저고리 섶이 들먹들먹하더니 아 웬 곰방 담뱃대가 나오지 않냐. 사방을 흘끔흘끔 다시 살피다 아무도 없으니까 보강지에다 들이대고 한 모금 뿌욱 빠는구나. 그리고 냅다 재치기를 줄대 뽑고 코를 풀고 이 지랄이다. 그저께도 들켜서 경을 쳤더니 년이 또 내 담배를 훔쳐 가지고 나온 것이다. 돈 안 드는 소리나 배우랬지, 망할 년 아까운 담배를. 곧 뛰어나가려다 뒤도 급하거니와 요즘 똘똘이가 감기로 앓는다. 년이 밤낮 들쳐업고 야학으로 돌아다니더니 그예 그 꼴을 만들었다. 오라질 년. 남의 아들을 중한 줄 모르고 들병이 하다가 이것 행실 버리겠다. 망할 년이 하는 소리가 들병이가 되려면 소리도 소리려니와 담배도 먹을 줄 알고 술도 마실 줄 알고 사람도 주무를 줄 알고 이래야 쓴다나. 이게 다 요전에 동리에 들어왔던 들병이에게 들은 풍월이렷다. 그래서 저도 연습 겸 골고루 다 한 번씩 해 보고 싶어서 아주 안딜이 났다. 방아타령 하나 변변히 못하는 년이 소리는 고결로 될 듯싶은지!

이런 기맥을 알고 농락해 먹은 놈이 요 아래 사는 뭉태놈이다. 놈도 더러운 놈이다. 우리 마누라의 이 낯짝에 몸이 달았으면 그만 하면 다 알쪼지. 어서 계집이 없어서 그걸 손을 대구, 망할 자식두. 놈이 와서 섣달 대목이니 술 얻어 먹으러 가자고 년을 꼬였구나. 조금 있으면 내가 올 테니까 안 된다. 해 지기 전에 잠깐만, 하고 손을 내끌었다. 들병이로 나가려면 우선 술 파는 경험도 봐야 하니까, 하는 바람에 년이 솔깃해서 덜렁덜렁 따라 나섰겠지. 집안을 망칠 년. 남편이 나무를 팔러 갔다 늦으면 밥 먹을 준비를 하고 기다려야 옳지 않으냐. 남은 밤길을 30리나 허덕지덕 걸어오는데. 눈이 푹푹 쌓여서 발모가지는 떨어져 나가는 듯이 저리고. 마을에 들어왔을 때에는 짜장 곧 쓰러질 듯이 허기가 졌다. 얼른 가서 밥 한 그릇 때려 뉘고 년을 데리고 앉아서 또 소리를 가르쳐야지. 이런 생각을 하고 술집 옆을 지나다가 뜻밖에 깜짝 놀란 것은 그 바깥방에서 년의 너털웃음이 들린다. 얼른 다가서서 문틈으로 들여다보니까 아 이 망할 년이 뭉태하고 술을 먹는구나.

이때까지 하도 우스워서 꼴들만 보고 있었지만 더는 못 참는다. 지게를 벗어 던지고 방문을 홱 열어 젖뜨리자 우선 놈부터 방바닥에 메다꽂았다. 물론 술상은 발길로 찼으니까 벽에 가 부서졌지. 담에는 년의 비녀쪽을 지르르 끌고 밖으로 나왔다. 술 취한 년은 정신이 번쩍 들도록 흠뻑 경을 쳐 줘야 할 터이니까 눈에다 틀어박았다.

그리고 깔고 올라앉아서 망할 년 등줄기를 두 주먹으로 대고 우렸다. 때리면 때릴수록 점점 눈 속으로 들어갈 뿐, 발악을 하기에는 너무 취했다. 때리는 것도 년이 대들어야 멋이 있지 이러면 아주 싱겁다. 년은 그대로 내버리고 방으로 들어가서 놈을 찾으니까 빌어먹을 자식이 생쥐 새끼처럼 어디로 벌써 내빼지 않았나. 참말이지 이런 자식 때문에 우리 동리는 망한다.

남의 계집을 보았으면 마땅히 남편 앞에 나와서 대강이가 깨져야 옳지 그래 달아난담. 못생긴 자식도 다 많지. 할 수 없이 척 늘어진 이년을 등에다 업고 비척비척 집으로 올라오자니까 죽겠구나.

날은 몹시 차지, 배는 쑤시도록 고프지, 좀 노할래야 더 노할 근력이 없다. 게다 우리 집 앞 언덕을 올라가다 엎어져서 무르팍을 크게 깠지. 그리고 집엘 들어가니까 빈 방에는 똘똘이가 혼자 어미를 부르고 울고 된통 법석이다. 망할 잡년두, 남의 자식을 그래 이렇게 길러 주면 어떡헐 작정이람. 년의 꼴 봐 하니 행실은 예전에 글렀다. 이년하고 들병이로 나갔다가는 넉넉히 나는 한 옆에 채워 놓고 딴 서방차고 달아날 년이다. 너는 들병이로 돈 벌 생각도 말고 그저 집 안에 가만히 앉았는 것이 옳겠다. 국으로 주는 밥이나 얻어 먹고 몸 성히 있다가 연해 자식이나 쏟아라. 뭐 많이도 말고 굴대 같은 아들로만 한 열다섯이면 족하지. 가만 있자. 한 놈이 1년에 벼 열 섬씩만 번다면 열다섯 놈이니까 1백 50섬. 한 섬에 더도 말고 10원 한 장씩만 받는다면 죄다 1천 5백 원이지. 1천 5백 원, 1천 5백 원, 사실 1천 5백 원이면 어이구 이건 참 너무 많구나. 그런 줄 몰랐더니 이년의 뱃속에 1천 5백 원을 지니고 있으니까 아무렇게 따져도 나보담은 낫지 않은가.

(1935년)

---

1) 건순(乾脣) ─ 위로 들린 입술.
2) 느루 ─ 한꺼번에 몰아치지 않고 길게 늘여서.
3) 들병이 ─ 병술을 들고 다니며 파는 장수.
4) 하가(何暇) ─ 어느 겨를.
5) 옴치다 ─ '옴츠리다'의 준말. 몸을 오그려 작아지게 하다.
6) 보강지 ─ '아궁지'의 방언.

봄 봄

"장인님! 인젠 저……."

내가 이렇게 뒤통수를 긁고 나이가 찼으니 성례를 시켜 줘야 하지 않겠느냐고 하면 대답이 늘,

"이 자식아! 성례구 뭐구 미처 자라야지!"

하고 만다.

이 자라야 한다는 것은 내가 아니라 장차 내 아내가 될 점순이의 키 말이다.

내가 여기에 와서 돈 한 푼 안 받고 일하기를 3년하고 꼬바기 일곱 달 동안을 했다. 그런데도 미처 못 자랐다니까 이 키는 언제야 자라는 겐지 짜장[1] 영문을 모른다. 일을 좀더 잘해야 한다든지, 혹은 밥을 (많이 먹는다고 노상 걱정하니까) 좀 덜 먹어야 한다든지 하면 나도 얼마든지 할 말이 많다. 하지만 점순이가 아직 어리니까 더 자라야 한다는 여기에는 어째 볼 수 없이 고만 벙벙하고 만다.

이래서 나는 애초 계약이 잘못된 걸 알았다. 이태면 이태, 3년이면 3년, 기한을 딱 작정하고 일을 했어야 할 것이다. 덮어놓고 딸이 자라는 대로 성례를 시켜 주마 했으니 누가 늘 지키고 섰는 것도 아니고,

그 키가 언제 자라는지 알 수 있는가. 그리고 난 사람의 키가 무럭무럭 자라는 줄만 알았지 붙박이 키에 모로만 벌어지는 몸도 있는 것을 누가 알았으랴. 때가 되면 장인님이 어련하랴 싶어서 군소리 없이 꾸벅꾸벅 일만 해 왔다. 그럼 말이다, 장인님이 제가 다 알아차려서,

"어참, 너 일 많이 했다. 고만 장가 들어라."

하고 살림도 내주고 해야 나도 좋을 것이 아니냐. 시치미를 딱 떼고 도리어 그런 소리가 나올까 봐서 지레 펄펄 뛰고 이 야단이다. 명색이 좋아 데릴사위지 일하기에 싱겁기도 할 뿐더러 이건 참 아무것도 아니다.

숙맥이 그걸 모르고 점순이의 키 자라기만 까맣게 기다리지 않았나.

언젠가는 하도 갑갑해서 자를 가지고 덤벼들어서 그 키를 한 번 재 볼까 했다마는 우리는 장인님이 내외를 해야 한다고 해서 마주 서 이야기도 한마디 하는 법이 없다. 우물길에서 어쩌다 마주칠 적이면 겨우 눈어림으로 재 보고 하는 것인데 그럴 적마다 나는 저만큼 가서,

"제에미 키두!"

하고 논둑에다 침을 퉤, 뱉는다. 아무리 잘 봐야 내 겨드랑(다른 사람보다 좀 크긴 하지만) 밑에서 넘을락말락 밤낮 요 모양이다.

개 돼지는 푹푹 크는데 왜 이리도 사람은 안 크는지, 한동안 머리가 아프도록 궁리도 해 보았다. 아하, 물동이를 자꾸 이니까 뼈다귀가 옴츠러드나 보다, 하고 내가 넌짓 넌지시 그 물을 대신 길어도 주었다. 뿐만 아니라 나무를 하러 가면 서낭당에 돌을 올려놓고,

"점순이익 키 좀 크게 해 줍소사. 그러면 담엔 떡 갖다 놓고 고사드립죠니까."

하고 치성도 한두 번 드린 것이 아니다. 어떻게 돼먹은 킨지 이래도

막무가내니 그래 내 어저께 싸운 것이지 결코 장인님이 밉다든가 해서가 아니다.

모를 붓다가 가만히 생각을 해 보니까 또 싱겁다. 이 벼가 자라서 점순이가 먹고 좀 큰다면 모르지만 그렇지도 못한 걸 내 심어서 뭘 하는 거냐. 해마다 앞으로 축 불거지는 장인님의 아랫배(너무 먹는 걸 모르고 냉병이라나, 그 배)를 불리기 위하여 심곤 조금도 싶지 않다.

"아이구 배야!"

난 물 붓다 말고 배를 쓰다듬으면서 그대로 논둑으로 기어올랐다. 그리고 겨드랑에 꼈던 벼 담긴 키를 그냥 땅바닥에 털썩 떨어치며 나도 털썩 주저앉았다. 일이 암만 바빠도 나 배 아프면 고만이니까. 아픈 사람이 누가 일을 하느냐. 파릇파릇 돋아오른 풀 한 줌을 뜯어 들고 다리의 거머리를 쓱쓱 문대며 장인님의 얼굴을 쳐다보았다.

논 가운데서 장인님도 이상한 눈을 해 가지고 한참 날 노려보더니,

"너 이 자식, 왜 또 그래 응?"

"배가 좀 아파서유!"

하고 풀 위에 슬며시 쓰러지니까 장인님은 약이 올랐다. 저도 논에서 철벙철벙 둑으로 올라오더니 잡은 참 내 멱살을 움켜잡고 내 뺨을 치는 것이 아닌가!

"이 자식아, 일허다 말면 누굴 망해 놀 속셈이냐. 이 대가릴 까놀 자식!"

우리 장인님은 약이 오르면 이렇게 손버릇이 아주 못됐다. 또 사위에게 이 자식 저 자식 하는 이놈의 장인님은 어디 있느냐. 오죽해야 우리 동리에서 누굴 막론하고 그에게 욕을 안 먹는 사람은 명이 짧다 한다. 조그만 아이들까지도 그를 돌려세워 놓고 욕필이(본 이름이 봉필이니까) 욕필이, 하고 손가락질을 할 만큼 두루 인심을 잃었다. 하나

인심을 정말 잃었다면 욕보다 읍의 배 참봉댁 마름으로 더 잃었다. 본시 마름이란 욕 잘 하고, 사람 잘 치고, 그리고 생김 생기길 호박개 같아야 쓰는 거지만 장인님은 외양이 똑 됐다. 장인에게 닭마리나 좀 보내지 않는다든가 애벌논2) 때 품을 좀 안 준다든가 하면 그 해 가을에는 영락없이 땅이 뚝뚝 떨어진다. 그러면 미리부터 돈도 먹이고 술도 먹이고 안달 재신으로 돌아치던 놈이 그 땅을 슬쩍 돌려안는다. 이 바람에 장인님 집 외양간에는 눈깔 커다란 황소 한 놈이 절로 엉금엉금 기어들고 동리 사람들은 그 욕을 다 먹어 가면서도 그래도 굽신굽신하는 게 아닌가.

그러나 내겐 장인님이 감히 큰소리할 계제가 못 된다. 뒷생각은 못 하고 뺨 한 대를 딱 때려 놓고는 장인님은 무색해서 덤덤히 쓴 침만 삼킨다. 난 그 속을 퍽 잘 안다. 조금 있으면 갈3)도 꺾어야 하고 모도 내야 하고, 한창 바쁜 때인데 나 일 안 하고 우리 집으로 그냥 가면 고만이니까.

작년 이맘때도 트집을 좀 하니까 늦잠 잔다구 돌멩이를 집어 던져서 자는 놈의 발목을 삐게 해 놨다. 사날씩이나 건성 끙, 끙, 앓았더니 종당에는 거반 울상이 되지 않았던가.

"얘, 그만 일어나 일 좀 해라, 그래야 올 갈에 벼 잘 되면 너 장가 들지 않니."

그래 귀가 번쩍 띄어서 그날로 일어나서 남이 이틀 품 들일 논을 혼자 삶아 놓으니까 장인님도 눈깔이 커다랗게 놀랐다. 그럼 정말로 가을에 와서 혼인을 시켜 줘야 원 경우가 옳지 않겠나. 볏섬을 척척 들여 쌓아도 다른 소리는 없고 물동이를 이고 들어오는 점순이를 담배통으로 가리키며,

"이 자식아, 미처 커야지 조걸 무슨 혼인을 한다구 그러니 원!"

하고 남 낯짝만 붉혀 주고 고만이다.

골김에[4] 그저 이놈의 장인님 하고 댓돌에다 메꽂고 우리 고향으로 내뺄까 하다가 꾹꾹 참고 말았다.

참말이지 난 이 꼴 하고는 집으로 차마 못 간다. 장가를 들러 갔다가 오죽 못났어야 그대로 쫓겨 왔느냐고 손가락질을 받을 테니까……

논둑에서 벌떡 일어나 한풀 죽은 장인님 앞으로 다가서며,

"난 갈 테야유, 그 동안 사경 쳐 내슈 뭐."

"너 사위로 왔지 어디 머슴 살러 왔니?"

"그러면 얼찐 성례를 해 줘야 안 하지유. 밤낮 부려만 먹구 해 준다, 해 준다……"

"글쎄, 내가 안 하는 거냐, 그년이 안 크니까."

하고 어름어름 담배만 담으면서 늘 하는 소리를 또 늘어놓는다.

이렇게 따져 나가면 언제든지 늘 나만 밑지고 만다. 이번엔 안 된다, 하고 대뜸 구장님한테로 판단 가자고 소맷자락을 내끌었다.

"아, 이 자식이 왜 이래 어른을."

안 간다고 뻗디디고 이렇게 호령은 제 맘대로 하지만 장인님 제가 내 기운을 못 당한다. 막 부려먹고 딸은 안 주고 게다 땅땅 치는 건다 뭐야.

그러나 내 사실 참 장인님이 미워서 그런 것은 아니다.

그 전날 왜 내가 새고개 맞은 봉우리 화전밭을 혼자 갈고 있지 않았느냐. 밭 가생이로 돌 적마다 야릇한 꽃내가 물컥물컥 코를 찌르고 머리 위에서 벌들은 가끔 붕, 붕, 소리를 친다. 바위 틈에서 샘물 소리밖에 안 들리는 산골짜기니까 맑은 하늘의 봄볕은 이불 속같이 따스하고 꼭 꿈꾸는 것 같다. 나는 몸이 나른하고(몸살은 아직 모르지만)

병이 나려구 그러는지 가슴이 울렁울렁하고 이랬다.

"이러이! 말이! 맘 마 마 ……."

이렇게 노래를 하며 소를 부리면 여느 때 같으면 어깨가 으쓱으쓱 한다. 웬일인지 밭을 반도 갈지 않아서 온몸의 맥이 풀리고 대고 짜증 만 난다. 공연히 소만 들입다 두들기며,

"안야! 안야! 이 망할 자식의 소 (장인님의 소니까), 대리[5]를 꺾어 줄라."

그러나 내 속은 정말 소 때문이 아니라 점심을 이고 온 점순이의 키를 보고 울화가 났던 것이다.

점순이는 뭐 그리 썩 예쁜 계집애는 못 된다. 그렇다고 또 개떡이 냐 하면 그런 것도 아니고, 꼭 내 아내가 돼야 할 만큼 그저 툽툽하게 생긴 얼굴이다. 나보다 10년이 아래니까 올해 열여섯인데 몸은 남보 다 두 살이나 덜 자랐다. 남은 잘도 흰칠히들 크건만 이건 위아래가 몽톡한 것이 내 눈에는 하릴없이 감참외 같다. 참외 중에는 감참외가 제일 맛 좋고 예쁘니까 말이다. 둥글고 커단 눈은 서글서글하니 좋고 좀 지쳐 찢어졌지만 입은 밥술이나 톡톡히 먹음직하니 좋다. 아따, 밥 만 많이 먹게 되면 팔자는 고만 아니냐. 한데 한 가지 파가 있다면 가 끔 가다 몸이(장인님은 이걸 채신이 없이 들까분다고 하지만) 너무 빨 리빨리 논다. 그래서 밥을 나르다가 때없이 풀밭에다 깨빡을 쳐서 흙 투성이 밥을 곤잘 먹인다. 안 먹으면 무안해할까 봐서 이걸 씹고 앉았 노라면 으적으적 소리만 나고 돌을 먹는 겐지 밥을 먹는 겐지…….

그러나 이날은 웬일인지 성한 밥째로 밭머리에 곱게 내려놓았다. 그리고 또 내외를 해야 하니까 저만큼 떨어져 이쪽으로 등을 향하고 웅크리고 앉아서 그릇 나기를 기다린다.

내가 다 먹고 물러섰을 때, 그릇을 와서 챙기는데 난 깜짝 놀라지

않았느냐. 고개를 푹 숙이고 밥 함지에 그릇을 포개면서 날더러 들으라는지, 혹은 제 소린지,

"밤낮 일만 하다 말 텐가!"

하고 혼자서 쫑알거린다. 고대[6] 잘 내외하다가 이게 무슨 소린가, 하고 난 정신이 얼떨떨했다. 그러면서도 한편 무슨 좋은 수나 없는가 싶어서 나도 공중을 대고 혼잣말로,

"그럼 어떻게?"

하니까,

"성례시켜 달라지 뭘 어떻게."

하고 되알지게 쏘아붙이고 얼굴이 빨개져서 산으로 그저 도망질을 친다.

나는 잠시 동안 어떻게 되는 셈판인지 맥을 몰라서 그 뒷모양만 덤덤히 바라보았다.

봄이 되면 온갖 초목이 물이 오르고 싹이 트고 한다. 사람도 아마 그런가 보다 하고 며칠 내에 부쩍(속으로) 자란 듯싶은 점순이가 여간 반가운 것이 아니다.

이런 걸 멀쩡하게 안직 어리다구 하니까……

우리가 구장님을 찾아갔을 때 그는 싸리문 밖에 있는 돼지 우리에서 죽을 퍼 주고 있었다. 서울엘 좀 갔다 오더니 사람은 점잖아야 한다고 윗수염이(얼른 보면 지붕 위에 앉은 제비 꼬랑지 같다) 양쪽으로 뾰족이 뻗치고 그걸 에헴, 하고 늘 쓰닫는 손버릇이 있다. 우리를 멀뚱히 쳐다보고 미리 알아챘는지,

"왜 일들 허다 말구 그래?"

하더니 손을 올려서 그 에헴을 한 번 후딱했다.

"구장님! 우리 장인님과 첨에 계약하기를……"

먼저 덤비는 장인님을 뒤로 떠다밀고 허둥지둥 달겨들다가 가만히 생각하고,

"아니 우리 빙장님과 첨에."

하고 첫번부터 다시 말을 고쳤다. 장인님은 빙장님, 해야 좋아하고 밖에 나와서 장인님, 하면 괜스레 골을 내려고 든다. 뱀두 뱀이래야 좋으냐구 창피스러우니 남 듣는 데는 제발 빙장님, 빙모님 하라구 일상 당조짐을 받아 오면서 난 그것도 자꾸 잊는다.

당장도 장인님 하다 옆에서 내 발등을 꾹 밟고 곁눈질을 흘기는 바람에야 겨우 알았지만…….

구장님도 내 이야기를 자세히 듣더니 퍽 딱한 모양이었다. 하기야 구장님뿐만 아니라 누구든지 다 그럴 게다. 길게 길러 둔 새끼손톱으로 코를 후벼서 저리 탁 튀기며,

"그럼 봉필 씨! 얼른 성례를 시켜 주구려, 그렇게까지 제가 하구 싶다는걸!"

하고 내 짐작대로 말했다. 그러나 이 말에 장인님은 삿대질로 눈을 부라리고,

"아 성례구 뭐구 계집애년이 미처 자라야 할 게 아닌가?"

하니까 고만 멀쑤룩해서 입맛만 쩍쩍 다실 뿐이 아닌가.

"그것두 그래!"

"그래, 거진 4년 동안에도 안 자랐다니 그 킨 언제 자라지유? 다 그만두구 사경 내슈……"

"글쎄, 이 자식아! 내가 크질 말라구 그랬니 왜 날보구 떼냐?"

"빙모님은 참새만한 것이 그럼 어떻게 앨 낳지유?" (사실 장모님은 점순이보다도 귀때기 하나가 작다)

장인님은 이 말을 듣고 껄껄 웃더니 (그러나 암만해두 돌 씹은 상이

다) 코를 푸는 척하고 날 은근히 곯리려고 팔꿈치로 옆 갈비께를 퍽 치는 것이다. 더럽다, 나두 종아리의 파리를 쫓는 척하고 허리를 구부리며 그 궁둥이를 꽉 떼밀었다. 장인님은 앞으로 우찔근하고 싸리문께로 쓰러질 듯하다 몸을 바로 고치더니 눈총을 몹시 쏘았다. 이런 상년의 자식, 하곤 싶으나 남의 앞이라서 차마 못하고 섰는 그 꼴이 보기에 퍽 쟁그러웠다.[7]

그러나 이 밖에는 별반 신통한 귀정[8]을 얻지 못하고 도로 논으로 돌아와서 모를 부었다. 왜냐하면 장인님이 뭐라구 귓속말로 수군수군 하고 간 뒤다. 구장님이 날 위해서 조용히 데리고 아래와 같이 일러 주었기 때문이다(뭉태의 말은 구장님이 장인님에게 땅 두마지기 얻어 부치니까 그래 꾀였다고 하지만 난 그렇게 생각 않는다).

"자네 말두 하기야 옳지, 암 나이가 찼으니까 아들이 급하다는 게 잘못된 말은 아니야. 허지만 농사가 한창 바쁜 때 일을 안 한다든가 집으로 달아난다든가 하면 손해 죄루 그것두 징역을 가거든! (여기에 그만 정신이 번쩍 났다) 왜 요전에 삼포 말서 산에 불 좀 놓았다구 징역간 거 못 봤나? 제 산에 불을 놓아도 징역을 가는 이땐데 남의 농사를 버려 주니 죄가 얼마나 더 중한가, 그리고 자넨 정장을(사경 받으러 정장 가겠다 했다) 간대지만 그러면 괜시리 죄를 들쓰고 들어가는 걸세. 또 결혼두 그렇지. 법률에 성년이란 게 있는데 스물하나가 돼야지 비로소 결혼을 할 수가 있는 걸세. 자넨 물론 아들이 늦은 걸 염려하지만 점순이루 말하면 이제 겨우 열여섯이 아닌가. 그렇지만 아까 빙장님의 말씀이, 올 갈에는 열일을 제치고라두 성례를 시켜 주겠다 하시니 좀 고마울 겐가. 빨리 가서 모 붓던 거나 마저 붓게, 군소리 말구 어서 가."

그래서 오늘 아침까지 끽소리 없이 왔다.

장인님과 내가 싸운 것은 지금 생각하면 전혀 뜻밖의 일이라 안 할 수 없다. 장인님으로 말하면 요즈막 작인들에게 행세를 좀 하고 싶다고 해서,

　"돈 있으면 양반이지 별 게 있느냐!"

하고 일부러 아랫배를 툭 내밀고 걸음도 뒤틀리게 걷고 하는 이 판이다. 이까짓 나쯤 두들기다 남의 땅을 가지고 모처럼 닦아 놓았던 가문을 망친다든가 할 어른이 아니다. 또 나로 논지하면[9] 아무쪼록 잘 빼서 점순이에게 얼른 장가를 들어야 하지 않느냐.

　이렇게 말하자면 결국 어젯밤 뭉태네 집에 마을[10]간 것이 썩 나빴다. 낮에는 구장님 앞에서 장인님과 내가 싸운 것을 어떻게 알았는지 대고 빈정거리는 것이 아닌가.

　"그래 맞구두 그걸 가만 뒤?"

　"그럼 어떡허니?"

　"임마, 봉필일 모판에다 거꾸로 박아 놓지 뭘 어떻해?"

하고 괜히 내 대신 화를 내 가지고 주먹질을 하다 등잔까지 쳤다. 놈이 본시 괄괄은 하지만 그래 놓고 날더러 석윳값을 물라구 막 지다위[11]를 붙는다. 난 어안이 벙벙해서 잠자코 앉았으니까 저만 연신 지껄이는 소리가,

　"밤낮 일만 해 주구 있을 테냐?"

　"영득이는 1년을 살구두 장가를 들었는데 넌 4년이나 살구두 더 살아야 해?"

　"네가 세 번째 사윈 줄이나 아니? 세 번째 사위."

　"남의 일이라도 분하다 이 자식아. 우물에 가 빠져 죽어."

　나중에는 겨우 손톱으로 목을 따라고까지 하고 제 아들같이 함부로 홀딱이었다.[12] 별의별 소리를 다 해서 그대로 옮길 수는 없으나 그

줄거리는 이렇다.

우리 장인님이 딸 셋이 있는데 맏딸은 재작년 가을에 시집을 갔다. 정말은 시집을 간 것이 아니라 그 딸도 데릴사위를 해 가지고 있다가 내보냈다. 그런데 딸이 열 살 때부터 열아홉, 즉 10년 동안에 데릴사위를 갈아 들이기를, 동리에선 사위 부자라고 이름이 났지마는 열 놈이란 참 너무 많다. 장인님이 아들은 없고 딸만 있는 고로 그 담 딸을 데릴사위를 해 올 때까지는 부려먹지 않으면 안 된다. 물론 머슴을 두면 좋지만 그 돈이 드니까, 일 잘 하는 놈을 고르느라고 연방 바꿔 들였다. 또 한편 놈들이 욕만 줄창 퍼붓고 심히도 부려먹으니까 밸이 상해서 달아나기도 했겠지. 점순이는 둘째 딸인데 내가 일테면 그 세 번째 데릴사위로 들어온 셈이다. 내 담으로 네 번째 놈이 들어올 것을 내가 일도 참 잘 하고 그리고 사람이 좀 어수룩하니까 장인님이 잔뜩 붙들고 놓질 않는다. 셋째딸이 인제 여섯 살, 적어도 열 살은 돼야 데릴사위를 할 테므로 그 동안은 죽도록 부려먹어야 된다. 그러니 인제는 속 좀 채리고 장가를 들여 달라구 떼를 쓰고 나자빠져라, 이것이다.

나는 건으로[13] 엉, 엉, 하며 귓등으로 들었다. 뭉태는 땅을 얻어 부치다가 떨어진 뒤로는 장인님만 보면 공연히 못 먹어서 으릉거린다. 그것도 장인님이 저 달라고 할 적에 제 집에서 위한다는 그 감투(예전에 원님이 쓰던 것이라나 옆구리에 뽕뽕 좀먹은 걸레)를 선뜻 주었더면 그럴 리도 없었던 걸……

그러나 나는 뭉태란 놈의 말을 전수히 곧이듣지 않았다. 꼭 곧이들었다면 간밤에 와서 장인님과 싸웠지 무사히 있었을 리가 없지 않은가. 그러면 딸에게까지 인심을 잃은 장인님이 혼자 나빴다.

실토이지 나는 점순이가 아침상을 가지고 나올 때까지는 오늘은 또 얼마나 밥을 담았나, 하고 이것만 생각했다. 상에는 된장 찌개하고 간장 한 종지, 조밥 한 그릇, 그리고 밥보다 더 수부룩하게 담은 산나물이 한 대접, 이렇다. 나물은 점순이가 틈틈이 해 오니까 두 대접이고 네 대접이고 멋대로 먹어도 좋으나 밥은 장인님이 한 사발 외엔 더 주지 말라고 해서 안 된다. 그런데 점순이가 그 상을 내 앞에 내려놓으며 제 말로 지껄이는 소리가,

"구장님한테 갔다 그냥 온담 그래!"

하고 엊그제 산에서와 같이 되우[14] 종알거린다. 딴은 내가 더 단단히 덤비지 않고 만 것이 좀 어리석었다. 속으로 그랬다. 나도 저쪽 벽을 향하여 외면하면서 내 말로,

"안 된다는 걸 그럼 어떡헌담!"

하니까,

"쇰[15]을 잡아채지 그냥 둬, 이 바보야!"

하고 또 얼굴이 빨개지면서 성을 내며 안으로 샐쭉하니 뒈 들어가지 않느냐. 이때 아무도 본 사람이 없었게 망정이지 보았다면 내 얼굴이 어미 잃은 황새 새끼처럼 가엾다, 했을 것이다.

사실 이때만큼 슬펐던 일이 또 있었는지 모른다. 다른 사람은 암만 못생겼다 해두 괜찮지만 내 아내 될 점순이가 병신으로 본다면 참 신세는 따분하다. 밥을 먹은 뒤 지게를 지고 일터로 가려 하다 도로 벗어 던지고 바깥 마당 공석 위에 드러누워서 나는 차라리 죽느니만 같지 못하다 생각했다.

내가 일 안 하면 장인님 저는 나이가 먹어 못하고 결국 농사 못 짓고 만다. 뒷짐으로 트림을 꿀꺽 하고 대문 밖으로 나오다 날 보고서,

"이 자식아! 너 왜 또 이러니?"

"관격이 났어유, 아이구 배야!"

"기껀 밥 처먹구 나서 무슨 관격이야, 남의 농사 버려 주면 이 자식 아 징역 간다 봐라!"

"가두 좋아유, 아이구 배야!"

참말 난 일 안 해서 징역 가도 좋다 생각했다. 일후 아들을 낳아도 그 앞에서 바보, 바보 이렇게 별명을 들을 테니까 오늘은 열 쪽이 난 대도 결정을 내고 싶었다.

장인님이 일어나라고 해도 내가 안 일어나니까 눈에 독이 올라서 저편으로 횡하게 가더니 지게 막대기를 들고 왔다. 그리고 그걸로 내 허리를 마치 들떠 넘기듯이 쿡 찍어서 넘기고 넘기고 했다. 밥을 잔뜩 먹고 딱딱한 배가 그럴 적마다 퉁겨지면서 밸창이 꼿꼿한 것이 여간 켕기지 않았다. 그래도 안 일어나니까 이번에는 배를 지게 막대기로 위에서 쿡쿡 찌르고 발길로 옆구리를 차고 했다. 장인님은 원체 심술이 궂어서 그러지만 나도 저만 못하지 않게 배를 채였다. 아픈 것을 눈을 꽉 감고 넌 해라 난 재밌단 듯이 있었으나 볼기짝을 후려갈길 적에는 나도 모르는 결에 벌떡 일어나서 그 수염을 잡아챘다. 마는 내 골이 난 것이 아니라 정말은 아까부터 부엌 뒤 울타리 구멍으로 점순이가 우리들의 꼴을 몰래 엿보고 있었기 때문이다.

가뜩이나 말 한 마디 톡톡히 못한다고 바보라는데 매까지 잠자코 맞는 걸 보면 짜장 바보로 알 게 아닌가. 또 점순이도 미워하는 이까짓 놈의 장인님 나하곤 아무것도 안 되니까 막 때려도 좋지만 사정 보아서 수염만 채고 (제 원대로 했으니까 이때 점순이는 퍽 기뻤겠지) 저기까지 잘 들리도록,

"이걸 까셀라부다!"

하고 소리를 쳤다.

장인님은 더 약이 바짝 올라서 잡은 참 지게 막대기로 내 어깨를

그냥 내려 갈겼다. 정신이 다 아찔하다. 다시 고개를 들었을 때 그때엔 나도 온몸에 약이 올랐다. 이 녀석의 장인님을, 하고 눈에서 불이 퍽 나서 그 아래 밭에 있는 넝쿨 아래로 그대로 떠밀어 굴려 버렸다. 조금 있다가 장인님이 씩, 씩, 하고 한번 해 보려고 기어오르는 걸 얼른 또 떼밀어 굴려 버렸다.

기어오르면 굴리고 굴리면 기어오르고 이러길 한 너덧 번을 하며 그럴 적마다,

"부려만 먹구 왜 성례 안 하지유!"

나는 이렇게 호령했다. 하지만 장인님이 선뜻, 오냐 널이라두 성례 시켜 주마, 했으면 나도 성가신 걸 그만두었을지 모른다. 나야 이러면 때린 건 아니니까 나중에 장인 쳤다는 누명도 안 들을 터이고 얼마든지 해도 좋다.

한 번은 장인님이 헐떡헐떡 기어서 올라오더니 내 바짓가랑이를 요렇게 노리고서 단박 움켜잡고 매달렸다. 악, 소리를 치고 나는 그만 세상이 팽그르 도는 것이,

"빙장님! 빙장님! 빙장님!"

"이 자식! 잡아먹어라! 잡아먹어!"

"아! 아! 할아버지! 살려 줍쇼, 할아버지!"

하고 두 팔을 허둥지둥 내절 적에는 이마에 진땀이 쭉 내솟고 인젠 참으로 죽나 보다 했다. 그래두 장인님은 놓질 않더니 내가 기어이 땅바닥에 쓰러져서 거진 까무러치게 되니까 놓는다. 더럽다, 더럽다. 이게 장인님인가? 나는 한참을 못 일어나고 쩔쩔맸다. 그러나 얼굴을 드니(눈에 참 아무것도 보이지 않았다) 사지가 부르르 떨리면서 나도 엉금엉금 기어가 장인님의 바짓가랑이를 꽉 움키고 잡아 낚았다.

내가 머리가 터지도록 매를 얻어맞은 것이 이 때문이다. 그러나 여

기가 또한 우리 장인님이 유달리 착한 곳이다.

여느 사람이면 사경을 주어서라도 당장 내쫓았지, 터진 머리를 불솜으로 손수 지져 주고, 호주머니에 희연 한 봉을 넣어 주고 그리고,

"올 갈엔 꼭 성례를 시켜 주마. 암말 말구 가서 뒷골의 콩밭이나 얼른 갈아라."

하고 등을 뚜덕여 줄 사람이 누구냐.

나는 장인님이 너무나 고마워서 어느덧 눈물까지 났다. 점순이를 남기고 인젠 내쫓기려니, 하다 뜻밖의 말을 듣고,

"빙장님 인제 다시는 안 그러겠어유!"

이렇게 맹세를 하며 부랴부랴 지게를 지고 일터로 갔다.

그러나 이때는 그걸 모르고 장인님을 원수로만 여겨서 잔뜩 잡아당겼다.

"아! 아! 이놈아! 놔라, 놔."

장인님은 헛손질을 하며 솔개미에 챈 닭의 소리를 연해 질렀다. 놓긴 왜, 이왕이면 호되게 혼을 내주리라 생각하고 짓궂이 더 댕겼다. 마는 장인님이 땅에 쓰러져서 눈에 눈물이 피잉 도는 것을 알고 좀 겁도 났다.

"할아버지! 놔라, 놔, 놔."

그래도 안 되니까,

"애 점순아! 점순아!"

이 악장에 안에 있었던 장모님과 점순이가 헐레벌떡하고 단숨에 뛰어나왔다. 나의 생각에 장모님은 제 남편이니까 역성을 할는지 모른다. 그러나 점순이는 내 편을 들어서 속으로 고소해하겠지…… 대체 이게 웬 속인지(지금까지도 난 영문을 모른다), 아버질 혼내 주기는 제가 내래 놓고 이제 와서는 달려들며,

"에그머니! 이 망할 게 아버지 죽이네!"

하고 내 귀를 뒤로 잡아당기며 마냥 우는 것이 아니냐. 그만 여기에 기운이 탁 꺾이어 나는 얼빠진 등신이 되고 말았다. 장모님도 덤벼들어 한 쪽 귀마저 뒤로 잡아채면서 또 우는 것이다.

이렇게 꼼짝도 못하게 해 놓고 장인님은 지게 막대기를 들어서 사뭇 내려 조겼다. 그러나 나는 구태여 피하려 하지도 않고 암만해도 그 속 알 수 없는 점순이의 얼굴만 멀거니 들여다보았다.

"이 자식! 장인 입에서 할아버지 소리가 나오도록 해!"

(1935년)

---

1) 짜장 — 과연 정말로.
2) 애벌논 — 애벌로 맨 논.
3) 갈 — '갈대'·'갈잎' 의 준말.
4) 골김에 — 골이 난 그 바람에. 홧김에.
5) 대리 — '다리' 의 방언.
6) 고대 — 지금 막.
7) 쟁그랍다 — 보거나 만지기에 불쾌할 만큼 흉하다.
8) 귀정 — 그릇되었던 사물이 바른길로 돌아오는 것.
9) 논지하다 — 따져 말하다.
10) 마을 — 이웃에 놀러 가는 일.
11) 지다위 — 자기의 허물을 남에게 덮어씌우는 짓.
12) 훌닦다 — 휘꼴이서 몹시 나무라다.
13) 건으로 — 터무니없이.
14) 되우 — 아주 몹시. 되게. 된통.
15) 쉼 — '수염' 의 방언.

동백꽃

오늘도 또 우리 수탉이 막 쪼이었다. 내가 점심을 먹고 나무를 하러 갈 양으로 나올 때이었다.

산으로 올라서려니까 등 뒤에서 푸드득푸드득 하고 닭의 횃소리가 야단이다. 깜짝 놀라서 고개를 돌려 보니 아니나 다르랴, 두 놈이 또 얼리었다.

점순네 수탉(대강이가 크고 똑 오소리같이 실팍하게 생긴 놈)이 덩저리[1] 적은 우리 수탉을 함부로 해내는 것이다. 그것도 그냥 해내는[2] 것이 아니라 푸드득 하고 면두를 쪼고 물러섰다가 좀 사이를 두고 또 푸드득 하고 모가지를 쪼았다. 이렇게 멋을 부려 가며 여지없이 닦아 놓는다. 그러면 이 못생긴 것은 쪼일 적마다 주둥이로 땅을 받으며 그 비명이 킥, 킥, 할 뿐이다. 물론 미처 아물지도 않은 면두를 또 쪼이어 붉은 선혈은 뚝뚝 떨어진다.

이걸 가만히 내려다보자니 내 대강이가 터져서 피가 흐르는 것같이 두 눈에서 불이 번쩍 난다. 대뜸 지게 막대기를 메고 달려들어 점순네 닭을 후려칠까 하다가 생각을 고쳐 먹고 헛매질로 떼어만 놓았다.

이번에도 점순이가 쌈을 붙여 났을 것이다. 바짝바짝 내 기를 올리느라고 그랬음에 틀림없을 것이다.

고놈의 계집애가 요새로 접어들어서 왜 나를 못 먹겠다고 고렇게 아르릉거리는지 모른다.

나흘 전 감자 쪼간만 하더라도 나는 저에게 조금도 잘못한 것은 없다. 계집애가 나물을 캐러 가면 갔지 남 울타리 엮는데 쌩이질[3]을 하는 것은 다 뭐냐. 그것도 발소리를 죽여 가지고 등 뒤로 살며시 와서,

"애 너 혼자만 일하니?"

하고 긴치 않은 수작을 하는 것이다.

어제까지도 저와 나는 이야기도 잘 않고 서로 만나도 본 척 만 척 하고 이렇게 점잖게 지내던 터이련만 오늘로 갑작스레 대견해졌음은 웬일인가. 황차 망아지만한 계집애가 남 일하는 놈 보구……,

"그럼 혼자 하지 떼루 하디?"

내가 이렇게 내배앝는 소리를 하니까,

"너 일하기 좋니?"

또는,

"한여름이나 되거든 하지 벌써 울타리를 하니?"

잔소리를 두루 늘어놓다가 남이 들을까 봐 손으로 입을 틀어막고는 그 속에서 깔깔대인다. 별로 우스울 것도 없는데 날씨가 풀리더니 이 놈의 계집애가 미쳤나 하고 의심하였다. 게다가 조금 뒤에는 제 집께를 할끔할끔 돌아보더니 행주치마의 속으로 꼈던 바른손을 뽑아서 나의 턱 밑으로 불쑥 내미는 것이다. 언제 구웠는지 아직도 더운 김이 홱 끼치는 굵은 감자 세 개가 손에 뿌듯이 쥐였다.

"느 집엔 이거 없지."

하고, 생색 있는 큰소리를 하고는 제가 준 것을 남이 알면 큰일날 테니 여기서 얼른 먹어 버리란다. 그리고 또 하는 소리가,

"너 봄 감자가 맛있단다."

"난 감자 안 먹는다, 네나 먹어라."

나는 고개도 돌리려지 않고 일하던 손으로 그 감자를 도로 어깨 너머로 쓱 밀어 버렸다. 그랬더니 그래도 가는 기색이 없고, 뿐만 아니라 쌔근쌔근 하고 심상치 않게 숨소리가 점점 거칠어진다. 이건 또 뭐야 싶어서 그때에야 비로소 돌아다보니 나는 참으로 놀랐다. 우리가 이 동리에 들어온 것은 근 3년째 되어 오지만 여지껏 가무잡잡한 점순이의 얼굴이 이렇게까지 홍당무처럼 새빨개진 법이 없었다. 게다 눈에 독을 올리고 한참 나를 요렇게 쏘아보더니 나중에는 눈물까지 어리는 것이 아니냐. 그리고 바구니를 다시 집어들더니 이를 꼭 아물고는 엎어질 듯 자빠질 듯 논둑으로 휑하게 달아나는 것이다.

어쩌다 동리 어른이,

"너 얼른 시집을 가야지?"

하고 웃으면,

"염려 마세유. 갈 때 되면 어련히 갈라구."

이렇게 천연덕스럽게 받는 점순이었다. 본시 부끄러움을 타는 계집애도 아니려니와 또한 분하다고 눈에 눈물을 보일 얼병이도 아니다. 분하면 차라리 나의 등어리를 바구니로 한 번 모지게 후려 때리고 달아날지언정.

그런데 고약한 그 꼴을 하고 가더니 그 뒤로는 나를 보면 잡아먹으려고 기를 북북 쓰는 것이다.

설혹 주는 감자를 안 받아 먹은 것이 실례라 하면, 주면 그냥 주었지 '느 집엔 이거 없지.'는 다 뭐냐. 그렇잖아도 저희는 마름이고 우리는 그 손에서 배재를 얻어 땅을 부치므로 일상 굽신거린다. 우리가 이 마을에 들어와 집이 없어서 곤란하게 지낼 제, 집터를 빌리고 그 위에 집을 또 짓도록 마련해 준 것도 점순네의 호의였다. 그리고 우리 어머니 아버지도 농사 때 양식이 달리면 점순네한테 가서 부지런히 꾸어다 먹으면서 인품 그런 집은 다시 없으리라고 침이 마르도록 칭찬하곤 하는 것이다. 그러면서도 열일곱씩이나 된 것들이 수군수군하고 붙어 다니면 동리의 소문이 사납다고 주의를 시켜 준 것도 또 어머니였다. 왜냐하면 내가 점순이하고 일을 저질렀다가는 점순네가 노할 것이고, 그러면 우리는 땅도 떨어지고 집도 내쫓기고 하지 않으면 안 되는 까닭이었다. 그런데 이놈의 계집애가 까닭 없이 기를 북북 쓰며 나를 말려 죽이려고 드는 것이다.

눈물을 흘리고 간 그 다음 날 저녁 나절이었다. 나무를 한 짐 잔뜩 지고 산을 내려오니까 어디서 닭이 죽는 소리를 친다. 이거 뉘 집에서 닭을 잡나, 하고 점순네 울 뒤로 돌아오다가 나는 고만 두 눈이 뚱그래졌다. 점순이가 저희 집 봉당에 홀로 걸터앉았는데 아 이게 치마 앞에다 우리 씨암탉을 꼭 붙들어 놓고는,

"이놈의 닭! 죽어라, 죽어라."

요렇게 암팡스레 패 주는 것이 아닌가. 그것도 대가리나 치면 모른다마는 아주 알도 못 낳으라고 그 볼기짝께를 주먹으로 콕콕 쥐어박는 것이다.

나는 눈에 쌍심지가 오르고 사지가 부르르 떨렸으나 사방을 한 번 휘돌아보고야 그제서 점순이 집에 아무도 없음을 알았다. 잡은 참 지게 막대기를 들어 울타리의 중턱을 후려치며,

"이놈의 계집애! 남의 닭 알 못 낳라구 그러니?"

하고, 소리를 뺙 질렀다.

그러나 점순이는 조금도 놀라는 기색이 없고 그대로 의젓이 앉아서 제 닭 가지고 하듯이 또 죽어라, 죽어라 하고 패는 것이다. 이걸 보면

내가 산에서 내려올 때를 겨냥해서 미리부터 닭을 잡아 가지고 있다가 너 보란 듯이 내 앞에 쮀지르고 있음이 확실하다.

그러나 나는 그렇다고 남의 집에 뛰어들어가 계집애하고 싸울 수도 없는 노릇이고, 형편이 썩 불리함을 알았다. 그래 닭이 맞을 적마다 지게 막대기로 울타리를 후려칠 수밖에 별도리가 없다. 왜냐하면 울타리를 치면 칠수록 울섶⁴⁾이 물러앉으며 뼈대만 남기 때문이다. 하나 아무리 생각하여도 나만 밑지는 노릇이다.

"아 이년아! 남의 닭 아주 죽일 터이냐?"

내가 도끼눈을 뜨고 다시 꽥 호령을 하니까 그제서야 울타리께로 쪼르르 오더니 울 밖에 섰는 나의 머리를 겨누고 닭을 내팽개친다.

"에이 더럽다! 더럽다!"

"더러운 걸 널더러 입때 끼고 있으랬니? 망할 계집애년 같으니."

하고 나도 더럽단 듯이 울타리께를 횡하게 돌아내리며 약이 오를 대로 다 올랐다라고 하는 것은, 암탉이 풍기는 서슬에 나의 이마빼기에다 물찌똥을 찍 깔겼는데 그걸 본다면 알집만 터졌을 뿐 아니라 골병은 단단히 든 듯싶다. 그리고 나의 등 뒤를 향하여 나에게만 들릴 듯 말 듯한 음성으로,

"이 바보 녀석아!"

"얘! 너 배냇병신이지?"

그만도 좋으련만,

"얘! 너 느 아버지가 고자라지?"

"뭐? 울아버지가 그래 고자야?"

할 양으로, 열병거지가 나서 고개를 홱 돌리어 바라봤더니 그때까지 울타리 위로 나와 있어야 할 점순이의 대가리가 어디 갔는지 보이지를 않는다. 그러나 돌아서서 오자면 아까에 한 욕을 울 밖으로 또 퍼

붓는 것이다. 욕을 이토록 먹어 가면서도 대거리 한마디 못하는 걸 생각하니 돌부리에 채이어 발톱 밑이 터지는 것도 모를 만치 분하고, 급기야는 두 눈에 눈물까지 불끈 내솟는다.

그러나 점순이의 침해는 이것뿐이 아니다. 사람들이 없으면 틈틈이 제 집 수탉을 몰고 와서 우리 수탉과 쌈을 붙여 놓는다. 제 집 수탉은 썩 험상궂게 생기고 쌈이라면 회를 치는 고로 으레 이길 것을 알기 때문이다. 그래서 툭하면 우리 수탉이 면두며 눈깔이 피로 흐드르하게 되도록 해 놓는다. 어떤 때에는 우리 수탉이 나오지를 않으니까 요놈의 계집애가 모이를 쥐고 와서 꾀어 내다가 쌈을 붙인다.

이렇게 되면 나도 다른 배차[5]를 차리지 않을 수 없었다. 하루는 우리 수탉을 붙들어 가지고 넌지시 장독께로 갔다. 쌈닭에게 고추장을 먹이면 병든 황소가 살모사를 먹고 용을 쓰는 것처럼 기운이 뻗친다 한다. 장독에서 고추장 한 접시를 떠서 닭 주둥아리께로 들이밀고 먹여 보았다. 닭도 고추장에 맛을 들였는지 거스르지 않고 거진 반 접시 턱이나 곧잘 먹는다. 그리고 먹고 금세는 용을 못 쓸 터이므로 얼마쯤 기운이 돌도록 해 속에다 가두어 두었다.

밭에 두엄을 두어 짐 져 내고 나서 쉴 참에 그 닭을 안고 밖으로 나왔다. 마침 밖에는 아무도 없고 점순이만 저희 울 안에서 헌 옷을 뜯는지 혹은 솜을 터는지 웅크리고 앉아서 일을 할 뿐이다.

나는 점순네 수탉이 노는 밭으로 가서 닭을 내려놓고 가만히 맥을 보았다. 두 닭은 여전히 얼리어 쌈을 하는데 처음에는 아무 보람이 없다. 멋지게 쪼는 바람에 우리 닭은 또 피를 흘리고 그러면서도 날갯죽지만 푸드득푸드득 하고 올라 뛰고 할 뿐으로 제법 한 번 쪼아 보지도 못한다. 그러나 한 번은 어쩐 일인지 용을 쓰고 펄쩍 뛰더니 발톱으로 눈을 하비고 내려오며 면두를 쪼았다. 큰 닭도 여기에는 놀랐는지 뒤로 멈씰하며 물러난다. 이 기회를 타서 작은 우리 수탉이 또 날쌔게 덤벼들어 다시 면두를 쪼니 그제는 감때사나운[6] 그 대강이에서도 피가 흐르지 않을 수 없었다. 옳다 알았다, 고추장만 먹이면 되는구나, 하고 나는 속으로 아주 쟁그러워 죽겠다. 그때에는 뜻밖에 내가 닭쌈을 붙여 놓는 데 놀라서 울 밖으로 내다보고 섰던 점순이도 입맛이 쓴지 눈살을 찌푸렸다.

나는 두 손으로 볼기짝을 두드리며 연방,

"잘 한다! 잘 한다."

하고, 신이 머리끝까지 뻗치었다.

그러나 얼마 되지 않아서 나는 넋이 풀리어 기둥같이 묵묵히 서 있게 되었다. 왜냐하면 큰 닭이 한 번 쪼인 앙갚음으로 허들갑스레 연거푸 쪼는 서슬에 우리 수탉은 찔끔 못하고 막 곯는다. 이걸 보고서 이번에는 점순이가 깔깔거리고 되도록 이쪽에서 많이 들으라고 웃는 것이다. 나는 보다 못하여 덤벼들어서 우리 수탉을 붙들어 가지고 도로 집으로 들어왔다. 고추장을 좀더 먹였더라면 좋았을 걸, 너무 급하게 쌈을 붙인 것이 퍽 후회가 난다. 장독께로 돌아와서 다시 턱 밑에 고추장을 들이댔다. 흥분으로 말미암아 그런지 당최 먹질 않는다.

나는 하릴없이 닭을 반듯이 뉘고 그 입에다 궐련 물부리를 물리었다. 그리고 고추장 물을 타서 그 구멍으로 조금씩 들이부었다. 닭은 좀 괴로운지 킥킥 하고 재채기를 하는 모양이나, 그러나 당장의 괴로움은 매일같이 피를 흘리는 데 댈 게 아니라 생각하였다.

그러나 한 두어 종지 가량 고추장 물을 먹이고 나서는 나는 고만 풀이 죽었다. 싱싱하던 닭이 왜 그런지 고개를 살며시 뒤틀고는 손아귀에서 뻐드러지는 것이 아닌가. 아버지가 볼까 봐서 얼른 홰에다 감추어 두었더니 오늘 아침에서야 겨우 정신이 든 모양 같다.

그랬던 걸 이렇게 오다 보니까 또 쌈을 붙여 놓으니 이 망할 계집 애가 필연 우리 집에 아무도 없는 틈을 타서 제가 들어와 홰에서 꺼 내 가지고 나간 것이 분명하다. 나는 다시 닭을 잡아 가두고 염려는 스러우나 그렇다고 산으로 나무를 하러 가지 않을 수도 없는 형편이 었다. 소나무 삭정이를 따며 가만히 생각해 보니 암만해도 고년의 목 쟁이를 돌려 놓고 싶다. 이번에 내려가면 망할 년 등줄기를 한 번 되 게 후려치겠다 하고 싱둥겅둥 나무를 지고는 부리나케 내려왔다.

거지반 집에 다 내려와서 나는 호드기[7] 소리를 듣고 발이 딱 멈추 었다. 산기슭에 널려 있는 굵은 바윗돌 틈에 노란 동백꽃이 소보록하 니 깔리었다. 그 틈에 끼여 앉아서 점순이가 청승맞게시리 호드기를 불고 있는 것이다. 그보다도 더 놀란 것은 그 앞에서 또 푸드득푸드득 하고 들리는 닭의 횃소리다. 필연코 요년이 나의 약을 올리느라고 또 닭을 집어 내다가 내가 내려올 길목에다 쌈을 시켜 놓고 저는 그 앞 에 앉아서 천연스레 호드기를 불고 있음에 틀림없으리라.

나는 약이 오를 대로 다 올라서 두 눈에서 불과 함께 눈물이 퍽 쏟 아졌다. 나무 지게도 벗어 놀 새 없이 그대로 내동댕이치고는 지게 막 대기를 뻗치고 허둥지둥 달려들었다.

가까이 와 보니 과연 나의 짐작대로 우리 수탉이 피를 흘리고 거의 빈사 지경에 이르렀다. 닭도 닭이려니와 그러함에도 불구하고 눈 하 나 깜짝 없이 고대로 앉아서 호드기만 부는 그 꼴에 더욱 치가 떨린 다. 동네에서 소문이 났거니와 나도 한때는 걱실걱실히[8] 일 잘하고 얼굴 예쁜 계집애인 줄 알았더니 시방 보니까 그 눈깔이 꼭 여우 새 끼 같다.

나는 대뜸 달려들어서 나도 모르는 사이에 큰 수탉을 단매로 때려 엎었다. 닭은 푹 엎어진 채 다리 하나 꼼짝 못하고 그대로 죽어 버렸다. 그리고 나는 멍하니 섰다가 점순이가 매섭게 눈을 흡뜨고[9] 닥치는 바람에 뒤로 벌렁 나자빠졌다.

"이놈아! 너 왜 남의 닭을 때려 죽이니?"

"그럼 어때?"

하고 일어나다가,

"뭐 이 자식아! 누집 닭인데?"

하고 복장을 떼미는 바람에 다시 벌렁 자빠졌다. 그러고 나서 가만히 생각을 하니 분하기도 하고 무안도 스럽고, 또 한편 일을 저질렀으니 인젠 땅이 떨어지고 집도 내쫓기고 해야 될는지 모른다.

나는 비슬비슬 일어나며 소맷자락으로 눈을 가리고는 얼김에 엉, 하고 울음을 놓았다. 그러나 점순이가 앞으로 다가와서,

"그럼, 너 이담부턴 안 그럴 테냐?"

하고 물을 때에야 비로소 살 길을 찾은 듯싶었다. 나는 눈물을 우선 씻고 뭘 안 그러는지 명색도 모르건만,

"그래!"

하고 무턱대고 대답하였다.

"요담부터 또 그래 봐라, 내 자꾸 못 살게 굴 테니."

"그래그래. 인젠 안 그럴 테야."

"닭 죽은 건 염려 마라. 내 안 이를 테니."

그리고 뭣에 떠다밀렸는지 나의 어깨를 짚은 채 그대로 퍽 쓰러진다. 그 바람에 나의 몸뚱이도 겹쳐서 쓰러지며 한창 피어 퍼드러진 노란 동백꽃 속으로 폭 파묻혀 버렸다.

알싸한, 그리고 향긋한 그 냄새에 나는 땅이 꺼지는 듯이 온 정신이 고만 아찔하였다.

"너 말 마라!"

"그래!"

조금 있더니 요 아래서,

"점순아! 점순아! 이년이 바느질을 하다 말구 어딜 갔어?"

하고 어딜 갔다온 듯싶은 그 어머니가 역정이 대단히 났다.

점순이가 겁을 잔뜩 집어먹고 꽃 밑을 살금살금 기어서 산 아래로 내려간 다음, 나는 바위를 끼고 엉금엉금 기어서 산으로 치빼지 않을 수 없었다.

(1936년)

---

1) 덩저리 — '덩치'의 속어.
2) 해내다 — 상대방을 여지없이 이겨 내다.
3) 쌩이질 — 한창 바쁠 때 쓸데 없는 일로 남을 귀찮게 구는 일.
4) 울섶 — 울타리를 만드는 데 쓰이는 섶나무.
5) 배차 — 차례를 배정함.
6) 감때사납다 — 매우 험상궂고 감사납다.
7) 호드기 — 봄철에 물오른 버드나무의 가지를 비틀어 뽑은 통껍질이나 밀짚
   토막으로 만든 피리.
8) 걱실걱실히 — 성질이 너그러워 언행을 시원시원하게 하는 모양.
9) 홉뜨다 — 눈알을 굴려 눈시울을 치뜨다.

산골 나그네

　밤이 깊어도 술꾼은 역시 들지 않는다. 메주 뜨는 냄새와 같이 퀴퀴한 냄새로 방 안은 쾨쾨하다. 윗간에서는 쥐들이 찍찍거린다. 홀어머니는 쪽 떨어진 화로를 끼고 앉아서 쓸쓸한 대로 곰곰 생각에 젖는다. 가뜩이나 침침한 반짝 등불이 북쪽 지게문에 뚫린 구멍으로 새어드는 바람에 반득이며 빛을 잃는다. 헌 버선짝으로 구멍을 틀어막는다. 그리고 등잔 밑으로 반짇고리를 끌어당기며 시름없이 바늘을 집어든다.

　산골의 가을은 왜 이리 고적할까? 앞뒤 울타리에서 부스스 하고 떨잎은 진다. 바로 그것이 귀 밑에서 들리는 듯 나직나직 속삭인다. 더욱 몹쓸 건 물소리, 골을 휘돌아 맑은 샘은 흘러내리고 야릇하게도 음률을 읊는다.

　퐁! 퐁 퐁! 쪼록 퐁!

　바깥에서 신발 소리가 자작자작 들린다. 귀가 번쩍 띄어 그는 방문을 가볍게 열어 제친다. 머리를 내밀며,

　"덕돌이냐?"

하고 반겼으나 잠잠하다. 앞뜰 건너편 수평을 감돌아 싸늘한 바람이

낙엽을 흩뿌리며 얼굴에 부딪친다.

용마루가 쌩쌩 운다. 모진 바람 소리에 놀라서 멀리서 밤 개가 요란히 짖는다.

"쥔 어른 계서유?"

몸을 돌리어 바느질거리를 다시 집어 들려 할 제 이번에는 짜장 인기가 난다. 황급하게,

"누구유?"

하고 일어서며 문을 열어 보았다.

"왜 그리유?"

처음 보는 아낙네가 마루 끝에 와 섰다. 달빛에 비끼어 검붉은 얼굴이 해쓱하다. 추운 모양이다. 그는 한 손으로 머리에 둘렀던 왜수건을 벗어 들고는 다른 손으로 흩어진 머리칼을 쓰다듬어 올리며 수줍은 듯이 주뼛주뼛한다.

"저어, 하룻밤만 드새고 가게 해 주세유."

남정네도 아닌데 이 밤중에 웬일인가. 맨발에 짚신짝으로. 그야 아무렇든…….

"어서 들어와 불 쬐게유."

나그네는 주춤주춤 방 안으로 들어와서 화로 곁에 도사려 앉는다. 낡은 치맛자락 위로 삐지려는 속살을 아무리자 허리를 지그시 튼다. 그러고는 묵묵하다. 주인은 물끄러미 보고 있다가 밥을 좀 주려느냐고 물어 보아도 잠자코 있다.

그러나 먹던 대궁을 주워모아 짠지쪽하고 갖다 주니 감지덕지 받는다. 그리고 물 한 모금 마심 없이 잠깐 동안에 밥그릇의 밑바닥을 긁는다.

밥숟갈을 놓기가 무섭게 주인은 이야기를 붙이기 시작하였다. 미주

알고주알 물어 보니 이야기는 지수가 없다. 자기로도 너무 지쳐 물은 듯싶은 만큼 대구 추근거렸다. 나그네는 싫단 기색도 좋단 기색도 별로 없이 시나브로 대꾸하였다. 남편 없고 몸 붙일 곳 없다는 것을 간단히 말하고 난 뒤,

"이리저리 얻어 먹어 단게유."

하고 턱을 가슴에 묻는다.

첫 닭이 홰를 칠 때 그제야 마을 갔던 덕돌이가 들어온다. 문을 열고 감사나운 머리를 디밀려다 낯선 아낙네를 보고 눈이 휘둥그렇게 주춤한다. 열린 문으로 억센 바람이 몰아 들며 방 안이 캄캄하다. 주인은 문 앞으로 걸어와 서며 덕돌이의 등을 뚜덕거린다. 젊은 여자 자는 방에서 떠꺼머리 총각을 재우는 건 상서롭지 못한 일이었다.

"애 덕돌아, 오늘은 마을 가 자고 아침에 온."

가을할[1] 때가 지났으니 돈냥이나 좋이 퍼질 때도 되었다. 그 돈들이 어디로 몰리는지 이 술집에서는 좀체 돈맛을 못 본다. 술을 판대야 한 초롱에 5, 60전 떨어진다. 그 한 초롱을 잘 판대도 사날씩이나 걸리는 걸 요새 같아선 그 알량한 술꾼까지 씨가 말랐다. 어쩌다 전일에 펴 놓았던 외상값도 갖다 줄 줄을 모른다. 홀어미는 열병거지가 나서 이른 아침부터 돈을 받으러 돌아다녔다. 그러나 다리품을 들인 보람도 없었다. 낼 사람이 즐겨야 할 텐데 우물쭈물하며 한단 소리가 좀 두고 보자는 것이 고작이었다. 그렇다고 안 갈 수도 없는 노릇이다. 나날이 양식은 달리고 지점 집에서 집행을 하느니 뭘 하느니 독촉이 어지간치 않음에랴……

"저도 인젠 떠나겠세유."

그가 조반 후 나들이옷을 바꾸어 입고 나서니 나그네도 따라 일어

136 ■ 김유정

서 그의 손을 자상히 붙잡으며 주인은,

"고달플 테니 며칠 더 쉬어 가게유."

하였으나,

"가야지유, 너무 오랜 신세를……."

"그런 염려는 말구."

라고 누르며 집 지켜 주는 셈치고 방에 누웠으라 하고는 집을 나섰다.

백두 고개를 넘어서 안말로 들어가 해동갑²⁾으로 헤매었다. 허실수로 간 곳도 있기야 하지만 말갛다. 해가 지고 어두울 녘에야 그는 홀부들해서 돌아왔다. 좁쌀 닷 되밖에는 못 받았다. 다른 사람들은 돈낼 생각은커녕 이러면 다시 술 안 먹겠다고 도리어 을러 보냈던 것이다. 그러나 이만도 다행이다. 아주 못 받으니보다는 끼니 때를 가졌다. 그는 좁쌀을 씻고 나그네는 솥에 불을 지피어 부랴부랴 밥을 짓고 일변 상을 보았다.

밥들을 먹고 나서 앉았으려니깐 갑자기 술꾼이 몰려든다. 이거 웬일인가. 처음에는 하나가 오더니 다음에는 세 사람, 또 두 사람. 모두 젊은 축들이다. 그러나, 각각들 먹일 방이 없으므로 주인은 좀 망설이다가 그 연유를 말하였으나 뭐 한동리 사람인데 어떠냐, 한데서 먹게 해 달라는 바람에 얼씨구나 하였다. 이제야 운이 트나 보다. 양푼에 막걸리를 딸쿠어 나그네에게 주어 솥에 넣고 좀 속히 데워 달라 하였다. 자기는 치마꼬리를 휘둘러 가며 잽싸게 안주를 장만하였다. 짠지, 동치미, 고추장, 특별 안주로 삶은 밤도 놓았다. 사촌동생이 맛보라고 며칠 전에 갖다 준 것을 아껴 둔 것이었다.

방 안은 떠들썩하다. 벽을 두드리며 아리랑 찾는 놈에, 건으로 너털웃음 치는 놈, 혹은 수군덕거리는 놈, 가지각색이다. 주인이 술상을 받쳐들고 들어가니 짜기나 한 듯이 일제히 자리를 바로잡는다. 그 중에 얼굴 넙적한 하이칼라 머리가 야료[3]가 나서 상을 받으며 주인 귀에다 입을 비켜 대인다.

"아주머니, 젊은 갈보 사 왔다지유? 좀 보여 주게유."

영문 모를 소문도 다 듣는다.

"갈보라니 웬 갈보?"

하고 어리뻥뻥하다 생각을 하니, 턱없는 소리는 아니다. 눈치 있게 부엌으로 내려가서 보강지 앞에 웅크리고 앉았는 나그네의 머리를 은근히 끌어안았다. 자, 저 패들이 새댁을 갈보로 횡보고 찾아온 맥이다. 물론 새댁 편으론 망측스러운 일이겠지만 달포나 손님의 그림자가 드물던 우리 집으로 보면 재수의 빗발이다. 술국을 잡는다고 어디가 떨어지는 게 아니요, 욕이 아니니 나를 보아 오늘만 좀 팔아 주기 바란다, 이런 의미를 곰살궂게 간곡히 말하였다. 나그네의 낯은 별반 변함이 없다. 늘 한 모양으로 예사로이 승낙하였다.

술이 온몸에 돌고 나서야 뒷술이 잔풀이가 난다. 한 잔에 5전, 그저 마시긴 아깝다. 얼간한 상투박이가 계집의 손목을 탁 잡아 앞으로 끌어당기며,

"권주가 좀 해. 이건 뀌어 온 보릿자룬가."

"권주가? 뭐야유?"

"권주가? 아 갈보가 권주가도 모르나. 으하하하."

하고는 무안에 취하여 푹 숙인 계집 뺨에다 꺼칠꺼칠한 턱을 문질러 본다. 소리를 암만 시켜도 아랫입술을 깨물고는 고개만 기울일 뿐, 소리는 못하나 보다. 그러나 노래 못하는 꽃도 좋다. 계집은 영 내리는 대로 이 무릎 저 무릎으로 옮아 앉으며 턱 밑에다 술잔을 받쳐올린다.

술들이 담뿍 취하였다. 두 사람은 곯아져서 코를 곤다. 계집이 칼라 머리 무릎 위에 앉아 담배를 피워 올릴 때 코웃음을 흥 치더니 그 무

지스러운 손이 계집의 아래 뱃가죽을 사양없이 움켜잡았다. 별안간 "아야." 하고 퍼들껑하더니 계집의 몸뚱어리가 공중으로 뛰어오르다 도로 떨어진다.

"이 자식아, 너만 돈 내고 먹었니?"

한 사람 새 두고 앉았던 상투가 콧살을 찌푸린다. 그리고 맨발 벗은 계집의 두 발을 양손에 붙잡고 가랭이를 쩍 벌려 무릎 위로 지르르 끌어올린다. 계집은 앙탈을 한다. 눈시울에 눈물이 엉기더니 불현듯이 쪼록 쏟아진다.

방 안에서 악머구리 소리가 끌어오른다.

"저 잡놈 보게, 으하하하."

술은 연실 데워서 들여가면서도 주인은 불안하여 마음을 졸였다. 겨우 마음을 놓은 것은 훨씬 밝아서이다.

참새들은 소란히 지저귄다. 기직 바닥이 부스럼 자국에 진배 없다. 술, 짠지쪽, 가래침, 담뱃재 뭐해 너저분하다. 우선 한 길체[4]에 자리를 잡고 계배[5]를 대 보았다. 마수걸이가 85전, 외상이 2원 각수[6]다. 현금 85전, 두 손에 들고 앉아 세고 또 세어 보고…….

뜰에서는 나그네의 혀로 끌어올리는 인사.

"안녕히 가십시게유."

"입이나 좀 맞치고 뽀! 뽀! 뽀!"

"나두."

찌르쿵! 찌르쿵! 찔거러쿵!

"방아머리가 무겁지유?…… 고만 까불을까."

"들 익었에유. 더 찌야지유."

"그런데 얘는 어쩐 일이야……."

덕돌이는 읍엘 보냈는데 날이 저물어도 여태 오지 않는다. 흩어진 좁쌀을 확에 쓸어 넣으며 홀어미는 퍽이나 애를 태운다. 요새 날씨가 차지니까 늑대, 호랑이가 차차 마을로 찾아 내린다. 밤길에 고개 같은 데서 만나면 끽소리도 못하고 욕을 당한다.

나그네가 방아를 괴놓고 내려와서 키로 확의 좁쌀을 담아 올린다. 주인은 그 머리를 쓰담고 자기의 행주치마를 벗어서 그 위에 씌워 준다. 계집의 나이 열아홉이면 활짝 필 때이건만 버캐된 머리칼이며 야윈 얼굴이며 벌써부터 외양이 시들어 간다. 아마 고생을 진한 탓이리라.

날씬한 허리를 재빨리 놀려 가며 일이 끊일 새 없이 다구지게 덤벼드는 그를 볼 때 주인은 지극히 사랑스러웠다. 그리고 일변 측은도 하였다. 뭣하면 딸과 같이 자기 곁에서 길래 살아 주었으면 상팔자일 듯 싶었다. 그럴 수 있다면 그 소 한 마리와 바꾼대도 이것만은 안 내놓으리라고 생각도 하였다.

아들만 데리고 홀어미의 생활은 무던히 호젓하였다. 그런데다 동리에서는 속 모르는 소리까지 한다. 떠꺼머리 총각을 그냥 늙힐 테냐고. 그러나 형세가 부치므로 감히 엄두도 못 내다가 겨우 올 봄에서야 다붙어 서둘게 되었다. 의외로 일은 손쉽게 되었다. 이리저리 언론이 돌더니 남촌 산에 사는 어느 집 둘째딸과 혼약하였다. 일부러 홀어미는 40리 길이나 걸어서 색시의 손등을 문질러 보고는,

"참 애기 잘도 생겼세!"

좋아서 사돈에게 칭찬을 뇌고 뇌곤 하였다.

그런데 없는 살림에 빚을 내어 가며 혼수를 다 꼬매 놓은 뒤였다. 혼인날을 불과 이틀 격해 놓고 일이 고만 빗났다. 처음에야 그런 말이 없더니 난데없는 선채금 30원을 가져오란다. 남의 돈 3원과 집의 돈

5원으로 거추꾼에게 품삯 노비 주고 혼수하고 단지 2원…… 잔치에 쓸 것밖에 안 남고 보니 30원이란 입내도 못 낼 소리다. 그밤, 그는 이리 뒤척 저리 뒤척 넋잃은 팔을 던져 가며 통밤을 새웠던 것이다.

"어머니! 진지 잡수세유."

새댁에게 이런 소리를 듣는다면 끔찍이 귀여우리라. 이것이 단 하나의 그의 소원이었다.

"다리 아프지유? 너무 일만 시켜서……."

주인은 저녁 좁쌀을 쓸어 넣다가 방아다리에 깝신대는 나그네를 걸삼스럽게 쳐다본다. 방아가 무거워서 껍적이며 잘 오르지 않는다. 가날픈 몸이라 상혈이 되어 두 볼이 새빨갛게 색색거린다. 치마도 치마려니와 명주 저고리는 어찌 삭았는지 어깨께가 손바닥만하게 척 나갔다. 그러나 덕돌이가 왜포[7] 다섯 자를 바꿔 오거든 첫대 사발화통된 속곳부터 해 입히고 차차 할 수밖엔 없다.

"같이 찧시다유."

주인도 나머지 방아다리에 올라섰다. 그리고 찌껑 위에 놓인 나그네의 손을 눈치 안 채게 슬며시 쥐어 보았다. 더도 덜도 말고 그저 요만한 며느리만 얻어도 좋으련만! 나그네와 눈이 고만 마주치자 그는 열쩍어서 시선을 돌렸다.

"퍽도 쓸쓸하지유?"

하며 손으로 울 밖을 가리킨다. 첫밤 같은 석양판이다. 색동저고리를 떨쳐 입고 산들은 거반진 방아소리를 은은히 전한다. 찔그러쿵! 찌러쿵!

그는 나그네를 금덩이같이 위하였다. 없는 대로 자기의 옷가지도 서로서로 별러 입었다. 그리고 잘 때에는 딸과 진배 없이 이불 속에서 품에 꼭 품고 재우곤 하였다. 하지만 자기의 은근한 속심은 차마 입에 드러내어 말은 못 건넸다. 잘 들어 주면 이어니와 뭣 하게 안다면 피차의 낯이 뜨뜻한 일이었다.

그러자 맘 먹지 않았던 우연한 일로 인하여 마침내 기회를 얻게 되었다. 나그네가 온 지 나흘 되던 날이었다. 거문관이 산기슭에 있는 영길네가 벼 방아를 좀 와서 찧어 달라고 한다. 나그네는 줄밤을 새우므로 낮에나 푸근히 자라고 두고 그는 홀로 집을 나섰다.

머리에 겨를 뽀얗게 쓰고 맥이 풀려서 집에 돌아온 것은 이럭저럭 으스레하였다. 늙은 다리를 끌고 뜰 앞으로 향하다가 그는 주춤하였다. 나그네 홀로 자는 방에 덕돌이가 들어갈 리 만무한데 정녕코 그놈일 게다. 마루 끝에 자그마한 나그네의 짚신이 놓인 그 옆으로 질목8)째 벗은 왕달 짚신이 왁살스럽게 놓였다. 그리고 방에서는 수군수군 낮은 말소리가 흘러 나온다. 그는 무심코 닫은 방문께로 귀를 기울였다.

"그럼 와 그러는 게유? 우리 집이 굶을까 봐 그리시유?"

"······"

"어머니도 사람은 좋아유······ 올해 잘만 하면 내년에는 소 한 마리 사 놓을 게구, 농사만 해두 한 해에 쌀 넉 섬, 조 엿 섬, 그만하면 고만이지유······ 내가 싫은 게유?"

"······"

"사내가 죽었으니 아무튼 얻을 게지유?"

옷 터지는 소리. 부스럭거린다.

"아이! 아이! 아이! 참 이거 노세유."

쥐죽은 듯이 감감하다. 허공에 아롱거리는 낙엽을 이윽히 바라보며 그는 빙그레한다. 신발 소리를 죽이고 뜰 밖으로 다시 돌쳐섰다.

저녁상을 물린 후 시치미를 딱 떼고 나그네의 기색을 살펴보다가 입을 열었다.

"젊은 아낙네가 홀몸으로 돌아다닌대두 고상일 게유. 또 어차피 사
내는……."

여기서부터 사리에 맞도록 이 말 저 말을 주섬주섬 꺼내 오다가 나
의 며느리가 되어 줌이 어떻겠느냐고 꽉 토파[9]를 지었다. 치마를 홉
싸고 앉아 갸웃이 듣고 있던 나그네는 치마끈을 깨물며 이마를 떨어
뜨린다. 그리고는 두 볼이 빨개진다. 젊은 계집이 나 시집 가겠소 하
고 누가 나서랴. 이만하면 합의한 거나 틀림없을 것이다.

혼수는 전에 해 둔 것이 있으니 한시름 잊었다. 그래도 이엉이나
고쳐서 입히면 고만이다. 돈 2원은 은비녀, 은가락지 사다가 각별히
색시에게 선물 내리고…….

일은 미룰수록 낭패가 많다. 급시로 날을 받아서 대례[10]를 치렀다.
한편에서는 국수를 누른다. 잔치 보러 온 아낙네들은 국수 그릇을 얼
른 받아서 후룩후룩 들여마시며 색시 잘났다고 추었다.

주인은 즐거움에 너무 겨워서 축배를 홍건히 들었다. 여간 경사가
아니다. 뭇사람을 비집고 안팎으로 드나들며 분부하기에 손이 돌지
않는다.

"애 메누라! 국수 한 그릇 더 가져온!"

어째 말이 좀 어색하구면…… 다시 한번,

"메누라, 애야! 얼른 가져와."

삼십을 바라보자 동곳[11]을 찔러 보니 제물에 멋이 질려 비드름하
다. 덕돌이는 첫날을 치르고 부쩍부쩍 기운이 난다. 남이 두 단을 털
제면 그의 볏단은 석 단째 풀려 나간다. 연방 손바닥에 침을 뱉어 붙
이며 어깨를 으쓱거린다.

"끅! 끅! 끅! 찍어라, 굴려라, 끅! 끅!"

동무의 품앗이 일이다. 거머무트름한[12] 젊은 농군 댓이 볏단을 번차례로 집어든다. 열에 뜬 사람같이 식식거리며 세차게 벼알을 절구통 배에서 주룩주룩 흘려 내린다.

"애! 장가 들고 한 턱 안 내니?"

"일색이드라. 단단히 먹자. 닭이냐? 술이냐? 국수냐?"

"웬 국수는? 너는 국수만 아느냐?"

저희끼리 찧고 까분다. 그들은 일을 놓으며 옷깃으로 땀을 씻는다. 골바람이 벼까라기를 부옇게 풍긴다. 옆 산에서 푸드득 하고 꿩이 날며 머리 위를 지나간다. 갈퀴질을 하던 얼굴 넓적이가 갈퀴를 놓고 씽긋 하더니 달려든다. 장난꾼이다. 여러 사람의 힘을 빌려 덕돌이 입에다 헌 짚신짝을 물린다. 버들껑거린다. 다시 양 귀를 두 손에 잔뜩 움켜 잡고 끌고 와서는 털어 놓은 벼 무더기 위에 머리를 틀어박으며 동서남북으로 큰절을 시킨다.

"야아! 야아! 아!"

"아니다, 아니야. 장갈 갔으면 산신령에게 이러하다 말이 있어야지, 괜스레 산신령이 노하면 눈깔망나니(호랑이) 내려보낸다."

뭇 웃음이 터져 오른다. 새신랑의 옷이 이게 뭐냐, 볼기짝에 구멍이 다 뚫리고…… 빈정대는 사람도 있다. 그러나 덕돌이는 상투의 먼지를 털고 나서 곰방대를 피워 물고는 싱그레 웃어 치운다. 좋은 옷은 집에 두었다. 인조견 조끼, 저고리, 새하얀 옥당목 겹바지, 그러나 애끼는 것이다. 일할 때엔 헌옷을 입고 집에 돌아와 쉴 참에나 입는다. 잘 때에도 모조리 벗어서 더럽지 않게 착착 개어 머리맡 위에 놓고 자곤 한다. 의복이 남루하면 인상이 추하다. 모처럼 얻은 귀여운 아내니 행여나 마음이 돌아앉을까 미리미리 사려 두지 않을 수도 없는 노릇이다. 그야말로 29년 만에 누런 이 조각에다 .이제서야 소금을 발라 본 것도 이 까닭이었다.

덕돌이가 볏단을 다시 집어올릴 제 그 이웃에 사는 돌쇠가 옆으로 와서 품을 안는다.

"애 덕돌아! 너 내일 우리 조마댕이 좀 해 줄래?"

"뭐 어째?"

하고 소리를 빽 지르고는 그는 눈귀가 실룩하였다.

"누구 보고 해라야? 응? 이 자식 까놀라."

어제까지는 턱없이 지냈단대도 오늘의 상투를 못 보는가!

바로 그날이었다. 윗간에서 혼자 새우잠을 자고 있던 홀어미는 놀래어 눈이 번쩍 띄었다. 만뢰 잠잠한 밤중이다.

"어머니 그거 달아났세유. 내 옷두 없고⋯⋯."

"응?"

하고 반마디 소리를 치며 얼떨김에 그는 캄캄한 방 안을 더듬어 아랫간으로 넘어섰다. 황망히 등잔에 불을 댕기며,

"그래 어디로 갔단 말이냐?"

영산이 나서 묻는다. 아들은 벌거벗은 이불로 앞을 가리고 앉아서 징징거린다. 옆자리에는 빈 베개뿐 사람은 간 곳이 없다. 들어 본즉 온종일 일하기에 피곤하여 아들은 자리에 들자 고만 세상을 잊었다. 하기야 그때 아내도 옷을 벗고 한자리에 누워서 맞붙어 잤던 것이다. 그는 보통때와 조금도 다름없이 새침하니 드러누워서 천장만 쳐다보았다. 그런데 자다가 별안간 오줌이 마렵기에 요강을 좀 집어 달래려고 보니 뜻밖에 품안이 허룩하다.[13] 불러 보아도 대답이 없다. 그제서는 어림 짐작으로 우선 머리맡 위에 놓았던 옷을 더듬어 보았다. 딴은 없다.

필연 잠든 틈을 타서 살며시 옷을 입고 자기의 옷이며 버선까지 들

고 내뺐음이 분명하리라.

"도적년!"

모자는 관솔불을 켜들고 나섰다. 부엌과 잿간을 뒤졌다. 그리고 뜰 앞 수풀 속도 낱낱이 찾아봤으나 흔적도 없다.

"그래도 방 안을 다시 한번 찾아보자."

홀어미는 구태여 며느리를 도둑년으로까지는 생각하고 싶지 않았다. 거반 울상이 되어 허벙저벙 방 안으로 들어왔다. 마음을 가라앉혀 들쳐보니 아니면 다르랴, 며느리 베개 밑에서 은비녀가 나온다. 달아날 계집 같으면 이 비싼 은비녀를 그냥 두고 갈 리 없다. 두말없이 무슨 병패가 생겼다. 홀어미는 아들을 데리고 덜미를 잡히는 듯 문 밖으로 찾아 나섰다.

마을에서 산길로 빠져 나는 어귀에 우거진 숲 사이로 비스듬히 언덕길이 놓였다. 바로 그 밑에 석벽을 끼고 깊고 푸른 웅덩이가 묻히고 넓은 그물이 겹겹 산을 에돌아 약 10리를 흘러내리면 신연강 중턱을 뚫는다. 시새¹⁴⁾에 반쯤 파묻히어 번들대는 큰 바위는 내를 싸고 양쪽으로 질펀하다. 꼬부랑길은 그 틈바귀로 뻗었다. 좀체로 걷지 못할 자갈길이다. 내를 몇 번 건너고 험상궂은 산들을 비켜서 한 5마장 넘어야 겨우 길다운 길을 만난다. 그리고 거기서 좀더 간 곳에 냇가에 외지게 잃어진 오막살이 한 칸을 볼 수 있다. 물방앗간이다. 그러나 이제는 밥을 찾아 흘러가는 뜬몸들의 하룻밤 숙소로 변하였다.

벽이 확 나가고 네 기둥뿐인 그 속에 힘을 잃은 물방아는 을씨년궂게 모로 누웠다. 거지도 그 옆의 홑이불 위에 거적을 덧쓰고 누웠다. 거푸진 신음이다. 으! 으! 으흥! 서까래 사이로 달빛은 쌀쌀히 흘러든다. 가끔 마른 잎을 뿌리며……

"여보 자우? 이러나게유 얼핀."

계집의 음성이 나자 그는 꾸물거리며 일어나 앉는다. 그리고 너털 대는 홑적삼 깃을 여며 잡고는 덜덜 떤다.

"인제 고만 떠날 테야? 쿨룩……."

말라빠진 얼굴로 계집을 바라보며 그는 이렇게 물었다.

10분 가량 지났다. 거지는 호사하였다. 달빛에 번쩍거리는 겹옷을 입고서 지팡이를 끌며 물방앗간을 등졌다. 골골하는 그를 부축하여 계집은 뒤를 따른다. 술집 며느리다.

"옷이 너무 커, 좀 작았으면……."

"잔말 말고 어여 갑시다. 펄쩍."

계집은 부리나케 그를 재촉한다. 그리고 연해 돌아다보길 잊지 않았다. 그들은 강길로 향한다. 개울을 건너 불거져 내린 산모퉁이를 막 꼽뜨리려 할 제다. 멀리 뒤에서 사람 욱이는 소리가 끊일 듯 날 듯 간신히 들려 온다. 바람에 먹히어 말소리는 모르겠으나 재없이 덕돌이의 목소리는 넉히 짐작할 수 있다.

"아 얼른 좀 오게유."

똥끝이 마르는 듯이 계집은 사내의 손목을 겁겁히 잡아끈다. 병든 몸이라 끌리는 대로 뒤툭거리며 거지도 으슥한 산 저편으로 같이 사라진다. 수은빛 같은 물방울을 품으며 물결은 산벽에 부닥뜨린다. 어디선지 지정[15]치 못할 늑대 소리는 이 산 저 산서 와글와글 굴러 내린다.

(1936년)

---

1) 가을하다 — 농작물을 거두어 들이는 일.
2) 해동갑 — 해가 질 때까지의 동안.
3) 야료 — 까닭 없이 트집을 잡고 함부로 떠들어대는 짓.

4) 길체 — 한쪽으로 치우친 구석 자리.

5) 계배(計杯) — 술값을 치를 때 순배(巡杯)나 잔의 수효를 세어서 계산하는 것.

6) 각수(角數) — 돈을 '원' 단위로 셀 때 남는 몇 전이나 몇십 전을 일컫는 말.

7) 왜포(倭布) — 광목(廣木).

8) 질목 — 지레로 쓰는 나무.

9) 토파(吐破) — 마음에 있는 것을 죄다 드러내어 말하는 것.

10) 대례(大禮) — 혼인을 치르는 큰 예식.

11) 동곳 — 상투가 풀어지지 않게 꽂는 물건.

12) 거머무트름하다 — (얼굴이) 거무스름하고 투실투실하다.

13) 허룩하다 — 줄어들거나 없어져 적다.

14) 시새 — 가는 모래. 세사(細沙).

15) 지정하다 — 지극히 깨끗하고 순수하다.

가 을

내가 주재소에까지 가게 될 때에는 나에게도 다소 책임이 있을는지 모른다. 그러나 사실 아무리 고쳐 생각해 봐도 나는 조금치도 책임이 느껴지지 않는다. 복만이는 제 아내를(여기가 퍽 중요하다) 제 손으로 직접 소장수에게 팔은 것이다. 내가 그 아내를 유인해다 팔았거나 혹은 내가 복만이를 꼬여서 서로 공모하고 팔아 먹은 것은 절대로 아니었다.

우리 동리에서 일반이 다 아다시피, 복만이는 뭐 남의 꼬임에 떨어지거나 할 놈이 아니다. 나와 저와 비록 격장에 살고 숭허물없이 지내는 이런 터이지만 한 번도 저의 속을 터 말해 본 적이 없다. 하기야 나뿐이랴, 어느 동무고간 무슨 말을 좀 묻는다면 잘해야 세 마디쯤 대답하고 마는 그놈이다. 이렇게 귀찮은 얼굴에 내천자를 그리고 세상이 늘 마땅치 않은 놈이다. 오죽하여 요전에는 제 아내가 우리에게 와서 울며 불며 하소를 다 하였으랴. 그 망할 건 먹을 게 없으면 변통을 할 생각은 않고 부처님같이 방구석에 우두커니 앉았기만 한다고. 우두커니 앉아 있는 것보다 실은 말 한마디 속 시원히 안 하는 그 뚱보가 미웠다. 마는, 그러하면서도 아내는 돌아다니며 양식을 꾸어다 여일히 남편을 공경하고 하는 것이다.

이런 복만이를 내가 꼬였다 하는 것은 본시가 말이 안 된다. 다만 한가지 나에게 죄가 있다면 그날 매매 계약서를 내가 대서로 써 준 그것뿐이다.

점심을 먹고 내가 봉당에 앉아서 새끼를 꼬고 있노라니까 복만이가 찾아왔다. 한 손에 바람에 나부끼는 인찰지[1] 한 장을 들고 내 앞에 와 딱 서더니,

"여보게, 자네 기약서 쓸 줄 아나?"

"기약서는 왜?"

"아니 글쎄 말이야!"

하고 놈이 어색한 낯으로 대답을 주저하는 것이 아니냐. 아마 곁에 다른 사람이 여럿이 있으니까 말하기가 거북했을지도 모른다.

그러나 나는 사날 전에 놈에게 조용히 들은 말이 있어서 오, 아내의 일인가 보다 하고 얼른 눈치채었다. 싸릿문 밖으로 놈을 끌고 와서 그 귀 밑에다,

"자네 여편네 어떻게 됐나?"

"응."

놈이 단마디 이렇게만 대답하고는 두레두레한 눈을 굴리며 뭘 잠깐 생각하는 듯하더니,

"저 물 건너 사는 소장수에게 팔기로 됐네. 재순네(술집)가 소개를 해서 지금 주막에 와 있는데 자꾸만 기약서를 써야 한다구 그래. 그러나 누구 하나 쓸 줄 아는 사람이 있어야지, 그래 자네게 써 가주 올 테니 잠깐 기다리라고 하고 왔어, 자넨 학교 좀 다녔으니까 쓸 줄 알겠지?"

"그렇지만 우리 집에 먹이 있나, 붓이 있나!"

"그럼 하여튼 나하고 같이 가세."

맑은 시내에 붉은 잎을 담그며 일쩌운 바람이 오르내리는 늦은 가을이 다 시들은 언덕 위를 복만이는 묵묵히 걸었고 나는 팔짱을 끼고 그 뒤를 따랐다. 이때 적으나마 내가 제 친구니까 되든 안 되든 한번 말려 보고도 싶었다. 다른 짓은 다 할지라도 영득이(5살 된 아들이다)를 생각하여 아내만은 팔지 말라고, 사실 말려 보고 싶지 않은 것은 아니다. 그러나 내가 저를 먹여 주지 못하는 이상 남의 일이라고 말하기 좋아 이러쿵저러쿵 지껄이기도 어려운 일이다. 맞붙잡고 굶느니 아내는 다른 데 가서 잘 먹고 또 남편은 남편대로 그 돈으로 잘 먹고 이렇게 일이 필 수도 있지 않으냐. 복만이의 뒤를 따라가며 나는 도리어 나의 걱정이 더 큰 것을 알았다. 기껏 한 해 동안 농사를 지었다는 것이 털어서 쪼기고 보니까 나의 몫으로 겨우 벼 두 말 가웃이 남았다. 물론 털어서 빚도 다 못 가린 복만이에게 대면 좀 나을는지 모르지만 이걸로 우리 식구가 한겨울을 날 생각을 하니 눈앞이 고대로 캄캄하다. 나두 올 겨울에는 금점[2]이나 좀 해 볼까, 그렇지 않으면 투전을 좀 배워서 노름판을 쫓아다닐까, 그런 대로 밑천이 들 터인데 돈은 없고 복만이같이 내팔을 아내도 없다. 우리 집에는 여편네라군 병들은 어머니밖에 없으나 나이도 늙었지만(좀 부끄럽다) 우리 아버지가 있으니까 내 맘대론 못하고……

이런 생각에 잠기어 짜장 나는 복만이더러 네 아내를 팔지 말라 어째라 할 여지가 없었다. 나도 일찍이 장가나 들었더라면 이런 때 팔아 먹을 걸 하고 부지러운 후회뿐으로 큰길로 빠져 나와서,

"그럼 자네 먼저 가 있게. 내 머 붓을 빌려 가지구 곧 갈게."

"벼루서껀 있어야 할걸……"

나 혼자 밤나무 밑 술집으로 터덜터덜 찾아갔다. 닭의 똥들이 한산

히 늘려놓인 뒷마루로 조심스레 올라서며 소장수란 놈이 대체 어떻게 생긴 놈인가 하고 퍽 궁금하였다. 소도 사고 계집도 사고 이럴 때에는 필연 돈도 상당히 많은 놈이리라.

지게문을 열고 들어서니 첫때 눈에 띈 것이 밤볼이 지도록[3] 살이 디룩디룩한, 그리고 험상궂게 생긴 한 애꾸눈이다. 이놈이 아랫목에 술상을 놓고 앉아서 냉수 마신 상으로 나를 쓰윽 쳐다보는 것이다. 바지 저고리에는 때가 쭈루룩 묻은 것이 게다 제 딴에는 모양을 낸답시고 누런 병정 각반을 치올려 쳤다.

이놈과 그 옆 한구석에 쪼그리고 앉았는 영득 어머니와 부부가 되는 것은 아무리 봐도 좀 덜 맞는 듯싶다. 마는, 영득 어머니는 어떻게 되든지간 그 처분만 기다린단 듯이 잠자코 아이에게 젖이나 먹일 뿐이다. 나를 쳐다보고 자칫 낯이 붉는 듯하더니,

"아재 내려오슈!"

하고는 도로 고개를 파묻는다.

이때 소장수에게 인사를 붙여 준 것이 술집 할머니다. 사흘이 모자라서 여우가 못 됐다니만치 수단이 능글차서,

"둘이 인사하게. 이게 내 먼 조칸데 소장수구 돈 잘 쓰구."

하다가 뼈만 남은 손으로 내 등을 뚜덕이며,

"이 사람이 아까 그 기약서 잘 쓴다는 재봉이야."

"거 뉘 댁인지 우리 인사합시다. 이 사람은 물 건너 사는 황거풍이라 부루."

이놈이 바로 우자스럽게[4] 큰소리로 인사를 거는 것이다. 나는 저 못지않게 떡 버티고 앉아서 이 사람은 하고 이름을 댔다. 그리고 울아버지도 10년 전에는 땅마지기나 좋이 있었던 것을 명백히 알려 주니까 그건 안 듣고 하는 수작이,

"기약서를 써 달라고 불렀는데 수고러우나 하나 잘 써 주시유."

망할 자식, 이건 아주 딴 소리다. 내가 친구 복만이를 위해서 왔지 그래 제깐놈의 명령에 왔다갔다할 겐다. 이 자식 무척 시큰둥하구나 생각하고 낮을 찌푸려 모로 돌렸으나,

"우선 한 잔 하시유."

함에는 두 손으로 얼른 안 받지도 못할 노릇이었다.

복만이가 그 웃음 잊은 얼굴로 씨근거리며 달려들 때에는 벌써 나는 석잔이나 얻어 먹었다. 얼근한 속에 다 모지라진[5] 붓을 잡고 소장수의 요구대로 그려 놓았다.

매매 계약서

일금 50원야라.

우금은 내 아내의 대금으로서 정히 영수합니다.

갑술년 10월 20일　　　조복만

황거풍 전

여기에 복만이의 지장을 찍어 주니까 어디 한번 읽어 보우 한다. 그리고 한참 의심스레 바라보며 뭘 생각하더니,

"그거면 고만이유. 만일 나중에 조상이 돈을 해 가주 와서 물러 달라면 어떡허우?"

하고 눈이 둥그래서 나를 책망을 하는 것이다. 이놈이 소장에서 하던 버릇을 여기서도 하는 것이 아닌가. 하도 어이가 없어서 나도 벙벙히 쳐다만 보았으나 옆에서 복만이가 그대루 써 주라 하니까,

── 어떠한 일이 있더라도 내 아내는 물러 달라지 않기로 맹세합니다. ──

그제서야 조끼 단춧 구멍에 굵은 쌈지끈으로 목을 매달린 커단 지갑이 비로소 움직인다. 1원짜리 때묻은 지전 뭉치를 꺼내 들더니 손가락에 연신 침을 발라 가며 앞으로 세어 보고 뒤로 세어 보고 그리고 이번에는 거꾸로 들고 또 침을 발라 가며 공손히 세어 본다. 이렇게 후줄근히 침을 발라 세었건만 복만이가 또다시 공손히 바르기 시작하니 아마 지전은 침을 발라야 장사를 하나 보다. 내가 여기서 구문을 한 푼이나마 얻어 먹었다면 참이지 성을 갈겠다. 5원씩 안팎 구문으로 10원을 잡순 것은 술집 할머니요 나는 술 몇 잔 얻어 먹었다. 뿐만 아니라 소장수를, 아니 영득 어머니를 5리 밖 공동 묘지 고개까지 전송을 나간 것도 즉 내다. 고갯마루에서 꼬불꼬불 돌아 내린 산길을 굽어보고서 나는 마음이 적이 언짢았다. 한마을에 같이 살다가 팔려가는 걸 생각하니 도시 남의 일 같지 않다. 게다 바람은 매우 차건만 입때 홑적삼으로 떨고 섰는 그 꼴이 가엾고!

"영득 어머니! 잘 가게유."

"아재 잘 기슈."

이 말 한마디만 남길 뿐 그는 앞장을 서서 사랫길[6]을 살랑살랑 달아난다. 마땅히 저 갈 길을 떠나는 듯이 서둘며 조금도 섭섭한 빛이 없다. 그리고 내 등 뒤에 섰는 복만이조차 잘 가라는 말 한마디 없는데는 실로 놀라지 않을 수 없다. 장승같이 뻐쩍 서서는 눈만 끔벅끔벅하는 것이 아닌가. 개자식. 하루를 살아도 제 계집이련만 근 10년이나 소같이 부려먹던 이 아내다. 사실 말이지 제가 여지껏 굶어 죽지 않은 것은 상냥하고 돌림성있는 이 아내의 덕택이었다. 그런데 인사 한마디가 없다니 개자식, 하고 여간 밉지가 않았다.

영득이는 제 아버지 품에 잔뜩 붙들리어 기가 올라서 운다. 멀리 간 어머니를 부르고 두 주먹으로 아버지의 복장을 들이 두드리다간 한번 쥐어박히고 멈씰한다. 그리고 조금 있으면 다시 시작한다. 소장수는 얼굴에 술이 잠뿍 올라서 제멋대로 한참 지껄이더니,

"친구, 신세 많이 졌수, 이담 갚으리다."

하고 썩 멋들어지게 인사를 한다. 그리고 뒤뚝뒤뚝 고개를 내리다가 돌부리에 채키어 뚱뚱한 몸뚱어리가 그대로 떼굴떼굴 굴러 버렸다. 중턱에 내뻗은 소나무에 가지가 없었더면 낭떠러지로 떨어져 고만 터져 버릴 걸 요행히 툭툭 털고 일어나서 입맛을 다신다. 놈이 좀 무색한지 우리를 돌아보고 한번 빙긋 웃고 다시 내걸을 때에는 영득 어머니는 벌써 산 하나를 꼽들었다.

이렇게 가던 소장수 이놈이 닷새 후에는 날더러 주재소로 가자고 내끄는 것이 아닌가. 사기는 복만이한테 사고 내게 찌다우를 붙는다. 그것도 한가로운 때면 혹 모르지만 남 한창 바쁘게 거름 쳐내는 놈을 좋도록 말을 해서 듣지 않으니까 나도 약이 안 오를 수 없고 꼴김에 놈의 복장을 그대로 떼다 밀어 버렸다. 풀밭에 가 털벅 주저앉았다. 일어나더니 이번에는 내 멱살을 바싹 조여 잡고 소 다루듯 잡아끈다.

내가 구문을 받아 먹었다든가, 또는 복만이를 내가 소개했다든가 하면 혹 모르겠다. 계약서 써 주고 술 몇 잔 얻어 먹은 것밖에 나에게 무슨 죄가 있느냐. 놈의 말을 들어 보면 영득 어머니가 간 지 나흘 되는 날, 즉 그저께 밤에 자다가 어디로 없어졌다. 밝은 날에는 들어올까 하고 눈이 빠지도록 기다렸으나 영 들어오지 않는다. 오늘은 꼭두새벽부터 사방으로 찾아다니다 비로소 우리들이 짜고 사기를 해먹은 것을 깨닫고 지금 찾아왔다는 것이다. 제 아내 간 곳을 알려 주어야지 그렇지 않으면 너와 죽는다고 애꾸 낯짝을 들이대고 이를 북 갈아 보인다.

"내가 팔았단 말이유? 날 붙잡고 이러면 어떡헐 작정이지요?"

"복만이는 달아났으니까 너는 간 곳을 알겠지? 느들이 짜고 날 고 랑때를 먹였어. 이놈의 새끼들!"

"아니 복만이가 달아났는지 혹은 볼일이 있어서 다니러 갔는지 지 금 어떻게 안단 말이유?"

"말 마라, 술집 아주머니에게 다 들었다. 또 속이려고 요 자식!"

그리고 나를 논둑에다 한 번 메어 꽂아서는 흙도 털 새 없이 다시 끌고 간다. 술집 아주머니가 복만이 간 곳은 개가 알 게니 가 보라 했 다나. 구문 먹은 걸 도루 돌려 놓기가 아까워서 제 책임을 내게로 떠 민 것이 분명하다. 이렇게 되면 소장수 듣기에는 내가 마치 복만이를 꾀어서 아내를 팔게 하고 뒤로 은근히 구문을 뗀 폭이 되고 만다.

하기는 복만이도 그 아내가 없어졌다는 날 그저께 어디로인지 없어 졌다. 짜장 도망을 갔는지 혹은 볼일이 있어서 일가 집 같은 데 다니 러 갔는지 그건 자세히 모른다. 그러나 동리로 돌아다니며 아내가 꾸 어 온 양식, 돈푼, 이런 자지레한 빚 냥을 다아 돈으로 갚아 준 그다. 달아나기에 충분할 아무 죄도 그는 갖지 않았다. 영득이가 밤마다 엄 마를 부르며 악장을 치더니 보기 딱하여 제 큰집으로 맡기러 갔는지 도 모른다. 복만이가 저녁에 우리 집에 왔을 때에는 어서 먹었는지 술 이 거나하게 취했다. 안뜰로 들어오더니 막걸리를 한 병 내놓으며,

"이거 자네 먹게"

"이건 왜 사 와. 하여튼 출출한데 고마우이."

하고 나는 부엌에 나가 술잔과 짠지 쪼가리를 가져왔다. 그리고 둘이 봉당에 걸터앉아 마시기 시작하였다. 술 한 병을 다 치고 나서 그는 이런 이야기, 저런 이야기를 지껄이더니 내 앞에 돈 1원을 꺼내 놓는 다.

"저번 수굴 끼쳐서 그 옐세."

"예라니!"

나는 눈을 동그렇게 뜨고 그 얼굴을 이윽히 들여다보았다. 마는, 속으로 요건 대서료로 주는구나, 하고 이쯤 못 깨달은 바도 아니었다. 남의 아내를 판 돈으로 대서료를 받는 것이 너무 무례한 일인 것쯤은 나도 잘 안다. 술을 먹었으니까 그만해도 좋다 하여도,

"두구 술 사 먹게, 난 이거 말구도 또 있으니까!"

하고 굳이 주머니에까지 넣어 주므로 궁하기도 하고 그대로 받아 두었다. 그리고 그 담부터는 복만이도 영득이도 우리 동리에서 볼 수가 없고 그뿐 아니라 어디로 가는 걸 본 사람조차 하나도 없다.

이런 복만이를 소장수 이놈이 날더러 찾아 놓으라고 명령을 하는 것이다. 멱살을 숨이 갑갑하도록 바짝 매달려서 끌려가자니, 마을 사람들은 몰려 서서 구경을 하고, 없는 죄가 있는 듯이 얼굴이 확확 단다. 큰 개울께까지 나왔을 적에는 놈도 좀 열쩍은지 슬며시 놓고 그냥 걸어간다. 내가 반항을 하든지 해야 저도 독을 올려서 욕설을 하고 결고 틀고 할 텐데 내가 고분히 달려가니까 그럴 필요가 없다. 저의 원대로 주재소까지 가기만 하면 그만이니까.

우리는 아무 말 없이 앞서고 뒤서고 10리 길이나 걸었다. 깊은 산길이라 사람은 없고 앞뒤 산들은 울긋불긋 물들어 가끔 쏴 하고 낙엽이 날린다. 뉘엿뉘엿 넘어가는 석양에 먼 봉우리는 자줏빛이 되어 가고 그 반영에 하늘까지 불그레하다. 험한 바위에서 이따금 돌을 굴러 내려 웅덩이의 맑은 물을 휘저어 놓고 풍 하는 그 소리는 실로 쓸쓸하다. 이 산서 수꿩이 푸드득, 암꿩이 푸드득. 그리고 그 사이로 소장수 이놈과 나와 노량으로 허우적허우적. 또 한 고개를 놈이 뚱뚱한 몸집으로 숨이 차서 씨근씨근 올라오니 그때는 노기는 완전히 사라졌다. 풀밭에 펄쩍 주저앉아서 숨을 돌리고 담배를 꺼내고 그리고 무슨

마음이 내켰는지 날더러,

"다리 아프겠수, 우리 앉아서 쉽시다."

하고 친절히 말을 붙인다. 나도 그 옆에 앉아서 주는 궐련을 피워 물었다. 인제도 주재소까지 15리가 남았으니 어둡기 전에는 못 갈 것이다.

"아까는 내 퍽 잘못했수."

"별말 다 하우."

"그런데 참 복만이 간 데 짐작도 못하겠수?"

"아마 모름 몰라두 덕냉이 제 큰집에 갔기가 쉽지유."

이 말에 놈이 경풍을 하도록 반색하며 애꾸눈을 바짝 들이대고 끔벅거린다. 그리고 우는 소리가, 잃어버린 돈이 아까운 게 아니라 그런 계집을 다시 만나기가 어려워서 그런다. 번이 홀아비의 몸으로 얼굴 똑똑한 아내를 맞아다가 술장수를 시켜 보자고 벼르는 중이었다. 그래 이번에 해 보니까 장사도 잘 할뿐더러 아내로서 훌륭한 계집이다. 참이지 며칠 살아 봤지만 남편에게 그렇게 착착 부닐고[7] 정이 붙는 계집은 여지껏 내 보지 못했다. 그러기에 나두 저를 위해서 인조견으로 옷을 해 입힌다, 갈비를 들여다 구워 먹인다, 이렇게 기뻐하지 않았겠느냐. 덧돈을 들여 가면서라도 찾으려 하는 것은 저를 보고 싶어서 그럼이지 내가 결코 복만이에게 돈으로 물러 달랄 의사는 없다. 그러니 아무 염려 말고,

---

1) 인찰지(印札紙) ─ 미농지에 괘선을 박은 종이. 흔히, 공문서를 작성하는 데 쓰임.
2) 금점(金店) ─ 금광(金鑛). 금을 캐내는 광산.
3) 밤볼이 지다 ─ 볼이 볼록하게 살이 찌다.

"복만이 갈 듯한 곳은 다 좀 알으켜 주."

놈의 말투가 또 이상스레 꾀는 걸 알고 불쾌하기가 짝이 없다. 아무 대답도 않고 묵묵히 앉아서 담배만 빠니까,

"같은 날 같이 없어진 걸 보면 둘이 짜구서 도망간 게 아니유?"

"40리씩 떨어져 있는 사람이 어떻게 짜구 말구 한단 말이오?"

내가 이렇게 펄쩍 뛰며 핀잔을 줌에는 그도 잠시 낙망하는 빛을 보이며,

"아니 일텀 말이지! 내가 복만이면 제 아내가 어디 간 것쯤은 알게 아니유."

하고 꾸중 만난 어린애처럼 어리광조로 빌붙는다. 이것도 사랑병인지 아까는 큰 체를 하는 놈이 이제 와서는 나에게 끽소리도 못한다. 행여나 여망[8] 있는 소리를 들을까 하여 속달게 나의 눈치만 그리다가,

"덕냉이 큰집이 어딘지 아우?"

"우리 삼촌 댁도 덕냉이에 있지유."

"그럼 우리 오늘은 도루 내려가 술이나 먹고 낼 일찍이 같이 떠납시다.".

"그러지유."

더 말하기가 싫어서 나는 코대답으로 치우고 먼 서쪽 하늘을 바라보았다. 해가 마악 떨어지니 산골은 오색 영롱한 저녁 노을로 덮인다. 산봉우리는 숫제 이글이글 끓는 불덩어리가 되고 노기 가득 찬 위엄

---

4) 우자스럽다 — 어리석은 데가 있다.
5) 모지라지다 — 물건의 끝이 닳아서 없어지다.
6) 사랫길 — '이랑길'의 옛말.
7) 부닐다 — 붙임성 있게 굴다.
8) 여망(餘望) — 남은 희망 또는 앞으로의 희망.

을 나타낸다. 그리고 나직이 들리느니 우리 머리 위에 지는 낙엽 소리!

소장수는 쭈구리고 눈을 감고 앉아 있는 양이 내일의 계획을 세우는 모양이다. 마는, 나는 아무리 생각하여도 복만이는 덕냉이 제 큰집에 있을 것 같지 않다.

(1936년)

산 골

산

머리 위에서 굽어보던 해님이 서쪽으로 기울어 나무에 긴 꼬리가 달렸건만, 나물 뜯을 생각은 않고 이쁜이는 늙은 잣나무 허리에 등을 비껴 대고 먼 하늘만 이렇게 하염없이 바라보고 섰다.

하늘은 맑게 개고 이쪽 저쪽으로 뭉글뭉글 피어 오른 흰 꽃송이는 곱게도 움직인다. 저것도 구름인지 학들은 쌍쌍이 짝을 짓고 그 새로 날아들며 끼리끼리 얼리는 소리가 이 수풀까지 멀리 흘러내린다.

갖가지 나무들은 사방에 잎이 우거졌고 땡볕에 그 잎을 펴들고 너훌너훌 바람과 아울러 산골의 향기를 자랑한다.

그 공중에는 나는 꾀꼬리가 어여쁘고…… 노란 날개를 팔딱이고 이 가지 저 가지로 옮아 앉으며 흥에 겨운 행복을 노래 부른다.

…… 고오이! 고이 고오이!

요렇게 아양스레 노래도 부르고…….

…… 담배 먹구 꼴베어!

맞은쪽 저 바위 밑은 필시 호랑님이 드나드는 굴이리라. 음침한 그 위에는 가시덤불 다래 덩굴이 어지러이 엉클리어 지붕이 되어 있고 이것도 돌이랄지 연녹색 털복숭이는 올망졸망 놓였고, 그리고 오늘도 어김없이 뻐꾸기는 날아와 그 잔등에 다리를 머무르며,

…… 뻐꾹! 뻐꾹! 뻑뻐국!

어느덧 이쁜이는 눈시울에 구슬 방울이 맺히기 시작한다. 그리고 나물 바구니가 툭, 하고 땅에 떨어지자 두 손에 펴 들은 치마폭으로 그 새 얼굴을 폭 가리고는 이쁜이는 흐륵흐륵 마냥 느끼며 울고 섰다.

이제야 후회하노니 도련님 공부하러 서울로 떠나실 때 저도 간다고 왜 좀더 붙들고 늘어지지 못했던가. 생각하면 할수록 가슴만 미어질 노릇이다. 그러나 마님의 눈을 기여¹⁾ 자그만 보따리를 옆에 끼고 산 속으로 20리나 넘어 따라갔던 이쁜이가 아니었던가. 과연 이쁜이는 산등을 걸어 갔고 으슥한 고갯마루에 기다리고 섰다가 넘어오시는 도련님의 손목을 붙잡고 "난 안 데려가지유!" 하고 애원 못한 것도 아니니 공연스레 눈물부터 앞을 가렸고 도련님이 놀라며,

"너 왜 오니? 여름에 꼭 온다니까, 어여 들어가라."
하고 역정을 내심에는 고만 두려웠으나 그래도 날 데려가라고 그 몸에 매어 달리니 도련님은 얼마를 벙벙히 그냥 섰다가,

"울지 마라 이쁜아! 그럼 내 서울 가 자리나 잡거든 널 데려가마."
하고 등을 두드리며 달랠 제 만일 이 말에 이쁜이가 솔깃하여 꼭 곧 이들지만 않았던들 도련님의 그 손을 안타까이 놓지는 않았던걸…….

"정말 꼭 데려가지유?"
"그럼 한 달 후에면 꼭 데려가마."
"난 그럼 기다릴 테야유!"

그리고 아침 햇발에 비끼는 도련님의 옷자락이 산등으로 꼬불꼬불 저 멀리 사라지고 아주 보이지 않을 때까지 이쁜이는 남이 볼까 하여

피어 흩어진 개나리 속에 몸을 숨기고 치마끈을 입에 물고는 눈물로 배웅하였던 것이 아니던가. 이렇게도 철석같이 다짐을 두고 가시더니 그 한 달이란 대체 얼마나 되는 겐지 몇 한 달이 거듭 지나고 돌도 넘었으련만 도련님은 이렇다 소식 하나 전할 줄조차 모르신다.

실토로 터놓고 말하자면 늙은 이 잣나무 아래에서 도련님과 맨 처음 눈이 맞을 제 이쁜이가 먼저 그러자고 한 것도 아니련만…… 이쁜이 어머니가 마님댁 씨종이고 보면 그 딸 이쁜이는 잘 따져야 씨의 씨종이니 하잘것없는 계집애이어늘 이쁜이는 제 몸이 이럼을 알고 시내에서 홀로 빨래를 할 제면 도련님이 가끔 덤벼들어 이게 장난이겠지, 품에 꼭 껴안고 뺨을 깨물어 뜯는 그 꼴이 숭굴숭굴하고 밉지는 않았으나 그러나 이쁜이는 감히 그런 생각을 먹어 본 적이 없었다. 그날도 마님이 구미가 젖히셨다고, '애 이쁜아 나물 좀 뜯어 온', 하실 때 이쁜이는 퍽이나 반가웠고 아침밥도 몇 술로 겉날리고 바구니를 동무삼아 집을 나섰으니 나이 아직 열여섯이라 마님에게 귀염을 받는 것이 다만 좋았고 칠칠한[2] 나물을 뜯어 드리고자 한사코 이 험한 산 속으로 기어올랐다.

풀잎의 이슬은 아직 다 마르지 않았고 바위 틈바구니에 흩어진 잔디에는 커다란 구렁이가 똬리를 틀고서 떡머구리[3] 한 놈을 우물거리며 있는 중이매 이쁜이는 쌔근쌔근 가쁜 숨을 쉬어 가며 그걸 가만히 들여다보고 섰다가 바로 발 앞에 도라지 순이 있음을 발견하고 꼬챙이로 마악 캐려 할 즈음 등 뒤에서 뜻밖에 발자국 소리가 들리는 것이 아닌가. 깜짝 놀라며 고개를 돌려보니 언제 어디로 따라왔던가. 도련님은 물푸레나무 토막을 한손에 지팡이로 짚고 붉은 얼굴이 땀바가지가 되어 식식거리며 그리고 싱글싱글 웃고 있다. 그 모양이 하도 수상하여 이쁜이는 눈을 똥그랗게 뜨고 바라보니 도련님은 좀 면구쩍은

지 낯을 모로 돌리며, 그러나 여일히 싱글싱글 웃으며 뱃심 유한 소리가,

"난 지팡이 꺾으러 왔다."

그렇지마는 이쁜이는 며칠 전 마님이 불러 세우고 너 도련님하구 같이 다니면 매 맞는다 하시던 그 꾸지람을 얼른 생각하고,

"왜 따라왔지유. 마님 아시면 전 매맞으라구?"

하고 암팡스레 쏘았으나 도련님은 귓등으로 듣는지 그래도 여전히 싱글거리며 뱃심 유한 소리로,

"난 지팡이 꺾으러 왔다."

그제야 이쁜이는 성을 안 낼 수가 없고,

"마님께 나 매맞어두 난 몰라."

혼잣말로 이렇게 되알지게 쫑알거리고 너야 가든 말든 하라는 듯이 고개를 돌리어 아까의 도라지를 다시 캐자노라니 도련님은 무턱대고 그냥 와락 달려들어,

"너 맞는 거 나는 알지!"

이쁜이를 뒤로 꼭 붙들고 땀이 쪽 흐른 그 뺨을 또 잔뜩 깨물고는 놓질 않는다. 이쁜이는 어려서부터 도련님과 같이 자랐고 같이 놀았으되 제가 먼저 그런 생각을 두었다면 도련님을 벌컥 떠다밀어 바위 너머로 곤두박히게 했을 리 만무이었고 궁둥이를 털고 일어나며 도련님이 무색하여 멀거니 쳐다보고 입맛만 다시니 이쁜이는 그 꼴이 보기 가여웠고 죄를 저지른 제 몸에 대하여 죄송한 자책이 없던 바도 아니언마는 다시 손목을 잡히고 이 잣나무 밑으로 끌릴 제에는 온 힘을 다하여 그 손깍지를 벌리며 야단친 것도 사실이 아닌 건 아니나, 그러나 어딘가 마음 한편에 앙살을 피면서도 넉히 끌리어 가도록 도련님의 힘이 좀더 좀더 하는 생각이 전혀 없었다면 그것은 거짓말이

되고 말 것이다. 물론 이쁜이가 얼굴이 빨개지며 앙큼스러운 생각을 먹은 것은 바로 이때이었고,

"난 몰라, 마님께 여쭐 터이야, 난 몰라!"

하고 적잖이 조바심을 태우면서도 도련님의 속 맘을 한번 뜯어보고자,

"누가 종두 이러는 거야?"

하고 손을 뿌리치며 된통 호령을 하고 보니 도련님은 이 깊고 외진 산 속임에도 불구하고 귀에다 입을 갖다 대고 가만히 속삭이는 그 말이,

"너 나하고 멀리 도망가지 않으련!"

그러니 이쁜이는 이 말을 참으로 꼭 곧이들었고 사내가 이렇게 겁을 집어먹는 수도 있는지 도련님이 땅에 떨어지는 성냥갑을 호주머니에 다시 집어 넣을 줄도 모르고 덤벙거리며 산 아래로 꽁지를 뺄 때까지 이쁜이는 잣나무 뿌리를 베고 풀밭에 번듯이 드러누운 채 푸른 하늘을 바라보며 이제 멀리만 달아나면 나는 저 도련님의 아씨가 되려니 하는 생각에 마님께 진상할 나물 캘 생각조차 잊고 말았다. 그러나 조금 지나매 이쁜이는 어쩐지 저도 겁이 나는 듯싶었고 발딱 일어나 사면을 휘돌아보았으나 거기에는 험상스러운 바위와 우거진 숲이 있을 뿐 본 사람은 하나도 없으련만 아마 산이 험한 탓일지도 모르리라. 가슴은 여전히 달랑거리고 두려우면서 그러나 이 몸뚱이를 제 품에 꼭 품고 같이 뒹굴고 싶은 안타까운 그런 행복이 느껴지지 않은 것도 아니었으니 도련님은 이렇게 정을 들이고 가시고는 이제 와서는 생판 모르는 체하시는 거나 아니런가······.

마 을

두 손등으로 눈물을 씻고 고개는 어례 들었으나 나물 뜯을 생각은

않고 이쁜이는 늙은 잣나무 밑에 앉아서 먼 하늘을 치켜 대고 도련님 생각에 이렇게도 넋을 잃는다.

이제 와 생각하면 야속도 스럽나니 마님께 매를 맞도록 한 것도 결국 도련님이었고 별 욕을 다 당하게 한 것도 결국 도련님이 아니었던 가.

매일과 같이 산엘 올라다닌 지 단 나흘이 못 되어 마님은 눈치를 채셨는지 혹은 짐작만 하셨는지 저녁때 기진하여 내려오는 이쁜이를 불러 앉히시고,

"너 요년 바른 대로 말해야지 죽인다."

하고 회초리로 때리시되 볼기짝이 톡톡 불거지도록 하시었고 그래도 안차게[4] 아니라고 고집을 쓰니 이번에는 어머니가 달겨들어 머리채를 휘감고 주먹으로 등어리를 서너 번 쾅쾅 때리더니, 그만도 좋으련만 뜰 아랫방에 갖다 가두고는 사날씩이나 바깥 구경을 못하게 하고 구메밥으로 구박을 막 함에는 이쁜이는 짜장 서럽지 않을 수가 없었다. 징역살이 맨 마지막 밤이 깊었을 제 이쁜이는 너무 원통하여 혼자 앉아서 울다가 자리에 누운 어머니의 허리를 꼭 끼고 그 품 속으로 기어들며,

"어머니 나 데련님하고 살 테야."

하고 그예 저의 속중을 토설하니 어머니는 들었는지 먹었는지 그냥 잠잠히 누웠더니 한참 후 후유, 하고 한숨을 내뿜을 때에는 이미 눈에 눈물이 그렁그렁하였고, 그리고 또 한참 있더니 입을 열어 하는 이야기가 지금은 이렇게 늙었으나 자기도 색시 때에는 이쁜이만치나 어여뻤고 얼마나 맵시가 출중났던지 노 나리와 은근히 배가 맞았으나 몇 달이 못 가 노마님이 이걸 아시고 하루는 불러세우고 때리시다가 마침내 샘에 못 이기어 인두로 하초[5]를 지지려고 들이 덤비신 일이 있

다고 일러 주고 다시 몇 번 몇 번 당부하여 말하되 석숭네가 벌써부터 말을 건네는 중이니 도련님에게 맘일랑 두지 말고 몸 잘 갖고 있으라 하고 딱 떼는 것이 아닌가. 하기야 이쁜이가 무남독녀의 귀여운 외딸이 아니었던들 사흘 후에도 바깥엘 나올 수 없었으려니와 비로소 대문을 나와 보니 그간 세상이 좀 넓어진 것 같고 마치 우리를 벗어난 짐승과 같이 몸의 가뜬함을 느꼈고 흉측스러운 산으로 뺑뺑 둘러싼 이 산골에서 벗어나 넓은 버덩⁶⁾으로 나간다면 기쁘기가 이보다 좀 더하리라 생각도 하여 보고 어머니의 영대로 고추밭을 매러 개울 길로 내려가려니까 왼편 수풀 속에서 도련님이 불쑥 튀어나오며 또 붙들고 벌에 안 갈 테냐고 대구 보채인다. 읍에 가 학교를 다니다가 요즘 방학이 되어 집에 돌아온 뒤로는 공부는 할 생각 않고 날이면 날 저물도록 저만 이렇게 붙잡으러 다니는 도련님이 딱도 하거니와 한편 마님도 무섭고 또는 모처럼 용서를 받는 길로 그러고 보면 이번에는 호되게 불이 내릴 것을 알고 이쁜이는 오늘은 안 되니 낼 모레쯤 가자고 좋게 달래다가 그래도 듣지 않고 굳이 가자고 성화를 하는데는 할 수 없이 몸을 뿌리치고 뺑소니를 놓을 수밖에 딴 도리가 없었다. 구질구질 내리던 비로 말미암아 한동안 손을 못 댄 고추밭은 풀들이 제법 성큼히 엉기었고 어디서부터 시작해야 좋을지 갈피를 모르겠는데 이쁜이는 되는 대로 한편 구석에 치마를 도사리고 앉아서, 이것도 명색은 김 매는 거겠지, 호미로 흙등만 따짝거리며 정작 정신은 어젯밤 종은 상전과 못 사는 법이라던 어머니의 말이 옳은지 그른지 그것만 이쁜이는 아로 새기며 이리 씹고 저리 씹어 본다. 그러나 이쁜이는 아무렇게도 나는 도련님과 꼭 살아 보겠다 혼자 맹세하고 제가 아씨가 되면 어머니는 일테면 마님이 되련마는 왜 그리 극성인가 싶어서 좀 야속하였고 해가 한나절이 되어 목덜미를 확확 다릴 때까지 이리저리 곰곰 생각하다가 고개를 들어 보매 밭은 여태 한 고랑도 다 끝이 못 났으니 이놈의 밭이 하고 탓 안할 탓을 하며 절로도 하품이 나올 만치 어지간히 기가 막혔다. 이번에는 좀 빨랑빨랑 하리라 생각 하고 이쁜이는 호미를 잽싸게 놀리며 푹푹 찍고 덤볐으나 그래도 웬 일인지 일은 손에 붙지를 않고 그뿐 아니라 등 뒤 개울의 덤불에서는 온갖 잡새가 귀둥귀둥 멋대로 속삭이고 먼 발치에서 풀을 뜯고 있던 황소가 메—— 하고 늘어지게도 소리를 내뽑으니 이쁜이는 이걸 듣고 갑자기 몸이 나른해지지 않을 수 없고 밭가에 선 수양버들 그늘에 쓰 러져 한잠 들고 싶은 생각이 곧바로 나지마는 어머니가 무서워 차마 그걸 못하고 만다. 인제는 계집애는 밭일을 안 하도록 법이 됐으면 좋 겠다 생각하고 이쁜이는 울화증이 나서 호미를 메꼰지고 얼굴의 땀을 씻으며 앉았노라니까 들로 보리를 거두러 가는 길인지 석숭이가 빈 지게를 지고 꺼불꺼불 밭머리에 와 서더니 아주 썩 시퉁그러지게 입 을 삐죽거리며 이쁜이를 건너 대고 하는 소리가,

"너 데련님하구 그랬대지!"

새파랗게 갈은 비수로 가슴을 쪽 내려 긋는 대도 아마 이토록은 재 겹지 않으리라마는 이쁜이는 어서 들었느냐고 따져 볼 겨를도 없이 얼굴이 고만 홍당무가 되었고 그놈의 소위로 생각하면 대뜸 들어 덤 벼 그 귀때기라도 물고 늘어질 생각이 곧 간절은 하나 한 죄는 있고 어째 볼 용기가 없으매 다만 고개를 푹 수그릴 뿐이다. 그러니까 석숭 이는 제가 괜 듯싶어서 이쁜이를 짜장 넘보고 제법 밭 가운데까지 들 어와 떡 버티고 서서는 또 한 번 시큰둥하게 그리고 엇먹는[7] 소리로,

"너 데련님하구 그랬대지."

전일 같으면 제가 이쁜이에게 지게 막대기로 볼기 맞을 생각도 않 고 감히 이따위 버르장머리는 하기커녕 제 아버지 장사하는 원두막에

서 몰래 참외를 따 가지고 와서,

"애 이쁜아, 너 이거 먹어라."

하다가,

"난 네가 주는 건 안 먹을 테야."

하고 몇 번 내뱉음에도 끊지 않고 굳이 먹으라고 떠맡기므로 이쁜이가 마지 못하는 체하고 받아들고는 물론 치마폭에 흙을 쓱쓱 문대고 나서 깨물고 앉았노라면 아무쪼록 이쁜이 맘에 잘 들도록 호미를 대신 손에 잡기가 무섭게 는실난실[8] 김을 매 주었고 그리고 가끔 이쁜이를 웃겨 주기 위하여 그것도 재주라고 밭고랑에서 잘 봐야 곰 같은 몸뚱이로 이리 뒹굴고 저리 뒹굴고 하였다. 석숭 아버지는 이놈이 또 어디로 내뺐구나 하고 찾아다니다 여길 와 보니 매라는 제 밭은 안 매고 남 계집애 밭에 들어와서 대체 온 이게 무슨 노릇인지 이 꼴이고 보매 기도 막힐 뿐더러 터지려는 웃음을 억지로 참고 노여운 낯을 지어 가며,

"너 이놈아, 네 밭은 안 매고 남의 밭에 들어와 그게 뭐냐?"

하고 꾸중을 하였지마는 석숭이가 깜짝 놀라서 돌아다보다 고만 멀쑥하여 궁둥이의 흙을 털고 일어서며,

"이쁜이 밭 좀 매 주러 왔지 뭘 그래?"

하고 되레 퉁명스러이 뻗댐에는 더 책하지 않고,

"어 망할 자식두 다 많으이!"

하고 돌아서 저리로 가며 보이지 않게 피익 웃고 마는 것인데 그러면 이쁜이는 저의 처지가 꽤 야릇하게 됨을 알고 저기까지 분명히 들리도록,

"너보고 누가 밭 매달랬어? 가, 어여 가. 가!"

하고 다 먹은 참외는 생각도 않고 등을 떠다밀며 구박을 막 하던 이

런 터이련만 제가 이제 와 누굴 비위를 긁다니 하늘이 무너지면 졌지 이것은 도시 말이 안 된다.

돌

　이쁜이는 남다른 부끄러움으로 온 전신이 확확 다는 듯싶었으나 그러나 조금 뒤에는 무안을 당한 거기에 되갚음이 없어서는 아니 되리라 생각하고 앙칼스러운 역심이 가슴을 콕 찌를 때에는 어깨뿐만 아니라 등어리 전체가 샐룩거리다가 새침히 발딱 일어나 사방을 훑어보더니 대낮이라 다들 일을 나가고 온 마을에 사람이 없음을 알고 석숭이의 소맷자락을 넌지시 끌며 그 옆 숙성히 자란 수수밭 속으로 들어간다. 밭 한복판은 아늑하고 아무 데도 보이지 않으므로 함부로 떠들어도 괜찮으려니 믿고 이쁜이는 거기다 석숭이를 세워 놓자 밭고랑에 널려진 여러 돌 틈에서 맞아 죽지 않고 단단히 아플 만한 모루 돌멩이 하나를 집어들고 그 옆 정강이를 모질게 후려치며,
　"이 자식, 뭘 어쩌구 어째?"
하고 딱딱 어르니까 석숭이는 처음에 뭐나 좀 생길까 하고 좋아서 따라왔던 걸 별안간 난데없는 모진 돌만 날아듦에는,
　"아야!"
하고 소리치자 똑 선불 맞은 노루 모양으로 한번 뻐들껑 뛰며 눈이 그야말로 왕방울만해지지 않을 수가 없었다. 그러나 석숭이는 미움보다 앞서느니 기쁨이요 전일에는 그 옆을 지나도 본 둥 만 둥하고 그리 대단히 여겨 주지 않던 그 이쁜이가 일부러 이리 끌고 와 돌로 때리되 정말 아프도록 힘을 들일 만치 이쁜이에게 있어는 지금의 저의 존재가 그만치 끔찍함을 그 돌에서 비로소 깨닫고 짓궂이 싱글싱글

웃으며 한번 더 뒤둥그러진, 그리고 흘게늦은 목소리로,

"뭘 데련님허구 그랬대는데."

하고 놀려 주었다. 이쁜이는,

"뭐 이 자식!"

하고 상기된 눈을 똑바로 떴으나 이번에는 돌멩이 집을 생각을 않고 아까부터 겨우 참아 왔던 울음이,

"으응!"

하고 탁 터지자 잡은 참 덤벼들어 석숭이 옷 가슴에 매어달리며 쥐어뜯으니 석숭이는 이쁜이를 울려 논 것은 저의 큰 죄임을 얼른 알고 눈이 휘둥그래서,

"아니다, 아니다, 내 부러 그랬다, 아니다."

하고 입에 불이 나게 그러나 손으로 등을 어루만지며 '아니다'를 여러 십 번을 부른 때에야 간신히 울음을 진정해 놓았고 이쁜이가 아직 느끼는 음성을 몇 번 당부를 하니,

"인제 남 듣는 데 그러면 내 너 죽일 테야."

"그래 인제 안 그러마."

참으로 이런 나쁜 소리는 다시 입에 담지 않으리라 맹세하였다. 이쁜이도 그제야 마음을 놓고 흔적이 없도록 눈물을 닦으면서,

"다시 그래 봐라 내 죽인다!"

또 한 번 다져 놓고 고추밭으로 도로 나오려 할 제 석숭이가 와락 달겨들어 그 허리를 잔뜩 껴안고,

"너 그럼 우리 집에게 나한테로 시집 오라니깐 왜 싫다구 그랬니?"

하고 설혹 좀 싱기시게 굴었다 치더라도 만일 이쁜이가 이 행실을 도련님이 아신다면 담박에 정을 떼시려니 하는 염려만 없었더라면 그리 대수롭지 않은 것을 그토록 오지게 혼을 냈을 리 없었겠고 생각하면

두고두고 여태껏 후회가 날이 만큼 그렇게 사내의 뺨을 후려친 것도 결국 도련님을 위하는 이쁜이의 깨끗한 정이 아니었던가…….

물

가득히 품에 찬 서러움을 눈물로 가시고 나물 바구니를 손에 잡았으니, 이쁜이는 다시 일어나 산중턱으로 거친 수풀 속을 기어 내리며 도라지를 하나 둘 캐기 시작한다.

참인지 아닌지 자세히는 모르나 멀리 날아온 풍설을 들어 보면 도련님은 서울 가 어여쁜 아씨와 정분이 났다 하고 그뿐만도 오히려 좋으련마는 댁의 마님은 마님대로 늙은 총각 오래 두면 병 난다 하여 상냥한 아씨만 찾는 길이니 대체 이게 웬 셈인지 이쁜이는 골머리가 아팠고 도라지를 캔다고 꼬챙이를 땅에 꾸욱 꽂으니 그대로 짚고 선 채 해만 점점 부질없이 저물어 간다. 맥을 잃고 다시 내려오다 이쁜이는 앞에 우뚝 솟은 바위를 품어 얼싸안고 그 앞을 굽어보니 험악한 석벽 틈에 맑은 물은 웅숭깊이 층층 고이었고 설핏한 하늘의 붉은 노을 한쪽을 똑 떼들고 푸른 잎새로 전을 둘렀거늘 그 모양이 보기에 퍽도 아름답다. 그걸 거울 삼고 이쁜이는 저 밑에 까맣게 비치는 저의 외양을 또 한 번 고쳐 뜯어 보니 한때는 도련님이 조르다 몸살도 나셨으려니와 의복은 비록 추레할망정 저의 눈에도 밉지 않게 생겼고 남 가진 이목 구비에 반반도 하련마는 뭐가 부족한지 달리 눈이 맞은 도련님의 심정이 알 수 없고 어느덧 원망스러운 눈물이 눈에서 떨어지니 잔잔한 물면에 물둘레를 치기도 전에 무슨 밥이나 된다고 커단 꺽지는 휘엉휘엉 올라와 꼴딱 받아먹고 들어간다. 이쁜이는 얼빠진 등신같이 맑은 물을 가만히 들여다보노라니 불시로 제 몸을 풍덩, 던지어 깨끗이 빠져도 죽고 싶고, 아니 이왕 죽을진댄 정든 님 품에 안겨 같이 풍, 빠지어 세상사를 다 잊고 알뜰히 죽고 싶고, 그렇다면 도련님이 이 등에 넙죽 엎디어 뺨에 뺨을 비벼대고 그리고 이 물을 같이 굽어보며,

"애 울지 마라. 내가 가면 설마 아주 가겠니?"

하고 세우 달랠 제 꼭 붙들고 풍덩실 하고 왜 빠지지 못했던가. 시방은 한가도 컸건마는 그 이쁜이는 그리도 삶에 주렸던지.

"정말 올 여름엔 꼭 오우?"

하고 아까부터 몇 번 묻던 걸 또 한 번 다져 보았거늘 도련님은 시원스러이 선뜻,

"그럼 오구말구, 널 두고 안 오겠니!"

하고 대답하고 손에 꺾어 들었던 노란 동백꽃을 물 위로 휙 내던지며,

"너 참 이 물이 무슨 물인지 알면 용치?"

눈을 끔벅끔벅하더니 이야기하여 가로되 옛날에 이 산 속에 한 장사가 있었고 나라에서는 그를 잡고자 사방 팔면에 군사를 놓았다. 그렇지마는 장사에게는 비호같이 날랜 날개가 돋친 법이니 공중을 훌훌 나는 그를 잡을 길 없고 머리만 앓던 중 하루는 그예 이 물에서 목욕을 하고 있는 것을 사로잡았다는 것이로되 왜 그러냐 하면 하느님이 잡수시는 깨끗한 이 물을 몸으로 흐렸으니 누구라도 천벌을 아니 입을 리 없고 몸에 물이 닿자 돋쳤던 날개가 흐지부지 녹아 버린 까닭이라고 말하고 도련님은 손짓으로 장사의 처참스러운 최후를 시늉하며 가장 두려운 듯이 눈을 커다랗게 끔적끔적하더니 뒤를 이어 그 말이,

"아 무서! 애 우지 마라. 저 물에 눈물이 떨어지면 큰일난다."

그러나 이쁜이는 그까짓 소리는 듣는 둥 마는 둥 그리 신통치 못하

였고 며칠 후 서울로 떠나면 아주 놓칠 듯만 싶어서 도련님의 얼굴을 이윽히 쳐다보고 그럼 다짐을 두고 가라 하다가 도련님이 조금도 서슴없이 입고 있던 자기의 저고리 고름 한 짝을 뚝 떼어 이쁜이 허리춤에 꾹 꽂아 주며,

"너 이래두 못 믿겠니?"

하니 황송도 하거니와 설마 이걸 두고야 잊으시진 않겠지 하고 속이 든든하지 않은 것도 아니었다. 대장부의 노릇이며 이렇게 하고 변심은 없을 게나 그래도 잘 따져 보니 이 고름이 말하는 것도 아니어든 차라리 따라 나서느니만 같지 못하다고 문득 마음을 고쳐 먹고 고개를 쫓아간 건 좋으련마는 왜 그랬던고, 좀더 매달리어 진대[9]를 안 붙고 거기 주저앉고 말았으니 이제 와서는 한가만 새롭게 몸에 고이 간직하였던 옷고름을 이 손에 꺼내 들고 눈물을 흘려 보되 별수 없나니 보람없이 격지만 늘어 간다. 허나 이거나마 아주 없었더런들 그야 살맛조차 송두리 잃었으리라마는 요즘 매일과 같이 이 험한 깊은 산 속에 올라와 옛 기억을 홀로 더듬어 보며, 이쁜이는 해가 저물도록 이렇게 울고 섰곤 하는 것이다.

길

모든 새들은 어제와 같이 노래를 부르고 날도 맑으련만, 오늘은 웬일인지 이쁜이는 아직도 올라오질 않는다.

석숭이는 아버지가 읍의 장에 가서 세 마리 닭을 팔아 그걸로 소금을 사 오라 하여 아침 일찍이 나온 것도 잊고 이 산에 올라와 다리를 묶은 닭들은 한편에 내던지고 늙은 잣나무 그늘에 누워 눈이 빠지도록 기다렸으나 이쁜이는 좀체 나오지 않으매 웬일일까 고게 또 노하

지나 않았나 하고 일쩝게 이렇게 애를 태운다. 올 가을이 얼른 되어 새 곡식을 거두면 이쁜이에게로 장가를 들게 되었으니 기쁨인들 이 위 더할 데 있으랴마는 이번도 또 이쁜이가 밥도 안 먹고 죽는다고 야단을 친다면 헛일이 아닐까 하는 염려도 없지 않았거늘 그렇게 쌀쌀하고 매일매일 하던 이쁜이의 태도가 요즘에 들어와서는 갑자기 다 소곳하고 눈 한 번 흘길 줄도 모르니 이건 참으로 춤을 추어도 다 못출 것이다. 뿐만 아니라 이슬비가 내리던 날 마님댁 울 뒤에서 이쁜이는 옥수수를 따고 섰고 제가 그 옆을 지날 제 은근히 손짓을 하므로 가까이 다가서니 귀에다 나직이 속삭이는 소리가,

"너 편지 하나 써 줄련?"

"그래, 그래, 써 주마, 나 잘 쓴다."

석숭이는 너무 반가워서 허둥거리며 묻지 않는 소리까지 하다가 또 그 말이 내 너 하라는 대로 다할 게니 도련님에게 편지를 쓰되, 이쁜이는 여태 기다립니다, 하고 그리고 이런 소리는 아예 입 밖에도 내지 말라 하므로 그런 편지면 1년 내내 두고 썼으면 좋겠다 속으로 생각하고 채를 못 박힌 연필 글씨로 다섯 줄을 그리기에 꼬박 이틀 밤을 새우고 나서 약속대로 산으로 이쁜이를 만나러 올라올 때에는 어쩐지 가슴이 두근두근하는 것이 바로 아내를 만나러 오는 남편의 그 기쁨이 또렷이 나타나는 것이다. 이쁜이가 얼른 올라와야 뭐가 제일 좋으냐 물어 보고 이 닭들을 팔아 선물을 사다 주련만 오진 않고 석숭이는 암만 생각해야 영문을 모르겠으니 아마 요전번,

"이 편지 써 왔으니까 너 나하구 꼭 살아야 한다."

하고 크게 으른 것이 좀 잘못이라 하더라도 이쁜이가 고개를 푹 숙이고 있다가,

"그래."

하고 눈에 눈물을 보이며,

"그 편지를 읽어 봐."

하고 부드럽게 말한 걸 보면 그리 노한 것은 아니니 석숭이는 기뻐서 그 앞에 턱 버티고 제가 썼으나 제가 못 읽는 그 편지를 떠듬떠듬, 도련님 전 상사리, 가신 지가 오래 됐는디 왜 안 오구 1년 반이 됐는디 왜 안 오구 하니깐 이쁜이는 밤마두 눈물로 새오며, 이쁜이는 그럼 죽을 테니까 날을 듯이 얼찐 와서……. 이렇게 땀을 내이며 읽었으나 이쁜이는 다 읽은 뒤 그걸 받아서 피봉에 도로 넣고 그리고 나물 바구니 속에 감추고는 그대로 덤덤히 산을 내려온다. 산기슭으로 내리니 앞에 큰 내가 놓여 있고 골고루 널려 박힌 험상궂은 웅퉁바위 틈으로 물은 우람스레 부딪치며 콸콸 흘러내리매 정신이 다 아찔하여 이쁜이는 조심스레 바위를 골라 디디며 이쪽으로 건너왔으나 아무리 생각하여도 같이 멀리 도망가자는 도련님이 저 서울로 혼자만 삐죽 달아난 것은 그 속이 알 수 없고 사나이 맘이 설사 변한다 하더라도 잣나무 밑에서 그다지 눈물까지 머금고 조르시던 그 도련님이 이제 와 싹도 없이 변하신다니 이야 신의 조화가 아니면 안 될 것이다. 이쁜이는 산처럼 잎이 퍼드러진 회양나무 밑에 와 발을 멈추며 한 손으로 바구니의 편지를 꺼내어 행주치마 속에 감추어 들고 석숭이가 쓴 편지도 잘 찾아갈지 미심도 하거니와 또한 도련님 앞으로 잘 간다 하면 이걸 보고 도련님이 끔뻑하여 뛰어올 겐지 아닌지 그것조차 장담 못할 일이언마는 아니 오신다, 이 옷고름을 두고 가시던 도련님이어늘 설마 이 편지에도 안 오실 리 없으리라고 혼자 서서 우기며 해가 기우는 먼 고개치를 바라보며 체부 오기를 기다린다. 체부가 잘 와야 사흘에 한 번밖에는 더 들르지 않는 줄을 저라고 모를 리 없고 그리고 어제 다녀갔으니 모레나 오는 줄은 번연히 알련마는 그래도 이쁜이는 산길에 속는 사람같이 저 산비탈로 꼬불꼬불 돌아나간 기나긴 산길에서 금세 체부가 보일 듯 보일 듯싶었던지 해가 아주 넘어가고 날이 어둡도록 지루하게도 이렇게 속달게 체부 오기를 기다린다.

그러나,

오늘은 웬일인지

어제와 같이 날도 맑고 산의 새들은 노래를 부르건만, 이쁜이는 아직도 나올 줄을 모른다.

(1936년)

---

1) 기여 — 도움이 되게 이바지하는 것.
2) 칠칠하다 — 잘 자라서 길다. 주접이 들지 아니하고 깨끗하다.
3) 떡머구리 — '개구리'의 방언.
4) 안차다 — 겁도 없이 깜찍하다.
5) 하초 — 배꼽 아래 부분.
6) 버덩 — 높고 평평하며 나무는 없이 풀만 우거진 거친 들.
7) 엇먹다 — 말과 행동이 엇나가며 비꼬다.
8) 는실난실 — 성적(性的) 충동을 받아 야릇하고 잡스럽게 구는 모양.
9) 진대 — 남에게 기대어 떼를 쓰다시피하여 괴롭히는 짓.

야 앵(夜櫻)

향기를 품은 보드라운 바람이 이따금씩 볼을 스쳐 간다. 그럴 적마다 꽃잎은 하나 둘, 팔라당팔라당 공중을 날며 혹은 머리 위로 혹은 옷고름에 사뿐 앉기도 한다. 가지가지 나무들 새에 끼어 있는 전등도 밝거니와 그 광선에 아련히 비치어 연분홍 막이나 벌여 놓은 듯, 활짝 피어 벌어진 꽃들도 곱기도 하다.

'아이구! 꽃도 너무 피니까 어지럽군!'

경자는 여러 사람들 틈에 끼어 사쿠라나무 밑을 거닐다가 우연히도 콧등에 스치려는 꽃 한 송이를 똑 따들고 한 번 느긋하도록 맡아 본다. 맡으면 맡을수록 가슴속은 후련하면서도 저도 모르게 취하는 듯싶다. 두서너 번 더 코에 들이대다가 이번에는,

"애! 이 꽃 냄새 좀 맡아 봐."

하고 옆에 따르는 영애의 코 밑에다 들이대고,

"어지럽지?"

"어지럽긴 뭐가 어지러워, 이까짓 꽃 냄새 좀 맡고!"

"그럴 테지!"

경자는 호박같이 뚱뚱한 영애의 몸짓을 한 번 훔쳐 보고 속으로 저

렇게 디룩디룩하니까 코청도 아마, 하고는,

"너는 꽃두 볼 줄 모르는구나!"

혼잣말로 탄식하지 않을 수 없었다.

"그래 내사 꽃 볼 줄 몰라, 얘두 그럼 왜 이렇게 창경원엘 찾아왔드람?"

하고 눈을 똑바로 뜨니까,

"얘, 눈 무섭다, 저리 치워라."

하고 경자는 고개를 저리 돌리어 웃음을 날려 놓고,

"눈만 있으면 꽃 보는 거냐, 코루 냄새를 맡을 줄 알아야지."

"보자는 꽃이지 그럼, 누가 애들같이 꺾어 들고 그러디."

"넌 아주 모르는구나. 아마 교양이 없어서 그런가 부다. 꽃은 이렇게 맡아 보고야 비로소 좋은 줄 아는 거야."

하면서 경자는 아까의 그 꽃송이를 두 손바닥으로 으깨어 가지고는 다시 맡아 보고,

"아! 취한다, 아주 어지럽구나!"

그러나 영애는 거기에는 아무 대답도 아니하고,

"얘! 쥔 놈이 또 지랄을 하면 어떡허니?"

하고 그 왁살스러운 대머리를 생각하며 은근히 코를 비빈다.

"얘! 듣기 싫다. 별소릴 다 하는구나, 그까짓 자식 지랄 좀 하거나 말거나."

"그래도 아홉 점 안으로 다녀온댔으니까 약속은 지켜야 할 텐데……."

하고 팔을 들어 보고는 깜짝 놀라며,

"벌써 아홉 점 칠 분인데!"

"열 점이면 어때? 카페 여급이면 뭐 즈 집서 기르는 개돼지인 줄

아니? 구경헐 거나 허구 가면 그만이지."

경자는 이렇게 애꿎은 영애만 쏘아보고는 새삼스레 생각난 듯이 같이 왔던 정숙이를 찾아보았다.

정숙이는 어느 틈엔가 저만침 떨어져서 홀로 걸어가고 있었다. 어른의 손에 매달리어 오고 가는 어린 아이들을 일일이 살펴보며 귀여운 듯이 어떤 아이는 머리까지 쓰다듬어 본다. 마는, 바른손에 꾸겨들은 손수건을 가끔 얼굴로 가져가며 시름없이 걷고 있는 그 모양이 심상치 않아,

'저게 눈물을 짓는 것이 아닌가? 정숙이가 왜 또 저렇게 풀이 죽었을까? 아마도 아까 주인 녀석에게 말대답하다가 패랑패랑한 여자라구 사설을 당한 것이 분해 저러는 게 아닐까? 그러나 정숙이는 그렇게 맘 좁은 사람은 아닐 텐데…….'
하고 경자는 아리송한 생각을 하다가 떼로 몰리는 어른 틈에 끼어 좋다고 방싯거리는 알쏭달쏭한 어린애들을 가만히 바라보고야 아하, 하고 저도 비로소 깨달은 듯싶었다.

계집아이의 등에 업히어 밤톨만한 두 주먹을 내흔들며 낄낄거리는 어린애도 귀엽고 어머니 품에 안기어 장난감을 흔드는 어린애도 또한 귀엽다.

한 손으로 입에다 빵을 꾸겨 넣으며 부지런히 따라가는 양복 입은 어린애……. 아버지 어깨에 두 다리를 걸치고 걸터앉아 '말탄 양반 끄덕!' 하는 상고머리 어린애……. 이런 번화로운 구경은 처음 나왔는지 어머니의 치마 속으로 기어들려는 노랑 저고리에 쪼끄만 분홍 몽당치마…….

"재! 영애야! 아마 정숙이가 잃어버린 딸 생각이 또 나나 보지? 저것 좀 봐라, 자꾸 눈물을 씻지 않니?"

"글쎄."

영애는 이렇게 엉거주춤히 받고는 언짢은 표정으로 정숙이의 뒷모양을 이윽히 바라보다가,

"요새론 더 버쩍 생각이 나나 보더라. 집에서도 가끔 저래."

"애 좀 잃어버리고 뭘 저런담, 나 같으면 도리어 몸이 가뜬해서 좋아하겠다."

"어째서 제가 난 아이가 보고 싶지 않으냐? 넌 아직 애를 못 나 봐서 그래."

하고 영애는 바로 제 일같이 펄쩍 뛰었으나 앞뒤 좌우에 빽빽이 사람들이매 혹시 누가 듣지나 않았나, 하고 좀 무안스러웠다. 그는 제 주위를 흘끔흘끔 둘러본 다음 경자의 곁으로 바싹 다가서며,

"4살이나 먹여 놓고 잃어버렸으니 왜 보고 싶지 않으냐? 그것도 아주 죽었다면 모르지만 극장 광고 돌리느라고 뿡빵대는 바람에 쫓아나간 것을 누가 집어 갔어, 그러니 애통을 안 하겠니?"

"오, 그래! 난 잃어버렸다 게 아주 죽은 줄 알았구나. 그러면 수색원을 내지 그래 왜?"

"수색원 낸 진 벌써 이태나 된다나."

"그래두 못 찾았단 말이지? 가만 있자."

하고 눈을 깜박거리며 무엇을 한참 궁리해 본 뒤에,

"그럼 걔 아버지가 누군질 정숙이두 모르겠구먼?"

"넌 줄 아니, 모르게?"

영애가 이렇게 바삭스레 단마디로 쏘아붙이는 통에 암말 못하고 그만 얼굴이 빨개졌다.

'애두! 누긴 갠 줄 아나? 아이 망할 년 같으니! 이년 떼 내던지고 혼자 다닐까 부다.'

하고 경자는 골김에 도끼눈을 한 번 떠봤으나 그렇다고 저까지 노하긴 좀 어색하고 해서 타이르는 어조로,

"별 애두 다 본다, 네 대답이나 했으면 고만이지 고렇게 톡 쏠 건 뭐 있니?"

그리고 고개를 숙이고 한 대여섯 발 옮겨 놓다가 다시 영애 쪽을 돌아보며,

"지금 정숙이는 혼자 살지 않어? 그럼 걔 아버지는 가끔 만나 보긴 허나?"

"난 몰라."

"좀 알면 큰일나니 모른다게? 너 한 집에 같이 있고 그리고 정숙이 허구 의형제까지 한 애가 그걸 모르겠니?"

경자는 발을 딱 멈추고 업신여기는 눈초리로 영애를 쏘아본다. 빙충맞은 이년허구는 같이 다니지 않아도 좋다고 생각한 때문이었다. 하나 영애가 맨 첨에는 좀 비쌨으나[1] 불리한 저의 처지를 다시 깨닫고,

"헤어진 걸 뭘 또 만나니? 말하자면 언니가 이혼해서 내던진 걸."
하고 고분히 숙어지니까,

"그럼 말이야, 가만 있자."
하고 경자는 눈을 째긋이 감아 보며 아까부터 해 오던 저의 궁리에 다시 취하다가,

"그럼 말이야, 그 애를 걔 아버지가 집어 가지 않았을까?"

"그건 모르는 소리야, 걔 아버지란 작자는 자식이 귀여운지 어떤지도 모르는 사람이란다. 아내를 사랑할 줄 알아야 자식이 귀여운 줄도 알지."

"그럼 아주 못된 놈을 얻었었구나!"

"못되구말구 여부 있니. 난 직접 보질 못해 모르지만 정숙이 언니 얘기를 들어 보면 고생두 요만저만 안 했나 보더라. 집에서 아내는 먹을 것이 없어서 굶고 앉았는데 이건 젊은 놈이 밤낮 술이래. 저두 가난하니까 어디 술 먹을 돈이 있겠니. 아마 친구들 집을 찾아가서 이래저래 얻어 먹구는 밤중이 돼서야 비틀거리고 들어오나 보더라. 그런데 집에 들어와서는 아내가 뭐래두 이렇다 대답 한 마디 없고 벙어리처럼 그냥 쓰러져 잠만 자. 그뿐이냐, 집에 붙어 있기가 왜 그렇게 싫은지 아침 훤해서 나가면 밤중에나 들어오고 또 담날도 훤해 나가곤 헌대. 그러니까 아내는 그걸 붙들고 앉아서 조용히 말 한 마디 해 볼 겨를이 없지. 살림두 그렇지, 안팎이 손이 맞아야 되지 혼자 애쓴다구 되니? 그래 오죽해야 정숙이 언니가……."

하다가 가만히 생각해 보니 남의 신변에 관한 일을 너무 지껄여 놓은 듯싶다. 이런 소리가 또 잘못해서 그 귀에 들어가면 어쩌나 하고 좀 좌지가 들렸으나 그렇다고 이왕 꺼낸 이야기, 도중에서 말기도 입이 가렵고 해서,

"너 괜히 이런 소리 입 밖에 내지 마라."

"내 왜 미쳤니, 그런 소릴 허게."

하고 철썩같이 맹세를 하니까,

"그래 오죽해야 정숙이 언니가 아주 멀미를 내다시피 해서 떼 내던졌어요. 방세는 내라구 조르고 어린애는 보채고 허니 어떻게 사니. 나 같으면 분통이 터져서 죽을 노릇이지. 그래서 하루는 잔뜩 취해 들어온 걸 붙들고 앉아서 이래선 당신하구 못 살겠수, 난 내대로 빌어먹을 터이니 당신은 당신대루 어떡헐 셈대구 내일은 민적을 갈라 주. 조금도 화도 안 내고 좋은 소리루 그랬대. 뭐 화두 낼 자리가 따루 있지 그건 화를 낸댔자 아무 소용이 없으니까. 그리고 어린애는 아직 젖먹

이니까 에미 품을 떨어져서는 못 살 게니 내가 데리구 있겠소, 그랬더
니 그날은 암말 않고 그대로 자고는 그 담날부터는 들어오질 않더래.
별것두 다 많지. 그리고 나달 후에는 엽서 한 장이 왔는데 읽어 보니
까 당신 원대로 인제는 이혼 수속이 다 되었으니 당신은 당신 갈 데
로 가시오, 하고 아주 뱃심 좋은 편지래지. 그러니 이 따위가 자식새
끼를 생각하겠니? 아내 떼 버리는 게 좋아서 얼른 이혼해 주고 이렇
게 편지까지 헌 놈이……."

"그렇지 그래, 그런데 사내들은 제 자식이라면 눈깔을 뒤집고 들이
덤비나 보던데…… 그럼 이건 미환 게로구나?

"미화다마다! 그래 정숙이 언니도 매일같이 바가질 긁다가도 그래
도 들은 둥 만 둥 하니까 나중에는 기가 막혀서 말 한마디 안 나온다
지. 그런데 처음에는 그렇지도 않았대. 순사 다닐 때에는 아주 뙤롱뙤
롱하고 점잖은 것이 그걸 내떨리고 나서 술을 먹고 그렇게 바보가 됐
대요. 왜 첨에야 의두 좋았지. 아내가 병이 나면 제 손으로 약을 대려
다 바치고 다리미도 붙들어 주고 이러던 것이 그만 바보가…… 그 후
로 3년이나 되건만 어디 가 죽었는지 살았는지 소식도 들어 보질 못
하겠대."

"아주 바본 게로군? 허긴 애! 바볼수록 더 기집에게 받치나 보더라,
왜 저 우리 쥔 녀석 좀 봐, 얼병같이 어릿어릿하는 자식이 그래도 기
집애 꽁무니만 노리고 있지 않아?"

"글쎄 아마 그런가 봐. 그런 것한테 걸렸다간 아주 신세 조질걸? 정
숙이 언니 좀 봐, 좀 가여운가. 게다 그 후 1년두 채 못 돼서 딸까지
마저 잃었으니. 넌 모르지만 카페로 돌아다니며 벌어다가 모녀가 먹
고 살기에 고생 묵찐히 했다. 나갈 때마다 쥔 여편네에게 어린애 어디
가나 좀 봐달라구 신신 부탁은 허나 어디 애들 노는 걸 일일이 쫓아

다니며 볼 수 있니?"

"그건 또 있어 뭘 하니? 외려 잘 됐지."

"그러나 애 어머니야 어디 그러냐?"

하고 툭 챘으나 남의 일이고 밑천 드는 것이 아닌 걸 좀더 지껄이지 않고는 속이 안심치 않다. 그는 경자 귀에다 입을 들이대고 몇만 냥짜리 이야기나 되는 듯이 넌지시,

"그래서 우리 집 주인 마나님이 어디 다른 데 중매를 해 줄 터이니 다시 시집을 가 보라구 날마다 쑹쑹거려두 언니가 말을 안 들어. 한번 혼이 나서 서방이라면 진절머리가 난다구……"

하고 안 해도 좋을 소리를 마저 쏟아 놓았다.

"그럴 거 뭐 있어? 얻었다가 싫으면 또 차 내던지면 고만이지."

"말이 쉽지 어디 그러냐? 사내가 한번 달라붙으면 진드기 모양으로 어디 잘 떨어지니. 너 같으면 혹……"

하고 은연히 너와 정숙이 언니와는 번히 사람이 다르단 듯이 입을 삐쪽했으나 경자가 이 눈치를 선뜻 채고 저도 뒤둥그러지며,

"암 그럴 테지! 넌 술 취한 손님이 앞에서 소리만 뻑 질러도 눈물이 글썽글썽하는 바보가 아니냐? 그러니 남편한테 겁도 나겠지. 허지만 그게 다 교양이 없어서 그래."

이렇게 밸을 긁는 데는 큰 무안이나 당한 듯싶어 얼굴이 빨개지며 짜장 눈에 눈물이 핑 돌지 않을 수가 없다.

망할 년, 그래 내가 바보야? 남의 이야기는 다 듣고 고맙단 소리 한 마디 없이, 망할 년! 학교는 얼마나 다녔다구 저만 안다지. 그리고 그 교양인가 빌어먹을 거 어서 들은 문자인지 건뜻하면,

"넌 교양이 없어서 그래에? 말대가리같이 생긴 년이 저만 살났내지."

영애는 속으로 약이 바짝 올랐으나 그렇다고 겉으로 나대기에는 말솜씨로든 그 위풍으로든 어느 모로든 경자한테 달린다. 입문을 곧 열었으나 그러나 주저주저하다가,

"남편이 무서워서 그러니? 애두! 왜 고렇게 소견이 없니? 하루라도 같이 살던 남편을 암만 싫더라두 무슨 체모에 너 나가라고 그러니?"

"체모? 흥! 어서 목말라 죽은 것이 체모야?"

하고 콧등을 흥흥 하고 올리니까,

"너는 체모도 모르는구나! 아이 별 아이두! 그게 교양이 없어서 그래."

하고 때는 이때라구 얼른 그 '교양'을 돌려 대고 써먹어 보았다. 경자는 저의 '교양'을 제법 무난히 써먹는 데 자존심을 약간 꺾으면서,

'이년 보레! 내가 쓰는 걸 배워 가지고 그래 내게 도루 써먹는 거야? 시큰둥헌 년! 제가 교양이 뭔지나 알고 그러나?'

하고 모로 슬며시 눈을 흘겼으나 그걸 가지고 다투긴 유치하고,

"체모는 다 뭐야, 배 고파도 체모에 몰려서 굶겠구나? 애두, 배우지 못헌 건 참 헐 수 없어!"

"넌 요렇게 잘 뺐니? 그래서 요전에 주정꾼에게 삐루 세례를 받았구나?"

"뭐? 내가 삐루 세례를 받건 말건 네가 알 게 뭐야? 건방지게 이년이 누굴."

하고 그 팔을 뒤로 홱 잡아채고 그리고 색색거리며 독이 한창 오르려 하였을 때 예기치 않고 그들은 얼김에 서로 폭 얼싸안고 말았다. 인적이 드문 외진 이 구석, 게다가 그게 무슨 놈의 짐승인지 바로 언덕 위에서 이히히히, 하고 기괴하게 올리는 그 울음소리에 고만 온 전신에 소름이 쪽 끼치는 것이다.

그들은 정숙이에게로 횡하게 따라가며,

"아 무서워! 얘 그게 무어냐?"

"글쎄 뭘까…… 아주 징그럽지?"

이렇게 서로 주고받으며 어린애같이 마주 대고 웃어 보인다.

경자는 정숙이 곁으로 바짝 붙으며,

"정숙이! 다리 아프지 않어? 우리 저 식당에 가서 좀 앉었다가 돌아서 나가지?"

"그럴까!"

정숙이는 아까부터 그만 나가고 싶었으나 경자가 같이 가자고 굳이 붙잡는 바람에 건숭 따라만 다녔다.

이번에는 경자가 하자는 대로 붐비는 식당으로 들어가 자리를 잡았을 때 골머리가 아찔하고 아무 생각도 없었으나,

"우리 사이다나 먹어 볼까?"

하고 묻는 그대로,

"아무거나 먹지."

하고 좋도록 대답하였다.

그들은 사이다 세 병과 설고 세 개를 시켜 놓았다.

경자는 사이다 한 컵을 쭉 들이키고 나서,

"영애야! 너 아까 보자는 꽃이라고 그랬지? 그럼 말이야, 그림 한 장을 사다 걸구 보지 애써 여기까지 올 게 뭐냐?"

하고 아까부터 미결로 온 그 문제를 다시 건드린다. 마는 영애는 저 먹을 것만 천천히 먹고 있을 뿐으로 숫제 받아 주질 않는다. 억설쟁이 경자를 데리고 말을 주고받다간 결국엔 제가 곱는 것을 여러 번 경험하고 있다. 나중에 하 비위를 긁어 놓으니까 할 수 없이 정숙이 쪽으로 고개를 돌리며,

"언니는 어떻게 생각허우? 그래 보자는 꽃이지 꺾어 들구 냄새를 맡자는 꽃이우? 바루 그럴 양이면 향수를 사다 뿌려 놓고 들엎디었지 왜 예까지 온담?"

하고 응원을 청할 수밖에 없었다.

그러나 정숙이는 처음엔 무슨 소린지 몰라서 얼떨떨하다가,

"난 그런 거 모르겠어."

하고 울가망으로 씀씀이 받고 만다.

영애는 잇속 없이 경자에게 가끔 쪼여 지내는 자신을 생각할 때 여간 야속하지 않다. 연못가로 돌아 나오다 경자가 굳이 유원지에 들어가 썰매 한 번 타 보고 가겠다 하므로 따라서 들어가긴 하였으나 그때까지 말 한 마디 건네지 않았다. 뿐만 아니라 경자가 마치 망아지 모양으로 껑충거리며 노는 걸 가만히 바라보고는,

'에이 망할 계집두! 저것두 그래 계집애년이람?'

하고 속으로 손가락질을 않을 수 없다.

유원지 안에는 여러 아이들이 이리 몰리고 저리 몰리고 하였다. 부랑꼬에 매어달렸다가 그네로 옮아 오고 그네에서 흥이 지면 썰매 위로 올라온다.

그 틈에 끼어 경자는 호기 있게 썰매를 한 번 쭈욱 타고 나서는 깔깔 웃었다. 그리고 다시 기어 올라가서 또 찌익 미끄러져 내릴 때 저편 구석에서,

"저 궁덩이 해진다!"

하고 손뼉치며 껄껄거리고 웃는 것이다.

경자는 치마를 털며 일어서서 그쪽으로 바라보니 열칠팔밖에 안 돼 보이는 중학생 셋이 서서 이쪽으로 향하여 웃고 있다.

경자는 날카로운 음성으로 대뜸,

"어떤 놈이냐? 내 궁덩이 해진다는 놈이……."
하고 쏘아붙이며 영애가 말림에도 듣지 않고 달려들었다.
　철없는 학생들은 놀리면 달아날 줄 알았지 이렇게까지 독수리처럼
대들 줄은 아주 꿈밖이었다. 모두 얼떨떨해서 암말 못하고 허옇게 닦
이다가,
"우리가 뭐랬다고 그러세요?"
혹은,
"우리끼리 이야기하고 웃었는데요."
이렇게 밑빠진 구멍에 물을 채우려고 땀이 빠진다. 마는 경자는 좀
체로 그만두려 않고,
"학생이 공부는 안하구 남의 여자 히야카시하러 다니는 게 일이
야?"
하고 그 중 나이 찬 학생의 얼굴을 벌겋게 달궈 놓는다. 이 서슬에 한
사람 두 사람 구경꾼이 모이더니 나중에는 삑 둘리어 성이 되고 말았
다.
　어떤 이는 너무 신이 나서,
"암, 그렇지 그래 잘 한다!"
하고 소리를 내지르기도 하고 또는,
"나이 어려 그렇지요, 그쯤 하고 그만두십시오."
하고 뜯어 말리는 사람…….
　그러나 정숙이는 이편에 따로 떨어져 우두커니 서서는 제 앞만 바
라보고 있었다.
　거기에는 대여섯 살 될지 말지 한 어린아이 둘이 걸상에 마주 걸터
앉아서 그네질을 하며 놀고 있다. 눈을 뚝 부릅뜨고 심술궂게 생긴 그
사내아이도 귀엽고 스스로워서 눈치만 할금할금 보는 조선옷에 단발

한 그 계집애도 또한 귀엽다. 바람이 불 적마다 단발머리가 보르르 날리다가는 사뿟 주저앉는 그 모양은 보면 볼수록 한 번 담싹 껴안아 보고 싶은 생각이 간절하였다.

'우리 모정이두 그대루 컸다면 저만은 하겠지!'

그리고 정숙이는 여태껏, 어딘가 알 수 없이 모정이와 비슷비슷한 계집애를 벌써 여남은이나 넘어 보아 오는 기억이 난다. 요 계집애두 어쩌면 그 눈매며 입 모습이 모정이같이 고렇게 닮았는지.

비록 살은 포들포들히 오르고 단발은 했을망정 하관만 좀 기다랗고 그리고 어디 가 엎어져서 상처를 얻은 듯싶은 이마와 그 흠집만 없었더라면 어지간히 같을 뻔도 하였다, 하고 쓸쓸히 웃어 보다가,

'남이 우리 모정이를 집어 간 것 마찬가지로 고런 계집애 하나 훔쳐다가 기르면 그만 아닌가?'

이렇게 요즈음 가끔 하여 보던 그 무서운 생각을 다시 하여 본다.

정숙이는 갖은 열성과 애교를 쏟아 가며 허리를 꾸부리어,

"얘! 아가야! 너 몇 살이지?"

하고 손으로 단발머리를 쓸어 본다.

계집애는 낯선 사람의 손을 두려워함인지 두 눈을 말뚱히 뜨고 치어다만 볼 뿐으로 아무 대답도 없었다.

그러나 손이 다시 들어와,

"아이 참! 우리 애기 이뻐요! 이름이 뭐지?"

하고 또 머리를 쓰다듬으면 이번에는 마치 모욕이나 당한 사람같이 어색하게도 비슬비슬 일어서더니 저리로 곧장 달아난다.

정숙이는 낙심하여 쌀쌀한 애두 다 많군, 하고 속으로 탄식을 하며 시선이 그 뒤를 쫓아가다가 이상도 하다고 생각하였다. 거리가 좀 있어 똑똑히는 보이지 않으나마 병객인 듯싶은 흰 두루마기에 중절모를

눌러 쓴 한 사나이가 괴로운 듯이 쿨룩거리고 서서 앞으로 다가오는 계집애와 이쪽을 번갈아 가며 노려보고 있었다. 언뜻 보기에 후리후리한 키며 구부정한 그 어깨가 정숙이는 사람의 일이라 혹시 하면서도 그러나 결코 그럴 리는 천만 없으리라고 혼자 이렇게 또 우기면서도 저도 모르게 앞으로 몇 걸음 걸어 나간다. 시나브로 거리를 접어 가며 댓 걸음 사이를 두고까지 아무리 고쳐서 뜯어 보아도 그는 비록 병에 얼굴은 꺼졌을망정, 그리고 몸은 반쪽이 되도록 시들었을망정 확실히 전일 제가 떼어 버리려고 민줄대던 그 남편임에 틀림없고……

"아이, 당신이?"

정숙이는 무슨 말을 하려는지 저도 모르게 이렇게 입을 벌렸으나 그 다음 말이 나오지 않았다. 원수같이 진저리를 치던 그 사람도 오랜만에 뜻없이 만나 보니까 이상스레도 더 한층 반가웠다.

한참 멍하니 바라보다가 더 참을 수가 없어서,

"그 동안 서울 계셨어요?"

하고 간신히 입을 열었다.

사나이는 고개를 저리 돌리고 외면한 그대로,

"이리저리 돌아다녔습니다."

하고 활하게 대답하였다. 그러고는 반갑다는 기색도 혹은 놀랍다는 기색도 그 얼굴에는 아무 표정도 찾아볼 수가 없었다. 정숙이는 무엇보다도 먼저 그 앞에 푹 안긴 그 단발머리 계집애가 모정인지 아닌지 그것이 퍽도 궁거웠다.[2]

쭈뼛쭈뼛 손을 들어 계집애를 가리키며,

"얘가 우리 모정인가요?"

하고 물어 보았으나 그는 못 들은 듯이 잠자코 있더니 대답 대신 주먹으로 입을 막고는 쿨룩거린다.

그러나 정숙이는 속으로,

'저것이 모정이겠지! 입, 눈을 보더라도 정녕코 모정이겠지!'
하면서 2년 동안이란 참으로 긴 세월임을 다시 깨달을 만치 이렇게까
지 몰라 보도록 될 줄은 아주 꿈 밖이었다. 마는 그보다도 더욱 놀라
운 것은 자식도 모르는 폐인인 줄 알았더니 그래도 제 자식이라고 몰
래 훔쳐다가 이렇게 데리고 다니는 것을 생각하면 그 속은 암만해도
하늘 땅이나 알 듯싶다.

뿐만 아니라 갈릴 때에는 그렇다 소리 한 마디 없더니 1년 후에야
슬며시 집어 간 그 속도 또한 알 수 없고…….

'저것이 정말 귀여운 줄 알까?'

"애가 모정이지요?"

정숙이는 묻지 않아도 좋을 소리를 다시 물어 보았다. 여전히 사나
이는 못 들은 척하고 묵묵히 섰는 양이 쭐기고 맛장수이든 그 버릇을
아직도 못 버린 듯싶었다. 그러나 저는 구지레하게 걸쳤을망정 계집
애만은 깨끗하게 옷을 입혀 놓은 걸 보더라도, 그리고 에미한테서 고
생을 할 때보다 토실토실히 살이 오른 그 볼따귀를 보더라도 정숙이
는 어느 편으로든 에미에게 있었던 것보다는 그 아버지가 데려간 것
이 애를 위하여는 오히려 천행인 듯싶었다.

정숙이는 사나이에게 암만 물어야 대답 한 마디 없을 것을 알고 이
번엔 계집애를 향하여,

"애! 모정아."
하고 불러 보니 어른 두루마기에 파묻혔던 계집애가 고개를 반짝 든
다. 이태 동안이 길다 하더라도 저를 기르던 제 어미를 이렇게 몰라
볼까, 하고 생각해 보니 곧 두 눈에서 눈물이 확 쏟아지며 그대로 꼭

껴안아 보고 싶은 생각이 간절은 하나 그러나 서름[3]이 구는 아이를 그러다간 울릴 것도 같고 해서 엉거주춤히 손만 내밀어 머리를 쓰다듬어 주며,

"애! 모정아, 너 올해 몇 살이지?"

또는,

"애! 모정아! 너 나 모르겠니?"

이렇게 대답 없는 질문을 하고 있을 때 저만큼 등 뒤에서,

"정숙이 안 가?"

하고 경자가 달려드는 모양이었다.

"그럼 요즘엔 어디 계세요?"

정숙이는 조급히 그러나 눈물을 머금은 음성으로 애원하다시피 묻다가 의외에도 사나이가 사직동 몇 번지라고 순순히 대답하므로 그제서야 안심하고,

"모정이 잘 가거라!"

하고 다시 한번 쓰다듬어 보고는 경자가 이쪽으로 다가오기 전에 그쪽을 향하여 힘차게 떨어져 갔다.

경자는 활갯짓을 하고 걸어가며 신이야 넋이야 오는 어조로,

"내 그 자식들 납작하게 눌러 줬지. 아 내 궁덩이가 해진다는구면, 망할 자식들이, 내 좀더 닦아 셀래다……"

"넌 너무 그래, 철 모르는 애들이 그렇지 그럼 말두 못하니? 그걸 가지고 온통 사람을 모아 놓고 이 야단이니!"

영애는 경자 때문에 창피스러운 욕을 당한 것이 생각하면 할수록 썩 분하였다.

그런데도 경자는 저 잘났고 시퉁그러진[4] 소리로,

"너는 그럴 테지! 왜 너는 체모 먹구 사는 사람이냐?"

하고 또 비위를 거슬려 놓다가 저리 향하여,

"정숙이! 아까 그 궐짜가 누구?"

"응, 그 사내 말이지? 그 전에 나 세들어 있던 집 주인이야."

정숙이는 이렇게 선선히 대답하고 다시 얼굴로 손수건을 가져간다.

'자식이 그렇게 귀엽다면 그걸 낳아 놓은 아내두 좀 귀여울 텐데?' 하고 지내 온 일의 갈피를 찾아오다가 그래도 비록 말은 없었다 하더라도 아내도 속으로는 사랑하리라고 굳이 이렇게 믿어 보고 싶었다. 어쩌다 그렇게 되었는지 병까지 든 걸 보면 그 동안 고생은 무던히 한 듯싶고, 그렇다면 전일에 밤 늦게 들어와 쓰러진 사람을 멱살잡이를 하여 일으켜서는 들볶던 그것도 잘못하였고, 술 먹었으니 아침은 그만두라고 하며 마악 먹으려던 콩나물죽을 땅으로 내던진 그것도 잘못하였고, 일일이 후회가 날 뿐이었다. 제 아버지를 그토록 푸대접을 하였으니 계집애만 하더라도 에미를 탐탁히 여겨 주지 않는 것이 당연하지 않을까 생각하니 더욱 큰 설움이 북받쳐 오른다. 그러나 내일 아침에는 일찍 찾아가서 전사 일은 모조리 잘못했다고 정성껏 사과하고, 그리고 앞으로는 암만 굶더라도 찍소리 안 하리라고 다짐까지 둔다면 혹시 사람의 일이니 다시 같이 살아 줄는지 모르리라고 이렇게 조금 안심하였을 때 영애가 팔을 흔들며,

"언니! 오늘 꽃 구경 잘 했지?"

"참 잘 했어!"

"꽃은 멀리서 봐야 존 걸 알아, 가참게 가면 그놈의 냄새 때문에 골치가 아프지 않아. 그렇지만 오늘 꽃 구경은 참 잘 했어!"

영애가 경자에게 무수히 쪼이고 게다가 욕까지 당한 것이 분해서 되도록 갚으려고 애를 쓰니까 경자는 코로 흥, 하고는,

'느들이 무슨 꽃 구경을 잘 했니? 참말은 내가 혼자 잘 했다!'

"꽃은 냄새를 맡을 줄 알아야 꽃 구경이야! 보는 게 다 무슨 소용이 있어?"

하고 희짜를 뽑다가 정숙이 편을 돌아보니 아까보다 더 뻔질 손수건이 올라간다. 보기에 하도 딱하여 그 옆으로 바싹 붙어 서며 친절히 위로하여 가로되,

"그까짓 딸 하나 잃어버리고는 뭘 그래? 없어지면 몸이 가뜬하고 더 편하지 않어?"

그때 눈 같은 꽃 이파리를 포르르 날리며 쌀쌀한 꽃샘이 목덜미로 스며든다.

문간 쪽에서는 고만 나가라고 종소리가 댕그렁댕그렁 울리기 시작하였다.

(1936년)

---

1) 비쌔다 ― 마음은 있으면서 안 그런 체하다. 무슨 일에나 어울리기를 싫어하다.
2) 궁겁다 ― '궁금하다'의 방언.
3) 서름하다 ― 남과 가깝지 못하다.
4) 시퉁하다 ― 주제넘고 건방지다.

따라지

쪽대문을 열어 놓으니 사직 공원이 환히 내려다보인다. 인제는 봄
도 늦었나 보다. 저 건너 돌담 안에는 벚꽃이 벌겋게 벌어졌다. 가지
가지 나무에는 싱싱한 싹이 돋고, 새침히 옷깃을 훑고 드는 요놈이 꽃
샘이겠지. 까치들은 새끼 칠 집을 장만하느라고 가지를 입에 물고 날
아들고……

이런 제기랄, 우리 집은 언제나 수리를 하는 겐가. 해마다 고친다,
벼르기는 연실 벼르면서 그렇다고 사직골 꼭대기에 올라붙은 깨끗한
초가집이라서 싫은 것도 아니다. 납작한 처마 밑에 비록 묵은 이엉이
무더기 무더기 흘러내리건 말건, 대문짝 한 짝이 삐뚜로 백이건 말건
장독 뒤의 판장이 아주 벌컥 나자빠져도 좋다. 참말이지 그놈의 부엌
옆에 뒷간만 좀 고쳤으면 원이 없겠다. 밑둥의 벽이 확 나가서 어떤
게 부엌이고 뒷간인지 분간을 모르니. 게다 여름이 되면 부엌 바닥으
로 구더기가 슬슬 기어들질 않나. 이걸 보면 고대 먹었던 밥풀이 그만
곤두서고 만다. 에이 추해, 추해, 망할 녀석의 영감쟁이 그것 좀 고쳐
달라고 그렇게 성화를 해도……

쪽대문이 도로 닫혀지며 소리를 요란히 낸다. 아침 설거지에 젖은

손을 치마로 닦으며 주인 마누라는 오만상이 찌푸려진다.

　그러나 실상은 사글세를 못 받아서 약이 오른 것이다. 영감더러 받아 달라면 마누라에게 밀고 마누라가 받자니 고분히 내질 않는다. 여지껏 미뤄 왔지만 느들 오늘은 안 될라, 마음을 아주 다부지게 먹고 건넌방 문을 홱 열어 젖뜨렸다.

　"여보! 어떻게 됐소?"

　"아 이거 참 미안합니다. 오늘두……."

　텁수룩한 칼라 머리를 이렇게 긁으며 역시 우물쭈물이다.

　"오늘두라니 그럼 어떡할 작정이오?"

하고 한 번 눈을 무섭게 떠보였다. 마는 이 위인은 암만 얼러도 노할 주변도 못 된다.

　나이가 새파랗게 젊은 녀석이 왜 이리 할 일이 없는지 밤낮 방구석에 팔짱을 지르고 멍하니 앉아서는 얼이 빠졌다. 그렇지 않으면 이불을 뒤쓰고는 줄창같이 낮잠이 아닌가. 햇빛을 못 봐서 얼굴이 누렇게 찌들었다. 경무과 제복 공장의 직공으로 다니는 제 누이의 월급으로 둘이 먹고 지낸다. 누이가 과부길래망정이지 서방이라도 해 가면 이건 어떡헐라고 이러는지 모른다. 제 신세 딱한 줄은 모르고 만날,

　"돈은 우리 누님이 쓰는데요…… 누님 나오거든 말씀하십시오."

　"당신 누님은 밤낮 사날만 참아 달라는 게 한 아니오. 사날 사날 하니 그래 언제가 돼야 사날이란 말이오?"

　"미안스럽습니다. 그러나 이번엔 사날 후에 꼭 드리겠습니다. 이왕 참아 주시던 길이니."

　"글쎄 언제가 사날이란 말이오."

하고 주름잡힌 이맛살에 화가 다시 지빌지 않을 수가 없다. 이놈의 사날이란 석 달인지 3년인지 영문을 모른다. 그러나 저쪽도 쾌쾌히 들

이덤벼야 말하기가 좋은 텐데, 울가망¹⁾으로 한풀 꺾이어 들옴에는 더 지껄일 맛도 없는 것이다.

"돈두 다 싫소, 오늘은 방을 내주."

그는 말 한마디 또렷이 남기고 방문을 탁 닫아 버렸다. 그리고 서너 발 뚜덜거리며 물러서자 다시 가서 문을 열어 잡고,

"오늘 우리 조카가 이리 온다니까 어차피 방은 있어야 하겠소."

장독 옆으로 빠진 수채를 건너서면 바로 아랫방이다. 본시는 광이었으나 셋방 놓으려고 싱둥겅둥 방을 들인 것이다. 흙칠한 것도 위채보다는 아직 성하고 신문지로 치덕이었을망정 제법 벽도 번듯하다.

비바람이 들이치어 누렇게 들뜬 미닫이였다. 살며시 열어 노려보니 망할 노랑퉁이가 여전히 이불을 쓰고 끙끙끙 누웠다. 노란 낯짝이 광대뼈가 툭 불거진 게 어제만도 더 못한 것 같다. 어쩌자구 저걸 들였는지 제 생각을 해도 소갈찌²⁾는 없었다. 돈도 좋거니와 팔자에 없는 송장을 칠까 봐 애간장이 다 졸아든다. 하기야 처음 올 때에 저 병색을 모른 것도 아니고,

"영감님! 무슨 병환이슈?"

하고 겁을 먹으니까,

"감기를 좀 들렸더니 이러우."

이런 굴치 같은 영감쟁이가 또 있으랴. 그리고 그날부터 뒷간에다 피똥을 내깔리며 이 앓는 소리로 쩔쩔매는 것이다. 보기에 추하기도 할 뿐더러 그 신음소리를 들을 때마다 사지가 으스러지는 것 같다. 그러나 더 얄미운 것은 이걸 데리고 온 그 딸이었다. 버스걸 다니니까 아마 거짓말이 심한 모양이다. 부족증이라고 한마디만 했으면 속이나 시원할 걸 여태도 감기가 쇄서 그렇다고 빠득빠득 우긴다. 방을 안 줄까 봐 속인 그 행실을 생각하면 곧 눈에 불이 올라서,

"영감님! 오늘은 방셀 주셔야지요?"

"시방 내 몸이 아파 죽겠소."

영감님은 괜한 소리를 한단 듯이 썩 귀찮게 벽 쪽으로 돌아눕는다. 그리고 어구머니[3] 끙, 움츠러드는 소리를 친다.

"아니 영 방세는 안 내실 테요?"

하고 소리를 빽 지르지 않을래야 않을 수 없다.

"내 시방 죽는 몸이오. 가만 있수."

"글쎄 죽는 건 죽는 거고 방세는 방세가 아니오. 영감님 죽기로서 어째 내 방세를 못 받는단 말이오?"

"내가 죽는데 어째 방세는 또 낸단 말이오".

영감님은 고개를 돌리어 눈을 부릅뜨고 마나님 못지않게 호령이었다. 죽을 때가 가까워 오니까 악이 받칠 대로 송두리 받친 모양이다.

"정 그렇거든 내 딸 오거든 받아 가구려."

"이건 누구에게 지다윈[4]가 원, 별일두 많으이."

하고 홀로 입 속으로 중얼거리며 물러가는 것도 상책일는지 모른다. 괜스레 병든 것과 겯고 틀고, 이러단 결국 이쪽이 한굽 죄인다. 그보다는 딸이나 오거든 톡톡히 따져서 내쫓는 것이 일이 쉬우리라.

그 옆으로 좀 사이를 두고 나란히 붙은 미닫이가 또 하나 있다. 열고자 문설주에 손을 대다가 잠깐 멈칫하였다. 툇마루 위에 무람없이 올려놓인 이 구두는 분명 아키코의 구두일 게다. 문 열어 볼 용기를 잃고 그는 부엌 쪽으로 돌아가며 쓴 입맛을 다시었다.

카펜가 뭔가 다니는 계집애들은 죄다 그렇게 망골[5]들인지 모른다. 영애하고 아키코는 아무리 잘 봐도 씨알이 사람 될 것 같지 않다. 아래위턱도 몰라 보는 애들이 난봉실에 향수만 찾고 그래도 영애란 계집애는 비록 심술을 내고 내댈망정 뭘 물으면 대답이나 한다. 요 아키코는 방세를 내래도 입을 꼭 다물고는 안차게도 대꾸 한 마디 없다. 여러 번 듣기 싫게 조르면 그제서는 이쪽이 낼 성을 제가 내가지고,

"누가 있구두 안 내요? 좀 편히 계세요. 어련히 낼라구, 그런 극성 첨 보겠네."

이렇게 쥐어박는 소리를 하는 것이 아닌가. 좀 편히 계시라는 이 말에는 하 어이가 없어서도 고만 찔끔 못한다.

"망할 년! 언제 병이 들었었나?"

쓸 방을 못 쓰고 사글세를 논 것은 돈이 아쉬웠던 까닭이었다. 두 영감 마누라가 산다고 호젓해서 동무로 모은 것도 아니다. 그런데 팔자가 사나운지 모두 우거지상, 노랑퉁이, 말괄량이, 이런 몹쓸 것들뿐이다. 이 망할 것들이 방세를 내는 셈도 아니요, 그렇다고 아주 안 내는 것도 아니다. 한 달치를 비록 석 달에 별러 내는 한이 있더라도 역 내는 건 내는 거였다. 즈들끼리 짜기나 한 듯이 80전 70전 그저 1원, 요렇게 짤끔짤끔거리고 만다.

오늘은 크게 어를 줄 알았더니 하고 보니까 역시 어저께나 다름이 없다. 방의 세간을 마루로 내놔 가며 세를 들인 보람이 무엇인지. 그는 마루 끝에 걸터앉아서 화풀이로 담배 한 대를 피워 문다.

그러나 아무리 생각해도 내 방 빌리고 내가 말 못하는 것은 병신스러운 짓임에 틀림이 없다. 담뱃대를 마루에 내던지고 약을 좀 올려 가지고 다시 아래채로 내려간다. 기세 좋게 방문이 홱 열리었다.

"아키고! 이봐! 자?"

아키코는 네 활개를 벌리고 아키코답게 무사 태평히 코를 골아 울린다. 젖퉁이를 풀어헤친 채 부끄럼 없고, 두 다리는 이불 싼 위로 번쩍 들어올렸다. 담배 연기 가득 찬 방 안에는 분내가 홱 끼치고……

"이봐! 아키코! 자?"

이번에는 대문 밖에서도 잘 들릴 만큼 목청을 돋웠다. 그러나 생시에도 대답 없는 아키코가 꿈속에서 대답할 리 없음을 알았다. 그저 겨우 입 속으로,

"망할 계집애두, 가랑머릴 쩍 벌리고 저게 원, 쩨쩨."

미닫이가 딱 닫혀지는 서슬에 문틀 위의 안약병이 떨어진다. 그제야 아키코는 조심히 눈을 떠보고 일어나 앉았다. 망할 년, 저보구 누가 보랬나, 하고 한옆에 놓인 손거울을 집어 든다. 어젯밤 잠을 설친 바람에 얼굴이 부석부석하였다. 궐련에 불이 붙는다.

그는 천장을 향하여 연기를 내뿜으며 가만히 바라본다. 뾰족한 입에서 연기는 고리가 되어 한 둘레 두 둘레 새어 나온다. 고놈을 하나씩 손가락으로 꼭 찔러서 터치고 터치고 한다.

아까부터 영애를 기다렸으나 오정이 가까워도 오질 않는다. 단성사엘 갔는지 창경원엘 갔는지, 그래도 저 혼자는 안 갈걸, 이럴 때이면 방 좁은 것이 새삼스레 불편하였다. 햇빛이 안 들고 늘 습한 건 말고, 조금만 더 넓었으면 좋겠다. 영애나 아키코나 둘 중의 누가 밤의 손님이 있으면 하나는 나가 잘 수밖에 없다. 둘이 자도 어깨가 맞부딪는데, 그런데 셋이 자기에는 너무 창피하였다. 나가서 자면 숙박료는 50전씩 받기로 하였으니까 못 잘 것도 아니다. 마는 그 담날 밝은 낮에 여기까지 허덕허덕 찾아오는 것은 어째 좀 어색한 일이었다. 어제도 카페서 나오다가 골목에서 영애를 꾹 찌르고,

"얘! 너 오늘 어디서 자구 오너라."

하고 귓속말을 하니까.

"또? 얘 너는 좋구나!"

"좋긴 뭐가 좋아? 애두!"

아키코는 좀 수줍은 생각이 들어 쭈뼛쭈뼛 그 손에 돈 80전을 쥐어

주었다. 여느 때 같으면 50전이지만 그만치 미안하였다. 마는 영애는 지루퉁한 낯으로 돈을 받아 넣으며 또 하는 소리가,

"애! 이젠 종로 근처로 우리 큰 방을 얻어 오자."

"그래 가만 있어…… 잘 가거라, 그리고 내일 일찍 와!"

남 인사하는 데는 대답 없고,

"나만 밤낮 나와 자는구나!"

이것은 필시 아키코에게 엇먹는 조롱이겠지. 망할 애두 저더러 누가 뚱뚱하고 못생기게 나랬나, 그렇게 삐지게 하지만 영애가 설마 아키코에게 삐지거나 엇먹지는 않았으리라.

아키코는 베개로 허리를 펴며 팔뚝 시계를 다시 본다. 오정하고 15분 또 3분. 영애가 올 때 되었는데, 망할 거 누가 채갔나. 기지개를 한 번 늘이고 드러누우며 미닫이께로 고개를 가져간다. 문 아랫도리에 손가락 하나 드나들 만한 구멍이 뚫리었다. 주인 마누라가 그제야 좀 화가 식었는지 안방으로 휘젓고 들어가는 치마 꼬리가 보인다. 그리고 마루 뒤주 위에는 언제 꺾어다 꽂았는지 정종병에 엉성히 뻗은 꽃가지. 붉게 핀 것은 복숭아꽃일 게고, 노랗게 척척 늘어진 저건 개나리다. 건넌방 문은 여전히 꼭 닫혔고 뒷간에 가는 기색도 없다. 저 속에는 지금 제가 별명진 톨스토이가 책상 앞에 웅크리고 앉아서 눈을 감고 앉았으리라. 올라가서 이야기나 좀 하고 싶어도 구렁이 같은 주인 마누라가 지키고 앉아서 감히 나오지를 못한다.

이것은 아키코가 안채의 기맥을 정탐하는 썩 필요한 구멍이었다. 뿐만 아니라 저녁 나절에는 재미스러운 연극을 보는 한 요지경도 된다. 어느 때에는 영애와 같이 나란히 누워서 베개를 베고 하나 한 구멍씩 맡아 가지고 구경을 한다. 왜냐면 다섯 점 반쯤 되면 완전히 히스테리인 톨스토이의 누님이 공장에서 나오는 까닭이었다.

그 누님은 성질이 어찌 괄괄한지 대문간에서부터 들어오는 기색이 난다. 입을 다물고 눈살을 접은 그 얼굴을 보면 일상 마땅치 않은, 그리고 세상의 낙을 모르는 사람 같다. 어깨는 축 늘어지고 풀없어 보이면서 게다 걸음만 빠르다. 들어오면 우선 건넌방 툇마루에다 빈 벤또를 쟁그렁, 하고 내다 붙인다. 이것은 아우에게 시위도 되거니와 이래야 직성도 풀린다.

그리고 그는 눈을 휘둥그렇게 뜨고 사면의 불평을 찾기 시작한다. 마는 아우는 마당도 쓸어 놓고 부뚜막의 그릇도 치고 물독의 뚜껑도 잘 덮어놓았다. 신발장이라도 잘못 놓여야 트집을 걸 텐데 아주 말쑥하니까 물바가지를 땅으로 동댕이친다. 이렇게 불평을 찾다가 불평이 없어도 또한 불평이었다.

"마당을 쓸면 잘 쓸던지, 그릇에다 흙칠을 온통 해 놨으니 이게 다 뭐냐?"

끝이 꼬부라진 그 책망, 아우는 속에서 끽소리 없다.

"밥을 얻어 먹으면 밥값을 해야지. 늘 부처님같이 방구석에 꽉 앉았기만 하면 고만이냐?"

이것이 하루 몇 번씩 귀아프게 듣는 인사이었다. 눈을 흡뜨고 서서, 문 닫힌 건넌방을 향하여 퍼붓는 포악이었다 그런 때이면 야윈 목에 굵은 핏대가 불끈 솟고, 구부정한 허리로 게거품까지 흐른다. 그러나 이건 보통때의 말이다. 어쩌다 공장에서 뒤를 늦게 본다고 감독에게 쥐어박히거나 혹은 재봉침에 엄지손톱을 박아서 반쯤 죽어 오는 적도 있다. 그러면 가뜩이나 급한 그 행동이 더 불이야 불이야 한다. 손에 잡히는 대로 그릇을 내던져 깨치며,

"왜 내가 이 고생을 해 가며 널 믹이니 응 이놈아?"

하릴없이 미친 사람이 된다. 아우는 마당에 내려와서 누님의 어깨

를 두 손으로 붙잡고,

"누님, 다 내가 잘못했수 그만두."

하고 달래지 않을 수 없다.

"네가 이놈아! 내 살을 뜯어먹는 거야."

"그래 알았수, 내가 다 잘못했으니 그만둡시다."

"듣기 싫어, 물러나."

하고 벌떡 떠다밀면 땅에 펄썩 주저앉는 아우다. 열쩍은 듯, 죄송한 듯, 얼굴이 벌개서 털고 일어나는 그 아우를 보면 우습고도 일변 가여웠다.

그러나 더 우스운 것은 마루에서 저녁을 먹을 때의 광경이다. 누님이 밥을 퍼 가지고 올라와서는 암말 없이 아우 앞으로 한 그릇을 쭉 밀어 놓는다. 그리고 자기는 자기대로 외면하여 푹푹 퍼 먹고 일어선다. 물론 반찬도 각각 먹는 것이다. 아우는 군말 없이 두 다리를 세우고, 눈을 내리깔고는 그 밥을 떠 먹는다. 방에 앉아서 주인 마누라는 업신여기는 눈으로 은근히 흘겨 준다.

영애는 톨스토이가 너무 병신스러운 데 골을 낸다. 암만 얻어 먹더라도 씩씩하게 대들질 못하고 저런, 저런. 그러나 아키코는 바보가 아니라 사람이 너무 착해서 그렇다고 우긴다.

하긴 그렇다고 누님이 자기 밥을 얻어 먹는 아우가 미워서 그런 것도 아니다. 나뭇잎이 등금등금 날리던 작년 가을이었다. 매일같이 하들볶이니까 온다 간다 말없이 하루는 아우가 없어졌다. 이틀이 되어도 없고 사흘이 되어도 없고 1주일이 썩 지나도 영 들어오지를 않는다.

누님은 아우를 찾으러 다니기에 눈이 뒤집혔다. 그렇게 착실히 다니던 공장에도 며칠씩 빠지고, 혹은 밥도 굶었다. 나중에는 아우가 한

을 품고 죽었나 보다고 집에 들어오면 마루에 주저앉아서 통곡이었다. 심지어 아키코의 손목을 다 붙잡고,

"여보! 내 아우 좀 찾아 주, 미치겠수."

"그렇지만 제가 어딜 간 줄 알아야지요."

"아니 그런 데 놀러 가거든 좀 붙들어 주, 부모 없이 불쌍히 자란 그놈이."

말 끝도 다 못 마치고 이렇게 울던 누님이 아니었던가. 아흐렛 만에야 아우를 남대문 밖 동무집에서 찾아왔다. 누님은 기뻐서 또 울었다. 그리고 그 다음 날부터 다시 들볶기 시작하였다.

이 속은 참으로 알 수 없고, 여북해야 아키코는 대문 소리만 좀 다르면,

"얘, 영애야! 변덕쟁이 온다. 어서 이리 와."

하고 잇속 없이 신이 오른다.

아키코는 남모르게 톨스토이를 맘에 두었다. 꿈을 꾸어도 늘 울가망으로 톨스토이가 나타나곤 한다. 꼭 발렌티노같이 두 팔을 떡 벌리고 하는 소리가, 오! 저는 당신을 사랑합니다. 이 가슴에 안겨 주소서. 그러나 생시에는 이놈의 톨스토이가 아키코의 애타는 속도 모르고 본 둥 만 둥 아닌가. 손님에게 꼭 답장을 할 필요가 있어서,

"선생님! 저 연애 편지 하나만 써 주셔요."

아키코가 톨스토이를 찾아가면,

"저 그런 거 못 씁니다."

"소설 쓰시는 이가 그래 연애 편지를 못 써요?"

하고 어안이 벙벙해서 한참 쳐다본다. 책상 앞에서 늘 쓰고 있는 것이 소설이란 말은 여러 번이나 들었다. 그래 존경해서 선생님이라고 톨스토이를 바치는데 그래 연애 편지 하나 못 쓴다니 이게 말이 되느냐.

하도 기가 막혀서,

"선생님! 연애해 보셨어요?"

하면 무안당한 계집애처럼 그만 얼굴이 벌개진다.

"전 그런 거 모릅니다."

아키코는 톨스토이가 저한테 흥미를 안 갖는 걸 알고 좀 샐쭉하였다. 카페서 구는 여급이라고 넘보는 맥인지 조선말로 부르면 숭해서 아키코로 행세는 하지만 영영 아키콘 줄 아나 보다. 어쩌면 톨스토이가 숭칙스럽게 아랫방 버스걸과 눈이 맞았는지도 모른다. 왜냐하면 버스걸이 나갈 때 고때쯤 해서 톨스토이가 세수를 하러 나오곤 하는 것을 보았다. 그리고 옥생각인지 몰라도 버스걸도 요즘엔 버쩍 모양을 내기에 몸이 달았다. 며칠 전에는 버스걸이 거울과 가위를 손에 들고서 아키코의 방엘 찾아왔다.

"언니, 나 이 머리 좀 잘라 주."

"건 왜 자르려구 그래? 그냥 두지."

"날마다 머리 빗기가 구찮아서 그래."

하고 좀 거북한 표정을 하더니,

"난 언니 머리가 좋아 뭉툭한 게!"

웃음으로 겨우 버무린다. 하 조르므로 아키코도 그 좋은 머리를 아니 자를 수 없다. 가위에 힘을 주어 그 중턱을 툭 끊었다. 버스걸은 손으로 만져 보더니 재겹에 기쁜 모양이다. 확 돌아앉아서 납쭉한 주둥이로 해해 웃으며,

"언니 머리같이 더 좀 디려 잘라 주어요."

"더 자르믄 못써. 이만하면 좋지 않어?"

대구 졸랐으나 아키코는 머리를 버려 놀까 봐 더 응칠 않았다. 여기에 성이 바르르 나서 버스걸은 제 방으로 가서는 제 손으로 더 몽

총이 잘라 버렸다. 그 뜯어 놓은 머리에다 분을 하얗게 바르고는 아주 좋다고 나다니는 계집애다. 양말 뒤축에 빵구가 좀 나도 제 방 들어갈 제 뒤로 기어든다.

아침에 나갈 제 보면 버스걸은 커다란 책보를 옆에 끼고 아주 버젓하다. 처음에 아키코가 고등과에 다니는 학생인가, 한 것도 무리는 아니었다. 왜냐면 그 책보가 고등과에 다니는 책보같이 그렇게 탐스럽고 허울이 좋았다. 그러나 차차 알고 보니 보지도 않는 헌 잡지를 그렇게 포개고, 사이에 벤또를 꼭 물려서 싼 책보이었다. 벤또 하나만 싸면 공장의 계집애나 버스걸로 알까 봐서 그 무거운 잡지책을 힘드는 줄 모르고 들고 왔다갔다하는 것이 아니냐. 그래 놓고는 저녁에 돌아올 때면 웬 도둑놈 같은 무서운 중학생놈이 쫓아오고 한다고 늘 성화다.

"그놈 다리를 꺾어 놓지."

이렇게 딸의 비위를 맞추어 병든 아버지는 이불 속에서 큰소리다. 그리고 아침마다 딸 맘에 썩 들도록 그 책보를 싸는 것도 역시 그의 일이었다. 정성스레 귀를 내어 문 밖으로 두 손을 내받치며,

"애! 일찌가니 돌아오너라, 감기 들라."

이런 걸 보면 영애는 또 마음에 마뜩지 않았다. 딸에게 구리칙칙하게 구는 아버지는 보기가 개만도 못하다 했다. 그래 아키코와 쓸 데 적게 주고 받고 다툰 일까지 있다.

"그럼 딸의 거 얻어 먹구 그렇지도 않어?"

"그러니 더 든적스럽지 뭐냐?"

"든적스럽긴 얻어 먹는 게 든적스러, 몸에 병은 있구 그럼 어떡허니? 애두! 너무 빠장빠장 우기는구나!"

아키코는 샐쭉히 토라지다 고개를 다시 돌리어 웅크려 뜯는 소리

로,

"너 느 아버지가 팔아 먹었다지, 그래 네 맘에 좋냐?"

"애두! 절더러 누가 그런 소리 하라나?"

하고 영애는 더 덤비지 못하고 그제는 눈으로 치마를 걷어올린다. 이렇게까지 영애는 그 병쟁이가 몹시 싫었다. 누렇게 말라붙은 그 얼굴을 보고 김마까라는 별명을 지을 만치 그렇게 밉살스럽다. 왜냐하면 어느 날 김마까가 영애를 방해하였다.

그날은 어쩐 일인지 김마까가 초저녁부터 딸과 싸운 모양이었다. 새로 두 점쯤 해서 영애가 들어오니까 둘이 소곤소곤하고 싸우는 맥이다. 가뜩이나 엄살을 부리는데다 더 흉측을 떨며,

"어이쿠! 어이쿠! 하나님 맙시사!"

그렇지 않으면,

"하나님! 날 잡아가지 왜 이리 남겨 두슈!"

아래윗간을 흙벽으로 막았으면 좋을 걸 얇은 빈지를 들이고 종이로 발랐다. 윗간에서 부시럭 소리만 나도 아랫간까지 고대로 흘러든다. 그 벽에다 머리를 꽝꽝 부딪치며,

"어이구! 이놈의 팔자두!"

제깐에는 딸 앞에서 죽는다고 결기를 이는 꼴이다. 그러면 딸은 표독스러운 음성으로,

"누가 아버지 보고 돌아가시랬어요? 괜히 남의 비위를 긁어 놓구 그러시네!"

"늙은이보구 담밸 끊으라는 게 죽으라는 게지 뭐냐!"

"그게 죽으라는 거야요? 남 들으면 정말로 알겠네."

딸이 좀더 볼멘 소리로 쏘아박으니 또다시,

"아이구! 이놈의 팔자두!"

벽에 머리를 부딪치며 어린애같이 깩깩 울고 앉았다. 질긴 귀로도 못 들을 징그러운 그 울음소리가……

가물에 빗방울같이 모처럼 끌고 왔던 영애의 손님이 이마를 접는다. 그리고 아무 말 없이 취한 걸음으로 비틀비틀 쪽마루로 내걷는다. 되는 대로 구두짝이 끌린다.

"왜 가셔요?"

"요담 또 오지."

"여보세요! 이 밤중에 어딜 간다구 그러셔요?"

하고 대문간서 그 양복을 잡아챈다. 마는 허황한 손이 올라와 툭툭 털어 버리고,

"요담 또 오지."

그리고 천변을 끼고 비틀거리는 술 취한 걸음이다. 영애는 눈에 독이 잔뜩 올라서 한 전등이 둘 셋씩 보인다. 빈 방 안에 홀로 누워서 입 속으로 김마까를 악담하며 눈물이 핑 돈다.

벌써 한 점 45분. 영애는 디툭디툭 들어오며 살집 좋은 얼굴이 싱글벙글이다. 손에는 통통한 과자 봉지. 미닫이를 여니 윗목 구석에 쓸어박은 헌 양말짝, 때 절은 속옷, 보기에 어수선 산란하다.

"벌써 오니? 좀더 있지."

"애두! 목욕허구 온단다."

"목욕은 혼자 가니?"

하고 좀 삐지려 한다.

"그래 너 주려구 과자 사 왔어."

"그럼 그렇지 우리 영애가!"

요강에서 손을 뽑으며 긴히 달려든다. 아키코는 오줌을 눌 적마다

요강에 받아서는 이 손을 담그고 한참 있고 저 손을 담그고. 그러나 석 달이나 넘어 그랬건만 손결이 별로 고와진 것 같지 않다. 그 손을 수건에 닦고 나서,

"모두 나마카시만 사 왔구나."

우선 하나를 덥석 물어 뗀다.

"그 손으로 그냥 먹니? 애! 난 싫단다!"

"뭐 더러워? 저두 오줌은 누면서 그래."

"그래두 먹는 것하구 같으냐?"

하지만 영애는 아키코보다 마음이 훨씬 눅었다. 더 화내지 않고, 그런 양으로 앉아서 같이 집어 먹는다. 그의 마음에는 아키코의 생활이 몹시 부러웠다. 여러 손님의 사랑에 고이며 예쁜 얼굴을 자랑하는 아키코. 영애 자신도 꼭 껴안아 주고 싶은, 아담스러운 그런 얼굴이다.

"그인 언제 갔니?"

"새벽녘에 내뺐단다. 아주 숫배기야."

"넌 참 좋겠다. 나두 연애 좀 해 봤으면!"

"허려무나, 누가 허지 말라니?"

"아니 너 같은 연애 싫어, 정신으로만 하는 연애 말이지."

하고 어딘지 좀 뒤둥그러진 소리.

"오! 보구만 속태우는 연애 말이지?"

하긴 했으나 아키코는 어쩐지 영애에게 너무 심하게 한 듯싶었다. 가뜩이나 제 몸 못난 걸 은근히 슬퍼하는 애를…….

"애! 별소리 말아요. 연애두 몇 번 해 보면 다 시들해지는 걸 모르니? 난 일상 맘 편히 혼자 지내는 네가 부럽드라."

하고 슬그머니 한 번 문질러 주면,

"뭐가 부러우! 애두! 괜히 저러지."

영애는 이렇게 부인은 하면서도 벙싯하고 짜장 우월감을 느껴 보려한다. 영애도 한때에는 주체궂은 살을 말리고자 아편도 먹어 봤다. 남의 말대로 듬뿍 먹었다가 꼬박 이틀 동안을 일어나지도 못하고 고생하던 생각을 하면 시방도 등어리가 선뜻하다. 그러나 영애에게도 어쩌다 엽서가 오는 것은 참 신통한 일이라 아니할 수 없다.

"또 뭐 뒤져 갔니?"

하고 영애는 의심이 나서 제 경대 서랍을 뒤져 본다. 과연 며칠 전 어떤 전문학교 학생에게서 받은, 끔찍이 귀한 연애 편지가 또 없어졌다. 사내들은 어쩌다 남의 계집애 세간을 뒤져 가기 좋아하는지, 그 심사는 참으로 알 수 없다.

"또 집어 갔구나? 이럼 난 모른단다!"

영애는 그만 울상이 된다.

"뭐?"

"편지 말이야!"

"무슨 편지를?"

"왜 요전에 받은 그 연애 편지 말이야."

"저런! 그 망할 자식이 그건 뭣 하러 집어 가, 난 통히 보덜 못했는데, 수줍은 척하더니 아주 숭악한 자식이로군!"

아키코는 가는 눈썹을 더욱이 잰다. 그리고 무색한 듯이 영애의 눈치만 한참 바라보더니,

"내 톨스토이보고 하나 써 달라마. 그럼 이담 연애 편지 쓸 때 그거 보구 쓰면 고만 아냐."

하고 곱게 달랜다. 그러나 과연 톨스토이가 하나 써 주는지 그것도 의문이다. 영애가 벌써 전부터 여기를 떠나자고 솔라노 좀좀 하고 망설이고 있는 아키코! 그런 성의를 모르고 톨스토이는 아키코를 보아도

늘 한양으로 대단치 않게 지나간다.

그렇다고 한때는 버스걸에게 맘을 두었나, 하고 의심을 해 봤으나, 실상은 그런 것도 아닐 것이다. 낮에 사직동 공원으로 올라가면 아키코는 가끔 톨스토이를 만난다. 굵은 소나무 줄기에 등을 비겨 대고 먼 하늘만 정신없이 바라보고 섰는 톨스토이다. 아키코가 그 앞을 지나가도 못 본 척하고 들떠 보도 않는다. 약이 올라서 속으로 망할 자식, 하고 욕도 하여 본다. 그러나 나중 알고 보면 못 본 척이 아니라 사실은 뜨고 못 보는 것이다. 그렇게 등신같이 한눈을 팔고 섰는 톨스토이다. 이걸 보면 아키코는 여자 고보를 중도에 퇴학하던 저의 과거를 연상하고 가엾은 생각이 든다. 누님에게 얻어 먹고 저러구 있는 것이 오죽 고생이랴. 그리고 학교 때 수신 선생이 이야기하던 착하고, 바보같다던 그 톨스토이가 과연 저런 건지, 하고 객쩍은 조바심도 든다.

아키코는 기침을 캑, 하고 그 앞으로 다가선다. 눈을 깜박깜박하며,

"선생님! 뭘 그렇게 생각하셔요?"

하고 불쌍한 낯을 하면,

"아니오."

하고 어색한 듯이 어물어물하고 만다.

"그렇게 섰지 마시고 좀 운동을 해 보셔요."

하도 딱하여 아키코는 이렇게 권고도 하여 본다.

"오늘은 방을 좀 치워야 하겠소. 여기 내 조카도 지금 오고 했으니까."

주인 마누라는 약이 바짝 올라서 매섭게 쏘아본다. 방 안에서만 꾸물꾸물 방패막이를 하고 있는 톨스토이가 여간 밉지 않다.

"아 여보! 방의 세간을 좀 치워 줘요. 그래야 오는 사람이 들어가질

않소?"

"사날만 더 참아 줍쇼, 이번엔 꼭 내겠습니다."

"아니 뭐 사글세를 안 낸대서 그런 게 아니오. 내가 오늘부터 잘 데가 없고 이 방을 꼭 써야 하겠기에 그래서 방을 내달라는 것이지."

양복 바지를 거반 엉덩이에 걸친, 버드렁니가 이렇게 허리를 쓱 편다. 주인 마누라가 툭하면 불러 온다던 즈 조카라는 놈이 필연 이걸 게다. 혼자 독학으로 부청[6]에까지 출세를 한 굉장한 사람이라고 늘 입에 침이 말랐다. 그러나 귀쳐진 눈은 말고, 헤벌어진 입과 양복 입은 체격하고 별로 굉장한 것 같지 않다. 게다 얼자가 분수 없이 뻐팅기려고,

"참아 주시는 길이니 며칠만 더 참아 주십시오."

이렇게 애걸하면,

"아 여보! 당신도 그래 사람이오?"

하고 제법 삿대질까지 할 줄 안다.

"저런 자식두, 못두 생겼다. 저게 아마 경성부 고쓰카인 거지?"

"글쎄, 그래도 제법 넥타일 다 잡숫구."

하고 손가락이 들어가 문의 구멍을 좀더 후벼판다. 마는 아키코는 구렁이(주인 마누라)의 속을 빠안히 다 안다. 인젠 방세도 싫고 셋방 사람을 다 내쫓으려 한다. 김마까나 아키코는 겁이 나서 차마 못 건드리고 제일 만만한 톨스토이부터 우선 몰아 내려는 연극이었다.

"저 구렁이 좀 보라, 옆에 서서 눈짓을 쳐 가며, 자꾸 시키지."

"글쎄 자식도 얼간이가 아냐? 즈 아즈멈 시키는 대로 놀구 섰게."

"어쭈, 얼자가 뻐팅긴다. 지가 우와기를 벗어 놓으면 어쩔 테야 그래? 자식두!"

"톨스토이가 잠자쿠 앉았으니까 약이 올라서 저래, 맛부리는 게 밉

살머리 궂지? 자식 그저 한 대 앵겨 줬으면."

"내가 한 대 먹이면 저거 고택골[7] 간다. 그러니깐 아키코한테 감히 못 오지 않어."

주먹을 이렇게 들어 뵈다가 고만 영애의 턱을 쥐질렀다. 영애는 고개를 저리 돌리어 또 삐쭉하고,

"얘 이럼 난 싫단다!"

"누가 뭐 부러 그랬니 또 삐쭉하게?"

하고 아끼코도 좀 삐쭉하다가 슬슬 눙치며,

"그래 잘못했다. 고만두자, 쓱쓱!"

영애의 턱을 손등으로 문질러 주고,

"쟤! 저것 봐라, 놈은 팔을 걷고 구렁이는 마루를 구르고 야단이다."

"얘 재밌다. 구렁이가 약이 바짝 올랐지?"

"저 자식 보게, 제 맘대로 남의 방에 들어가지 않아?"

아키코가 영애에게 눈을 크게 뜨니까,

"뭐 일을 칠 것 같지? 병신이 지랄한다더니 정말인가 베!"

"저 자식이 남의 세간을 제 맘대로 내놓질 않나? 경을 칠 자식!"

"그건 나무래 뭘 해, 그저 톨스토이가 바보야! 그래도 부처같이 잠자코 앉았지 않아. 세상엔 별 바보두 보다 많으이!"

아키코는 그건 들은 체도 안 하고 대뜸 일어선다. 미닫이가 열리자 우람스러운 걸음. 한숨에 툇마루로 올라서며 볼멘 소리다.

"아니 여보슈! 남의 세간을 그래 맘대로 내놓는 법이 있소?"

"당신이 웬 참견이오?"

얼자는 톨스토이의 책상을 들고 나오다 방 문턱에 우뚝 멈춘다. 눈을 휘둥그렇게 뜨고 주저주저하는 양이 대담한 아키코에 적이 놀란

모양……

"오늘부터 내가 여기서 자야 할 테니까. 그래서 방을 치는데……"

얼자는 주변성 없는 말로 이렇게 굴다가,

"당신 맘대로 방을 치는 거요?"

"그럼 내 방 내 맘대로 치지 뉘게 물어 본단 말이유?"

하고 제법 을딱이긴 했으나 뒷갈망은 구렁이에게 눈짓을 슬슬한다.

"그렇지. 내 방 내가 치는데 누가 뭐래나?"

"당신 맘대룬 안 되우, 그 책상 도루 저리 갖다 놓우, 사글세를 내란다든지 하는 게 옳지, 등을 밀어 내쫓는 경우가 어디 있단 말이오?"

"아니, 아키코는 제 거나 낼 생각하지 웬 걱정이야? 저리 비켜 서!"

구렁이는 문을 막고 섰는 아키코의 팔을 잡아당긴다. 여편네는 찍소리없이 눌려 왔지만 오늘은 얼자를 잔뜩 믿는 모양이다. 이걸 보고 옆에 섰던 영애가 또 아니꼬워서,

"제 거라니? 누구보구 저야. 이 늙은이가 눈깔이 뻤나!"

하고 그 팔을 뒤로 확 잡아챈다. 늙은 구렁이와 영애는 몸 중량의 비례가 안 된다. 제풀에 비틀비틀 돌더니 벽에 가 쿵 하고 쓰러진다. 그러나 눈을 감고 턱이 떨리는 아이고 소리는 엄살이다.

얼자가 문턱에 책상을 떨구더니 용감히 확 넘어 나온다. 아키코는 저 자식이 달마치의 흉내를 내는구나, 할 동안도 없이 영애의 뺨이 짤꺽……

"이년아! 늙은이를 쳐?"

"아, 이 자식 보래! 누구 뺨을 때려?"

아키코는 악을 지르자 그 혁대를 뒤로 잡아서 낚아챈다. 마루 위에 놓였던 다듬잇돌에 걸리어 얼자는 엉덩방아를 쿵, 하고. 잡은참 날아드는 숯바구니는 독 오른 영애의 분풀이다. 그러자 또 아랫방 문이 확

열리고 지팡이가 김마까를 끌고 나온다.

"이 자식이 웬 자식인데 남의 계집애 뺨을 때려? 원 이런 망하다 판이 날 자식이, 눈에 아무것도 뵈질 않나. 세상이 망한다 망한다 한 대두만 이런 자식은."

김마까는 뜰에서부터 사방이 들으라고 와짝 떠들며 올라온다. 구렁이한테 늘 조여 지내던 원한의 복수로. 아키코와 서로 먹살잡이로 섰는 얼자의 복장을 지팡이로 내지른다.

"이런 염병을 하다 땀통이 끊어질 자식이 있나!"

그와 동시에 김마까는 검불같이 뒤로 벌렁 나자빠졌다. 내뻗던 지팡이가 도로 물러 오며 바짝 마른 허구리를 쳤던 것이다. 개신개신 몸을 일으집으며 김마까는 구시월 서리 맞은 독사가 된다.

"이 자식아! 너는 니 애비두 없니?"

대뜸 지팡이는 날아들어 얼자의 귓배기를 내려갈긴다. 딱 하고 뼈 닿는 무딘 소리. 얼자는 고개를 푹 꺾고 귀에 두 손을 들이대자 죽은 듯이 꼼짝 못한다.

아키코도 얼자에게 뺨 한 대를 얻어맞고 울고 있었다. 이 좋은 기회를 타서 얼자의 등 뒤로 빨간 얼굴이 달려든다. 이건 권투식으로 집어셀까 하다 그대로 그 어깻죽지를 뒤로 물고 늘어진다. 아, 아, 이렇게 외마디 소리로 아가리를 딱딱 벌린다. 그리고 뒤통수로 암팡스레 날아든 것은 영애의 주먹이다. 톨스토이는 모두가 미안쩍고, 따라 제 풀에 지질려서 어쩔 줄을 모른다. 옆에서 눈을 흘기는 영애도 모르고,

"놓세요, 고만 놓세요, 어떡헙니까?"

하며 아키코의 등을 두 손으로 흔든다. 구렁이도 벌벌 떨어 가며,

"이년이 사람을 뜯어먹을 텐가, 안 놓니 이거 안 놔?"

아키코를 대고 잡아당기며 얼른다. 그러나 잡아당기면 당길수록 얼

자는 소리를 더 지른다. 이러다간 일만 더 크게 벌어질 걸 알고 구렁이는 간이 고만 달롱한다. 이 사품에 안방 미닫이는 설죽이 부러지고 뒤주 위에 얹었던 대접이 둘이나 떨어져 깨졌다. 잔뜩 믿었던 조카는 저렇게 죽게 되고. 이러단 방은커녕 사람을 잡겠다, 생각하고 그는 온몸이 덜덜 떨리었다. 게다 모지게 내리치는 김마까의 지팡이……

구렁이는 부리나케 대문 밖으로 나왔다. 골목길을 내려오며 뒤에 날리는 치맛자락에 바람이 났다.

"사글세를 내렸으면 좋지, 내쫓으려구 하니까 그렇게 분란이 일구 하는 게 아니야?"

"아닙니다. 누가 내쫓으려구 그래요. 세를 내라구 그러니깐 그렇게 아키코란 년이 올라와서 온통 사람을 뜯어먹고 그러는군요!"

"말 마라. 내쫓으려구 헌 걸 아는데 그래, 요전에도 또 한 번 그런 일이 있었지?"

순사는 노파의 뒤를 따라오며 나른한 하품을 주먹으로 끈다. 툭 하면 와서 찐대를 붙는 노파의 행세가 여간 귀찮지 않다. 조그맣고 말라붙은 노파의 센 머리 쪽을 바라보며,

"올해 몇 살이야?"

"그년 열아홉이죠. 그런데 그렇게……"

"아니 노파 말이야?"

"네, 제 나이요? 왜 쉰일곱이라구 저번에 여쭸지요. 그런데 이 고생을 하는군요."

하고 궁상스레 우는 소리다.

노파는 김마까보다두 톨스토이보다두 누구보다두 아키코가 가장 미웠다. 방세를 받을래도 중뿔나게 가로맡아서 지랄하기가 일쑤요, 또 밤낮 듣기 싫게 창가질이요, 게다가 세숫물을 버려도 일부러 심청궂

게 안마루 끝으로 홱 끼얹는 아키코. 이년을 경을 흠씬 쳐 놓고 말리라고 속이 간질대서 그는 총총걸음을 치다가 돌부리에 채어 고만 나가둥그러진다. 그 바람에 쓰레기통 한 귀에 내뻗은 못에 가서 치맛자락이 찌익 하고 찢어진다.

"망할 자식 같으니, 씨레기통의 못두 못 박았나!"
하고 흙을 털고 일어나며 역정이 난다. 그 꼴을 보고 순사는 손으로 웃음을 가린다.

"그봐! 이젠 다시 오지 마라, 이번엔 할 수 없지만 또다시 오면 그땐 노파를 잡아 갈 테야."

"네에, 다시 갈 리 있겠습니까, 그저 이번에 그 아키코란 년만 흠씬 버릇을 아르켜 주십시오. 늙은이보구 욕을 않나요, 사람 지칠 않나요! 그리고 아직 핏대도 다 안 마른 년이 서방이 몇인지 수가 없어요."

순사는 코대답을 해 가며 귓등으로 듣는다. 너무 많이 들어서 인제는 흥미를 놓친 까닭이었다. 갈팡질팡 문지방을 넘다 또 고꾸라지려는 노파를 뒤로 부축하며 눈살을 찌푸린다. 알고 보니 짐작대로 노파 허퉁에 또 속은 모양이었다.

살인이 났다고 짓떠들더니 임장[8]하여 보니까 조용한 집 안에 웬 낯선 양복쟁이 하나만 마루 끝에서 천연스레 담배를 필 뿐이다. 그리고는 장독 사이에서 왔다갔다하며, 뭘 주워먹는 생쥐가 있을 뿐 신발짝 하나 놓이지 않았다. 하 어처구니가 없어서,

"어서 죽었어?"

"어이구 분해! 이것들이 또 저를 고랑땡을 먹이는군요! 입때까지 저 마루에서 치고 깨물고 했답니다."

노파는 이렇게 주먹으로 복장을 찧으며 원통한 사정을 하소한다. 왜냐면 이것들이 이 기맥을 벌써 눈치채고 제각기 헤져서 얌전히 콧

노래를 부르고, 지팡이를 들고 날뛰던 김마까는 언제 그랬더냔 듯이 제 방에서 끙, 끙 여전히 신음 소리. 이렇게 되면 이번에도 또 자기만 나무라키게 될 것을 알고,

"어이구 분해! 어이구 분해!"

주먹으로 복장을 연방 두들기다 조카를 보고,

"애 넌 어떻게 돼서 이렇게 혼자 앉았니?"

"뭘 어떻게 돼요, 되긴?"

하고 지릅뜨는 그 대답은 썩 퉁명스럽고 걱세다. 이런 화중으로 끌고 온 아주멈이 몹시도 밉고 원망스러운 눈치가 아닌가. 이걸 보면 경은 무던히 치고 난 놈이다.

"어이구 분해! 너꺼정 이러니!"

"뭘 분해? 이 망할 것아!"

순사도 소리를 빽 지르고 도로 돌아서려 한다.

"나리! 저 좀 보세요. 문 부서진 것하구 대접 깨진 걸 보셔두 알지 않아요?"

"어떤 조카가 죽었어, 그래?"

"이것이 그렇게 죽도록 경을 치고도 바보가 돼서 이래요!"

"바보면 죽어두 사나?"

하고 순사는 고개를 디밀어 마루께를 살펴보니 딴은 그릇은 깨지고 문은 부서졌다. 능글맞은 노파가 일부러 그런 줄은 아나, 그리고 책임상 그냥 가기도 어렵다. 퍽도 극성스러운 늙은이라 생각하고,

"누가 그랬어 그래?"

"저 아키코가 혼자 그랬어요!"

"아키코! 고반까지 같이 가."

"네! 그러세요."

하도 여러 번 겪은 일이라, 이제는 익숙하다.

저고리를 갈아 입으며 웃는 얼굴로 내려온다. 그러나 순사를 따라 대문을 나설 적에는 고개를 모로 돌리어 구렁이에게 몹시 눈총을 준다.

순사는 아키코를 데리고 느른한 걸음으로 골목을 꼽든다. 쪽다리를 건너니 화창한 사직원 마당. 봄이라고 땅의 잔디는 파릇파릇 돋았다. 저 위에선 투덕거리는 빨래 소리. 한 옆에선 풋볼을 차느라고 날뛰고 떠들고 법석이다. 부응 하고 음충맞게 내대는 자동차의 사이렌. 남치마에 연분홍 저고리가 버젓이 활을 들고 나온다. 그리고 키 훌쩍 큰 놈팡이는 돈지갑을 내든다.

"너 왜 또 말썽이냐?"

하고 순사는 고개를 돌리어 아키코를 씽긋이 흘겨본다. 그는 노파가 왜 그렇게 아키코를 못 먹어서 기를 쓰는지 영문을 모른다. 노파의 눈에도 아키코가 좀 귀여울 텐데, 그렇게 미울 때에는 아키코가 뭘 좀 먹이질 않아 그랬는지 모른다. 그렇지 않으면 다른 사람 다 제쳐 놓고 아키코만 씹을 리가 없다. 생각하다가,

"뭘 말썽이유, 내가?"

"네가 뭐 웬 마누라를 깨물고 사람을 죽이구 그런다며? 그리구 요전에도 카페서 네가 손님을 쳤다는 소문도 들리지 않니?"

하고 눈살을 접고 웃어 버린다. 얼굴 똑똑한 것이 아주 할 수 없는 계집애라고 돌릴 수밖에 없다.

"난 그런 거 몰루!"

아키코는 땅에 침을 탁 뱉고 아주 천연스레 대답한다. 그리고 사직원의 문간쯤 와서는,

"이담 또 만납시다."

제멋대로 작별을 남기고 저는 저대로 산 쪽으로 올라온다. 활터길로 올라오다 아키코는 궁금하여 뒤를 한 번 돌아본다. 너무 기가 막혀서 벙벙히 바라보고 있다가 다시 주먹으로 나른한 하품을 끄는 순사. 한편에선 날뛰고 자빠지고 쾌활히 공을 찬다.

아키코는 다시 올라가며 저도 남자가 됐더라면 풋볼을 차 볼 걸 하고 후회가 막급이다. 그리고 산을 한 바퀴 돌아 내려가서는 이번엔 장독대 위에 요강을 버리리라 결심을 한다.

구렁이는 장독대 위에 오줌을 버리면 그것처럼 질색이 없다.

"망할 년! 이담에 봐라! 내 장독 위에 오줌까지 깔길 테니!"

이렇게 아키코는 몇 번 몇 번 결심을 한다.

(1936년)

---

1) 올가망하다 — 근심스럽거나 답답하여 기분이 나지 않다.
2) 소갈찌 — 소갈머리. 심지.
3) 어구머니 — '어이구머니'의 준말.
4) 지다위 — 남에게 등을 대고 의지하거나 떼를 쓰는 짓.
5) 망골 — 몹시 주책없는 사람을 욕으로 이르는 말.
6) 부청 — 일제 때 부의 행정 사무를 담당하던 관청.
7) 고택골 — 지금의 서울 은평구 신사동에 해당하는 마을의 예전 이름. 공동 묘지가 있었음.
8) 임장(臨場) — 일이나 문제가 생긴 현장에 나오는 것.

땡 볕

우람스레 생긴 덕순이는 바른팔로 왼편 소맷자락을 끌어다 콧등의 땀방울을 훑고는 통안 네거리에 와 다리를 딱 멈추었다. 더위에 익어 얼굴이 벌거니 사방을 둘러본다. 중복 허리의 뜨거운 땡볕이라 길 가는 사람은 저편 처마 밑으로만 배앵뱅 돌고 있다. 지면은 번들번들히 닳아 자동차가 지날 적마다 숨이 탁 막힐 만치 무더운 먼지를 풍겨 놓는 것이다.

덕순이는 아무리 참아 보아도 자기가 길을 물어 좋을 만치 그렇게 여유있는 얼굴이 보이지 않음을 알자, 소맷자락으로 또 한 번 땀을 훑어 본다. 그리고 거북한 표정으로 벙벙히 섰다. 때마침 옆으로 지나가는 어린 깍쟁이에게 공손히 손짓을 한다.

"애! 대학 병원을 어디루 가니?"

"이리루 곧장 가세요!"

덕순이는 어린 깍쟁이가 턱으로 가리킨 대로 그 길을 북으로 접어들며 다시 내걷기 시작한다. 내딛는 한 발짝마다 무거운 지게는 어깨에 배기고 등줄기에서 쏟아져 내리는 진땀에 궁둥이는 쓰라릴 만치 물렀다. 속 타는 불김을 입으로 불어 가며 허덕허덕 올라오다 엄지손가락으로 코를 힝 풀어 그 옆 전봇대 허리에 쓱 문댈 때에는 그는 어지간히 답답하였다. 당장 지게를 벗어 던지고 푸른 그늘에 가 나자빠지고 싶은 생각이 굴뚝 같으련만 그걸 못하니 짜증이 안 날 수 없다. 골피를 찌푸리어 데퉁스레,

"빌어먹을 거! 왜 이리 무거!"

하고 내뱉으려 하였으나, 그러나 지게 위에서 무색하여질 아내를 생각하고 꾹 참아 버린다. 제 속으로만 끙끙거리다 겨우,

"에이 더웁다!"

하고 자탄이 나올 적에는 더는 갈 수가 없었다.

덕순이는 길가 버들 밑에다 지게를 벗어 놓고는 두 손으로 적삼 등을 흔들어 땀을 들인다. 바람기 한 점 없는 거리는 그대로 타 붙었고, 그 위의 모래만 이글이글 달아 간다. 하늘을 치어다보았으나 좀체로 비 맛은 못 볼 듯싶어 바상바상한 입맛을 다시고 섰을 때 별안간 댕댕 소리와 함께 발등에 물을 뿌리고 물차가 지나가니 그는 비로소 산듯이 정신기가 반짝 난다. 적삼 호주머니에 손을 넣어 곰방대를 꺼내물고 담배 한 알 없었던 것을 다시 깨닫고 역정스레 도로 집어넣는다.

"꽁무니가 배기지 않어?"

덕순이는 이렇게 아내를 돌아본다.

"괜찮아요."

하고 거진 죽어 가는 상으로 글썽글썽 눈물이 고인 아내가 딱하였다. 두 달 동안이나 햇빛 못 본 얼굴은 누렇게 시들었고 병약한 몸으로 지게 위에 앉아 까댁[1]이는 양이 금시라도 꺼질 듯싶은 그 아내였다. 덕순이는 아내를 이윽히 노려본다.

"아, 울긴 왜 우는 거야?"

하고 눈을 부라렸으나,

"병원에 가면 쨀대겠지요."

"째긴 아무거나 덮어놓고 째나? 연구한다니까."

하고 되도록 아내를 안심시킨다. 그러나 덕순이 생각에는 째든 말든 그건 차치해 놓고 우선 먹어야 산다고,

"왜 기영이 할아버지의 말씀 못 들었어?"

"병원서 월급을 주구 고쳐 준다는 게 정말인가요?"

"그럼 노인이 설마 거짓말을 헐라구. 그래 시방두 대학 병원의 이 등 박산가 뭐가 14살 된 조선 아이가 어른보다도 더 부대한[2] 걸 보구 하두 이상한 병이라구 붙잡아 들여서 한 달에 10원씩 월급을 주고, 그뿐인가 먹이구 입히구 이래 가며 지금 연구하고 있대지 않어?"

"그럼 나도 허구헌 난 늘 병원에만 있게 되겠구려."

"인제 가 봐야 알지, 어떻게 되는지."

이렇게 시원스레 받기는 받았으나 덕순이 자신 역시 기영 할아버지의 말을 꼭 믿어서 좋을지가 의문이었다. 시골서 올라온 지 얼마 안 되는 그로서는 서울이라 혹 알 수 없을 듯싶어 무료 진찰권을 내온 데 더 되지 않았다. 그렇다 하더라도 병이 괴상하면 할수록 혹은 고치기가 어려우면 어려울수록 월급이 많다는 것인데 영문 모를 아내의 이 병은 얼마짜리나 되겠는가고 무척 궁금하였다. 아이가 10원이라니 이건 한 15원쯤 주겠는가, 그렇다면 병 고치니 좋고, 먹으니 좋고, 두루두루 팔자를 고치리라고 속안[3]으로 육조판을 늘이고 섰을 때,

"여보십쇼! 이 채미 하나 잡숴 보십쇼."

하고 저만치 참외를 벌여 놓고 앉았는 아이가 시선을 끌어 간다. 길쭘길쭘하고 싱싱한 놈들이 과연 뜨거운 복중에 하나 벗겨 들고 으썩 깨물어 봄직한 참외였다. 덕순이는 참외를 이놈 저놈 멀거니 물색하여 보다 쌈지에 든 잔돈 4전을 얼른 생각은 하였으나 다음 순간에 그건

안 될 말이라고 격진[4] 마음으로 시선을 걷어온다. 4전에 1전만 더 보태면 희연 한 봉이 되리라고 어제부터 잔뜩 꼽여 쥐고 오던 그 4전, 이걸 참외 값으로 녹여서는 사람이 아니다.

"지게를 꼭 붙들어!"

덕순이는 지게를 지고 다시 일어나며 그 15원을 생각했던 것이니 그로서는 너무도 벅찬 희망의 보행이었다.

덕순이는 간호부가 지도하여 주는 대로 산부인과 문 밖에서 제 차례가 돌아오기를 기다리고 있었다. 아내는 남편이 업어다 놓은 대로 걸상에 가 번듯이 늘어져 괴로운 숨을 견디지 못한다. 요량없이 부어 오른 아랫배를 한 손으로 치마째 걷어 안고는 호흡마다 간댕거리는 야윈 고개로 가쁜 숨을 돌리고 있는 것이다. 게다가 수술실에서 들것으로 담아 내는 환자의 피고름이 섞인 쓰레기통을 보는 것은 그로 하여금 해쓱한 얼굴로 이를 떨도록 하기에 너무도 충분한 풍경이었다.

"너무 그렇게 겁내지 말아. 그래두 다 죽을 사람이 병원엘 와야 살아 나가는 거야……."

덕순이는 아내를 위안하기 위하여 이런 소리도 하는 것이나, 기실 아내 못지않게 저로도 조바심이 적지 않았다. 아내의 이 병이 무슨 병일까, 짜장 기이한 병이라서 월급을 타 먹게 될 것인가, 또는 아내의 병을 씻은 듯이 고쳐 줄 수 있겠는가, 겸삼수삼 모두가 궁거웠다.

이 생각 저 생각으로 덕순이는 아내의 상체를 떠받쳐 주고 있다가 우연히도 맞은편 타구[5] 옆에 떨어져 있는 궐련 꽁댕이에 한눈이 팔린다. 그는 사방을 잠깐 살펴보고 힝하게 가서 집어다가는 곰방대에 피워 물며 제 차례를 기다렸으나 좀체 불러 주질 않는 것이나. 이렇게 하여 그들은 허무히도 두 시간을 보냈다. 한 점을 14분 가량 지났을 때 간호부가 다시 나와 덕순이 아내의 성명을 외는 것이다.

"네, 여기 있습니다!"

덕순이는 허둥지둥 아내를 들쳐업고 진찰실로 들어갔다.

간호부 둘이 달려들어 우선 옷을 벗기고 주무를 제 아내는 놀란 토끼와 같이 조그맣게 되어 떨고 있었다. 코를 찌르는 무더운 약내에 소름이 끼치기도 하려니와 한쪽에 번쩍번쩍 늘어놓인 기계가 더욱이 마음을 조이게 하는 것이다. 아내가 너무 병신스레 떨므로 옆에 섰는 덕순이까지도 겸연쩍지 않을 수 없었다. 아내의 한 팔을 꼭 붙들어 주고 집에서 꾸짖듯이 눈을 부릅떠,

"뭬가 무섭다구 이래?"

하고는 유리관에서 기계 부딪는 젤그럭 소리에 등줄기가 다 섬쩍할 제,

"은제부터 배가 이래요?"

간호부가 뚱뚱한 의사의 말을 통변한다.

"자세히는 몰라두……."

덕순이는 이렇게 머리를 긁고는,

"아마 이토록 부르기는 지난 겨울부턴가 봐요, 처음에는 이게 애가 아닌가 했던 것이 그렇지도 않구요, 애라면 열 달에 날 텐데……."

"열석 달씩이나 가는 게 어딨습니까?"

하고는 아차, 애니 뭐니 하는 건 괜히 지껄였군 하였다. 그래 의사가 무어라고 입을 열기 전에 얼른 뒤미처,

"아무두 이 병이 무슨 병인지 모른다구 그래요, 난생 처음 본다구요."

하고 몇 마디 더 얹었다.

덕순이는 자기네들의 팔자를 고칠 수 있고 없고가 이 순간에 달렸

음을 또 한 번 깨닫고 열심히 의사의 입만 쳐다보고 있는 것이다. 마는 금테 안경 쓴 의사는 그리 쉽사리 입을 열려 하지 않았다. 몇 번을 거듭 주물러 보고 두드려 보고 들어 보고 이러기를 얼마 한 다음 시덥지 않게 저쪽으로 가 대야에 손을 씻어 가며 간호부를 통하여 하는 말이,

"이 뱃속에 어린애가 있는데요, 나올려다 소문[6]이 적어서 그대로 죽었어요. 이걸 그냥 둔다면 앞으로 1주일을 못 갈 것이니 수술을 해야겠으나 또 그 결과가 반드시 좋다고 단언할 수도 없는 것이며 배를 가르고 아이를 꺼내다 만일 사불여의[7]하여 불행을 본다더라도 전혀 관계 없다는 승낙만 있으면 내일이라도 곧 수술을 하겠어요."
하고 나 어린 간호부는 조금도 거림낌없는 어조로 줄줄 쏟아 놓다가,

"어떻게 하실 테야요?"

"글쎄요……."

덕순이는 이렇게 얼떨떨한 낯으로 다시 한번 뒤통수를 긁지 않을 수 없었다.

간호부의 말이 무슨 소린지 다는 모른다 하더라도 속대중으로 저쯤은 알아챘던 것이니 아내의 생명이 위험하다는 그 말이 두렵기도 하려니와 겨우 아이를 뱄다는 것쯤, 연구거리는 못 되는 병인 양싶어 우선 낙심하고 마는 것이다. 하나 이왕 버린 노릇이매,

"그럼 먹을 것이 없는데요……."

"그건 여기에서 입원시키고 먹일 것이니까 염려 마셔요……."

"그런데요 저……."
하고 덕순이는 열쩍은 낯을 무얼로 가릴지 몰라 쭈뼛쭈뼛,

"월급 같은 건 안 주나요?"

"무슨 월급이요?"

"왜 여기서 병을 고치면 월급을 주는 수도 있다지요."

"제 병 고쳐 주는 데 무슨 월급을 준단 말이오?"

하고 민망스레도 톡 쏘는 바람에 덕순이는 고만 얼굴이 벌개지고 말았다. 팔자를 고치려던 그 계획이 완전히 어그러졌음을 알자, 그의 주린 창자는 척 꺾이며 두꺼운 손으로 이마의 진땀이나 훑어보는밖에 별도리가 없는 것이다. 하나 아내의 생명은 어차피 건져야 하겠기로 공손히 허리를 굽신하여,

"그럼 낼 데리고 올게, 어떻게 해 주십시오."

하고 되도록 빌붙어 보았던 것이, 그때까지 끔찍한 소리에 얼이 빠져서 멀뚱히 누웠던 아내가 별안간 기겁을 하여 일어나 살뚱맞은 목성으로,

"나는 죽으면 죽었지 배는 안 째요."

하고 얼굴이 노랗게 되는 데는 더 할 말이 없었다. 죽더라도 제 원대로 죽게 되는 것이 혹은 남편 된 사람의 도릴지 모른다. 아내의 꼴에 하도 어이가 없어,

"죽는 거보담야 수술을 하는 게 좀 낫겠지요."

비소를 금치 못하고 섰는 간호부와 의사가 눈에 보이지 않도록 덕순이는 시선을 외면하여 뚱싯뚱싯 아내를 업고 나왔다. 지게 위에 올려놓은 다음 엎디어 다시 지고 일어나려니 이게 웬일일까, 아까 오던 때와는 갑절이나 무거웠다.

덕순이는 얼마 전에 희망에 가득히 차 올라가던 길을 힘 풀린 걸음으로 터덜터덜 내려오고 있었다. 보지는 않아도 지게 위에서 소리를 죽여 훌쩍훌쩍 울고 있는 아내가 눈앞에 환한 것이다. 학식이 많은 의사는 일자 무식인 덕순이 내외보다는 더 많이 알 것이니 생명이 한 이레를 못 가리라면 그 말을 어째 볼 도리가 없다. 인제 남은 것은 우

중충한 그 냉골에 갖다 다시 눕혀 놓고 죽을 때나 기다리고 있을 따름이다.

덕순이는 눈 위로 덮는 땀방울을 주먹으로 훔쳐 가며 장차 캄캄하여 올 그 전도를 생각해 본다. 서울을 장대고 왔던 것이 벌이도 잘 안되고 게다가 인젠 아내까지 잃는 것이다. 지에미 붙을! 이놈의 팔자가, 하고 딱한 탄식이 목을 넘어오다 꽉 깨무는 바람에 한숨으로 터져 버린다.

한나절이 되자 더위는 더 한층 무서워진다. 덕순이는 통째 진무를 듯싶은 등어리를 견디지 못하여 먼젓번에 쉬어가던 나무 그늘에 지게를 벗어 놓는다. 땀을 들여 가며 아내를 가만히 내려다보니 그 동안 고생만 시키고 변변히 먹이지도 못하였던 것이 갑자기 후회가 나는 것이다. 이럴 줄 알았더라면 동넷집 닭이라도 훔쳐다 먹였을 걸 싶어,

"울지 마라, 그것들이 뭘 아냐? 제까짓 게!"

하고 소리를 빽 지르고는,

"채미 하나 먹어 볼 테야?"

"채민 싫어요."

아내는 더위에 속이 탔음인지 한길 건너 저쪽 그늘에서 팔고 있는 얼음 냉수를 손으로 가리킨다. 남편이 한 푼 더 보태어 담배를 사려던 그 돈으로 얼음 냉수를 한 그릇 사다가 입에 먹여까지 주니 아내도 황송하여 한숨에 들이켠다. 한 그릇을 다 먹고 나서 하나 더 사다 주랴 물었을 때 이번에는 왜떡이 먹고 싶다 하였다. 덕순이는 이것이 마지막이라는 생각으로 나머지 돈으로 왜떡 세 개를 사다 주고는 그대로 눈물도 씻을 줄 모르고 그걸 오직오직 깨물고 있는 아내를 이윽히 바라보고 있었다. 그러나 아내가 무슨 생각을 하였는지 왜떡을 입에 문 채 훌쩍훌쩍 울며,

"저 사촌형님께 쌀 두 되 꿔다 먹은 거 부대 잊지 말구 갚우."

하고 부탁할 제 이것이 필연 아내의 유언이라 깨닫고는,

"그래 그건 염려 말아!"

"그리구 임자 옷은 영근 어머니더러 사정 얘길 하구 좀 빨아 달래우."

하고 이야기를 곧잘 하다가 다시 입을 일그리고 훌쩍훌쩍 우는 것이다.

덕순이는 그 유언이 너무 처량하여 눈에 눈물이 핑 돌아 가지고는 지게를 도로 지고 일어선다. 얼른 갖다 눕히고 죽이라두 한 그릇 더 얻어다 먹이는 것이 남편의 도릴 게다.

때는 중복, 허리의 쇠뿔도 녹이려는 뜨거운 땡볕이었다.

덕순이는 빗발같이 내려붓는 등골의 땀을 두 손으로 번갈아 훔쳐 가며 끙끙 내려올 제 아내는 지게 위에서 그칠 줄 모르는 그 수많은 유언을 차근차근 남기자, 울자, 하는 것이다. World Best

(1936년)

---

1) 까댁 — 머리를 아래로 조금 가볍게 숙였다 드는 모양.
2) 부대하다 — 몸집이 뚱뚱하고 크다.
3) 속안(俗眼) — (어떤 사물에 대한) 일반 사람들의 안목. 속인(俗人)의 안목·관찰 등을 약간 경멸적으로 이르는 말임.
4) 꺽지다 — 성격이 억세고 꿋꿋하다
5) 타구 — 가래침을 뱉는 그릇.
6) 소문(小門) — '여자의 음부'를 완곡하게 이르는 말.
7) 사불여의(事不如意) — 일이 뜻대로 되지 않음.

《동백꽃》 바로 읽기

향토적 서정의 작가

김유정은 1930년대 한국의 대표적인 소설가 가운데 한 사람이다. 특히 현실을 꿰뚫는 해학과 풍자, 결말의 아이러니, 언어의 생동성 등으로 표현되는 그의 단편 소설은 한국 문학사에서 고유한 가치를 지니고 있다.

그가 주로 활동하던 1930년대는 한국의 현대 문학 사상에 있어서 매우 중요한 시대에 속한다. 즉 이전까지 한국 신문학에 뚜렷한 문예 사조로 자리잡았던 '프로 문학'이 일본의 탄압과 회원들의 분열로 퇴조하고, 그 대신에 순수 예술 문학이 새로운 조류로 등장하게 된다. 그리고 1930년대를 기점으로 이른바 동인지 문단 시대가 사회적 문단 시대로 변하고, 순수문학과 통속적인 대중 문학이 분리되어 문학의 예술적 영역과 오락적 영역이 확연해짐으로써 처음으로 한국의 문학이 일정한 수준에 도달된 시기이다. 이러한 성숙을 바탕으로 1930년대 중반에 이르러서는 종래까지 근대 문학적 성격 위에 놓여 있었던 한국 문학이 처음으로 현대 문학적 성격을 띠기 시작한 시기이다.

1933년 8월에 구성된 '구인회(九人會)'는 이러한 새로운 문학의 시대를 이끌며, 1930년대 한국 문학을 주도했다. 김유정은 이 단체의 발기 회원은 아니었으나, 후에 이상(李箱)과 함께 참여하게 된다.

구인회에 속했던 대부분의 작가들이 지식인을 주인공으로 한 모던하고 도회적인 소설을 창작했던 것에 반해 김유정은 도시 문명과 단절된 토속적인 전원을 배경으로 원초적인 욕망에 사로잡힌 시골 사람들의 궁벽한 삶을 주제로 삼았다. 이것은 당시 문학계를 주도했던 구인회의 전체적인 기류에서 크게 벗어난 것으로, 김유정의 문학 세계가 얼마나 독특하고 비타산적으로 자신만의 문학 세계를 추구하고자 했던가를 증명해 준다.

작가 김유정은 정치적·경제적으로 혼란기였던 시대에 어린 시절을 보냈고, 문단 생활도 가난과 병마의 고통으로 인해 평탄하지 못했다. 이러한 가운데 그는 소극적인 사회 인식을 가지게 되었고, 그의 작품에는 당대의 현실적인 문제들이 왜소하게 드러나 있는 것이 사실이다. 하지만 김유정의 문학은 순수하고 향토적인 전원을 배경으로 궁핍한 1930년대의 한국 농민들의 삶을 해학적·풍자적으로, 그러면서도 매우 사실주의적으로 그려 내었다는 점에서 매우 높이 평가되고 있다.

질곡의 삶, 불꽃의 문학

30살이라는 아까운 나이에 세상을 떠난 김유정의 삶은 그의 문학이 지니고 있는 웃음과 밝음과는 달리 매우 어둡고 우울한 것이었다. 그의 질곡 같은 삶은 어려서 부모를 잃은 뒤 겪게 된 경제적인 궁핍함과 그로 인해 생긴 병마의 그림자 때문이었다. 짧은 삶을 가난과 병, 그로 인한 방황과 무력감에서 보낸 그였지만, 다행히 문학이라는 정신적 꿈을 통해 모든 현실적 고통을 극복하고 아름다운 불꽃의 삶을 이루어낼 수 있었다.

 김유정은 1908년 강원도 춘성군(春城郡) 두메 산골인 실레에서 아버지 김춘식(金春植)과 어머니 심(沈) 씨 사이의 8남매 중 일곱째로 태어났다. 당시 그의 집안은 대대로 농사를 지어오던 천석지기 부농(富農)이었기 때문에 어린 시절은 유복한 환경 속에서 자랄 수 있었다. 부모들은 그에게 재산을 더 많이 모으고 오래 살라는 뜻으로 '멱설이'라는 아명을 지어 주었다. 제일 큰형 외에는 모두 여자 형제들이 있었기 때문에 늦게 태어난 유정은 부모들의 유별난 사랑을 받고 자랐다. 김유정이 태어난 해에 가족은 서울의 안국동으로 이사를 하였다. 그가 태어난 고향땅 실레는 두메 산골 궁벽한 곳으로 그야말로 문명 사회와는 동떨어진 세계였다. 따라서 고향을 감싸고 있던 자연의 원초성과 순수성은 훗날 김유정 문학의 주제를 결정짓는 근원으로 영향을 끼치게 된다.

 화목했던 집안에 갑자기 어둠의 그림자가 들이닥쳤다. 7세 때 어머니가 병으로 돌아가고, 이어서 9세 때에는 아버지마저 허망하게 세상을 떠나고 말았던 것이다. 게다가 부모 대신 가계를 책임지게 된 형 김유근은 여자와 술, 노름으로 방탕한 생활을 하며 부친의 유산을 탕진했다. 어려서 부모를 잃은 후 생긴 그의 정신적 소외감은 평생 아픔이 되었다. 유정은 말 없는 아이로, 자신의 감정을 바깥으로 쉽게 드러내지 않는 내성적인 성격의 아이로 변해 갔다. 이때의 생활은 그의 자전적 소설인 〈형〉과 〈이런 음악회〉, 〈봄밤〉 등의 작품에 잘 반영되어 있다.

 김유정은 13세 때인 1920년에 제동공립(齊洞公立) 보통학교에 입학하여 신학문을 접하기까지, 어린 시절에는 서당에 다니며 한학 공부를 받았다. 그리고 1923년, 휘문 고등 보통학교에 입학한 그는 2학년 때 안회남(安懷南) 등과 교우를 맺으며 소설 창작에 뜻을 두게 되었다. 당시 김유정의 학교 성적은 상위권이었으며, 모든 것에 대해서 자신 있는 생활 태도와 긍정적인 인생관을 갖고 있었다. 특히 체조, 축구, 권투 등 각종 운동을 좋아했으며, 많은 책을 읽었다. 그러나 그의 밝았던 인생은 결국 형의 광적일 정도의 방탕한 생활로 인해 어둠으로 바뀌게 된다. 형의 끊임없는 방탕과 주벽으로 천석지기 재산을 거의 날리고, 김유정은 정신적·경제적 역경에 처하게 되었던 것이다. 중증의 정신이상자 같은 형의 극단적인 성격은 연약한 성격의 김유정과는 반대되는 것이었지만, 훗날 김유정의 문학 세계에 영향을 미치게 된다.

할 수 없이 고보 4학년 때 휴학을 한 김유정은 친척집과 누이집으로 전전하며 어려운 생활을 하게 된다. 여태까지 부모 대신 울타리가 되어 주었던 형은 결국 서울 생활을 청산하고 고향 실레로 돌아가고, 김유정은 혼자서 야생의 생활을 헤쳐 나가야 했던 것이다. 이 시기의 고단한 생활에 대해서는 〈따라지〉에 반영되어 있다. 그는 1년 여 뒤 다시 복학하고 어렵게 학교를 졸업하게 되지만, 경제적인 이유와 건강상의 문제로 곧바로 상급학교에 진학하지는 못하게 된다.

갑자기 닥친 경제적 파산으로 혼란을 겪고 있던 김유정에게 한줄기 빛처럼 사랑의 대상이 나타난다. 1929년 가을의 어느날, 길을 걷다 우연히 만난 기생 박녹주(朴綠珠)에게 김유정은 뜨거운 사랑의 감정을 느끼고 열렬히 구애를 한다. 그러나 훗날 인간문화재가 되기도 하는 명창 박녹주와의 사랑은 불행히도 이루어지지 않는다. 그녀는 유정보다 다섯 살이나 연상이었으며, 이미 다른 남자를 사랑하고 있었던 것이다. 그런 그녀에게 나이가 어린 문학 청년의 구애는 감정의 울림이 없었던 것이다. 김유정은 혈서(血書)까지 써 보내며 광적인 사랑에 빠지지만, 끝내 짝사랑으로 끝나고 만다. 실연(失戀). 이것은 김유정에게 있어, 어린 시절 부모를 잃고 느껴야 했던 좌절 이후 두 번째 당하게 되는 절망이었다. 박녹주와의 사랑은 훗날 단편 〈두꺼비〉과 미완성으로 끝난 장편 소설 《생의 반려》의 소재가 되었다.

집안의 파산과 학업 중단, 그리고 실연의 아픔은 아직 이십대 초반의 김유정의 몸과 마음을 병마의 그림자에 휩싸이게 했다. 22살인 1929년 치질이 발병한 후 다음해에 늑막염, 이어서 당시의 문화병인 폐결핵까지 걸림으로써 김유정은 젊은 시절의 대부분을 병마의 고통에 시달려야 했다.

현실의 고통을 잊고자 동경 유학을 원했으나 집안의 형편은 그것을 허락하지 않았다. 그는 유학길을 포기하고 1930년 4월, 연희 전문학교 문과에 입학했다. 그러나 학교 생활도 원만하지 못했고 결국 두 달 만에 학교를 그만두고 만다. 제명 이유는 확실하지는 않으나 무단 결석과 성적 불량 때문이라는 말이 있다. 그러나 무엇보다 스스로 학업에 대한 열의를 갖지 못한 것이 주된 원인인 듯하다.

실의에 찬 김유정은 요양을 겸해 고향 실레에 내려간다. 그리고 그곳에서 새롭게 자연과 농촌의 아름다움에 눈뜨게 된다. 그러나 그의 방황은 아직 끝나지 않았고, 술과 들병이와 어울려 방탕에 빠지기도 한다. 게다가 형을 상대로 낸 재산 분배 소송으로 인해 형하고의 사이가 나빠지자, 유정은 더욱 정신적 괴로움을 겪게 된다. 그는 육체적·정신적 고통을 달래기 위해 자주 술을 마셨고, 그의 병은 점점 악화되어갔다. 당시의 체험은 〈금따는 콩밭〉, 〈만무방〉, 〈총각과 맹꽁이〉, 〈아내〉 등의 작품 배경이 된다.

1931년, 그는 형이 준 얼마 안 되는 돈을 가지고 다시 서울로 갔다. 그는 새로이 공부를 시작하기 위해 보성 전문학교에 입학했으나, 이

학교 생활 역시 오래 가지 않았다. 누이 집에 얹혀 살던 그는 매형의 권유로 충청도에 있는 금광 광업소에 현장 감독으로 내려간다. 그러나 이곳에서도 그는 술로 세월을 보내며, 허망하게 삶을 흘려 보냈다. 이곳에서의 체험은 〈금따는 콩밭〉과 〈금〉의 소재가 되었다.

1932년은 25살의 김유정의 인생에 있어 일대 전환점이 되는 시기로, 무력한 혼돈의 생활에서 벗어나 인간적·문학적으로 성숙의 단계로 접어들게 되는 중요한 의미를 지닌다. 그는 이대로 생을 마감할 수 없다는 초조함과 무엇인가 새롭게 시작하고 싶다는 의욕을 갖고 다시 고향 실레로 내려간다. 김유정은 의욕을 가지고 조카 김영수와 함께 '금병의숙(錦屛義熟)'이라는 야학을 열고, 농민 협동 조직인 '농우회(農友會)'를 조직해 농촌 계몽 운동에 힘쓴다. 비록 야학의 화재와 경제적 문제로 김유정의 농촌 운동은 오랫동안 지속되지는 못했지만, 이 시기의 적극적인 생활 태도는 김유정에게 작가로 새로 태어날 수 있는 힘을 주게 된다.

1933년, 김유정은 실레에서의 생활을 청산하고 다시 서울 사직동의 누이집으로 올라온다. 당시 그의 몸은 폐결핵으로 인해 점점 시들어가고 있었다. 누이의 형편도 어려웠기 때문에 그는 자신의 약값을 벌기 위해서라도 무엇인가 일을 해야 했다. 그는 자신의 절망적인 상황을 극복하는 방법으로 소설을 선택했다. 생계를 위한 글쓰기였지만, 김유정의 가슴속에는 질곡 같은 현재의 삶을 극복하고자 하는 열망이 가득 차 올랐다. 그는 매일 도서관에 나가 소설을 썼다. 이 해 9월에 잡지 「신여성」에 〈총각과 맹꽁이〉가 최초로 발표되었다.

그리고 이어서 1935년에는 〈소낙비〉가 「조선일보」 신춘 문예에 당선되어 드디어 문단에 정식으로 데뷔하게 된다. 이어서 〈금따는 콩밭〉, 〈노다지〉, 〈떡〉, 〈만무방〉, 〈산골〉, 〈솥〉, 〈봄 봄〉 등이 연달아 발표되면서, 김유정은 일약 문단의 주요 작가로 각광을 받게 된다.

이즈음 김유정은 후기 '구인회'에 가입하여 그 회원들과 교우 관계를 맺었으며, 특히 당대의 천재 이상(李箱)과는 자살을 공모할 정도로 절친한 관계를 맺는다.

문학은 그에게 정신적인 안정과 만족을 주었으며, 그에게 절실한 문제였던 경제적 문제도 어느 정도 해결해 주었다. 그러나 무엇보다도 문학이 그에게 구원이 될 수 있었던 것은 미래에 대한 희망과 꿈을 불어넣어 주었기 때문이었다. 그는 그 꿈을 키우며 모든 현실적 고통과 아픔을 극복해 내었던 것이다.

하지만 김유정의 혼이 '그 길', 즉 소설 창작에 전념하여 한창 열정을 다하고 있을 때, 그의 육체에 깃들어 있던 병마는 더욱 무섭게 번져 가고 있었다. 가난과 술로 인해 병든 그의 몸은 계속되는 창작의 고통으로 인해 더욱 악화되었던 것이다. 1936년, 그는 폐병의 악화로 정릉 골짜기 약사암에서 정양을 해야 했다. 그러나 이 와중에도 그는 펜을 놓지 않았다. 오히려 더욱 열정적으로 작품 창작에 전념했다. 그는 반다인의 〈잃어버린 보석〉을 번안하기도 하고, 장편 《생의 반려》를 구상하기도 했다. 그리고 그의 예술혼이 최대의 빛을 발한 〈동백꽃〉을 비롯해 〈산골 나그네〉, 〈야앵(夜櫻)〉, 〈정조(貞操)〉, 〈가을〉, 〈심청〉, 〈봄과 따라지〉, 〈두꺼비〉, 〈이런 음악회〉, 〈봄밤〉, 〈옥토끼〉, 〈슬픈 이야기〉, 〈따라지〉, 〈땡볕〉 등의 주옥 같은 단편들을 발표하였다. 당시 생존을 위한 처절한 투쟁은 친우인 안회남에게 보낸 편지에 잘 나타나 있다.

김문집(金文輯)과 현덕 등 김유정의 병을 걱정하던 친구들과 많은 독자들이 모금 운동을 벌이며, 위로의 편지와 성금으로 김유정의 쾌유를 빌었다. 김유정은 그러한 감사에 보답을 하기 위해 병마와 싸우면서도 소설 창작에 마지막 남은 열정을 태우려 했으나, 이미 그의 몸은 회복 불가능한 상태에 이르러 있었다. 병이 악화되어 다섯째 누이가 사는 경기도 광주로 옮겨 갔을 때에 이미 그의 몸과 마음은 사신(死神)의 그림자에 휩싸여 있었다. 죽기 전에 '닭 30마리쯤 고아 먹고 살모사 10마리 고아 먹어 보겠다' 던 그의 절절한 마지막 소원도 이루지 못한 채, 1937년 3월 29일 아침 6시에 허망한 삶을 마감하고 말았다.

김유정의 짧은 삶은 그야말로 고난의 삶이었다. 어려서 부모를 잃고, 이 후 형의 광기 어린 삶과 집안의 파산, 실연, 병마, 극도의 가난으로 이어지는 검은 운명의 삶이었다. 그러나 그러한 불운과 역경 속에서도 한국 문학사에 빛나는 불꽃 같은 작품들을 남겼다는 사실은 작가로서 뿐만 아니라 한 인간으로서의 김유정의 삶이 얼마나 위대하였는가를 보여 준다.

어두운 해학과 반전(反轉)의 미학

김유정은 1930년대 소설 문학의 주류를 이루었던 주제인 가난을 표현함에 있어, 당대의 그 어떤 작가들보다도 탁월하고 냉철한 현실 인식을 바탕으로 그것을 독특한 개성을 통해 형상화하여 독보적인 문학사적인 위치를 차지하고 있다.

김유정 소설의 특징은 향토적인 서정 속에 펼쳐지는 해학과 익살, 그 속에 스며 있는 삶에 대한 애잔하면서도 진지한 성찰, 그리고 결말 부분에 나타나는 극적인 아이러니의 미학에 있다. 그의 짧은 소설들은 특유의 반어적 기법과 해학을 통해 당대 농민들의 혹독한 가난의 삶을 예리하게 포착해 내고 있다. 그의 문학 활동은 최초의 소설이라 할 수 있는 〈총각과 맹꽁이〉를 발표한 1933년부터 그가 죽은 해인

1937년까지 4년 여에 불과하다. 그는 이 시기 동안에 30여 편의 단편 소설과 한편의 미완성 장편 소설, 한 편의 번역 탐정 소설, 그리고 열 편 가량의 수필을 남겼다.

그의 소설들은 대부분 당대의 경제적 궁핍상과 가난한 대다수 농민의 삶을 중심으로 이야기되고 있으며, 그 이야기되는 방식 역시 한국 민중의 전통적 유머 감각과 연결되어 있다. 그리고 중요한 것은 그의 작품들에는 어려움에 처한 민중에 대한 애잔한 애정이 깃들어 있다는 점이다. 그 애정을 바탕으로 섣부른 낙관론보다는 당대 민족 현실의 어둠을 생생하게 표현함으로써 높은 예술적 성취를 이루었다.

김유정 특유의 어두운 현실 인식과 유머 감각은 한 순진한 소작인의 삶을 중심으로 1930년대 한국 농민의 어려움과 그들의 허망한 꿈을 다룬 첫 작품 〈총각과 맹꽁이〉에서 이미 빛을 발한다. 남의 땅을 소작하고 있는 늙은 총각인 덕만은 동네에 들어온 들병이와 결혼을 하고 싶어한다. 가난한 농군인 덕만은 들병이와의 결혼을 통해 자신의 궁핍한 삶에서 벗어나고자 한다. 그는 의형인 동네 건달 뭉태에게 들병이와 결혼할 수 있게 도와 달라고 부탁하고, 그 대가로 술값을 부담한다. 그러나 그의 꿈은 건달 뭉태의 배신으로 너무나 허망하게 깨어지게 된다. 이 작품은 당시 한국인의 대다수를 차지하고 있던 무력한 소작인의 허망한 삶과 꿈을 상징적으로 보여 주고 있다.

이처럼 농민의 허망한 꿈을 주제로 한 작품으로 1935년 「개벽」에 발표한 〈금따는 콩밭〉이 있다. 이 작품은 농사일을 그만두고 콩밭 속에서 금을 찾고자 하는 허황된 꿈을 꾸는 한 소작인의 이야기를 다루고 있다. 이 소설은 충청도의 한 금광 광업소에서 현장 감독으로 지내며 광부들과 함께 생활했던 김유정의 실제적인 체험을 소재로 해서 쓰여졌다. 〈금따는 콩밭〉은 농사일에서 삶의 희망을 찾지 못하게 된

성실하고 소박한 농사꾼 '영식'이 밭에서 금을 찾겠다는 일확천금의 허황된 꿈을 꿀 수밖에 없었던 당시 농민 현실의 부조리함을 씁쓸하게 그리고 있다. 이 작품은 처음 부분에 작가의 감정이 투사된 듯한 음침한 분위기의 자연 묘사로 시작되는데, 이것은 작품의 전체 분위기와 결말 부분 역시 음침하고 어두울 것임을 암시해 준다.

1935년 조선일보 신춘문예에 당선된 〈소낙비〉는 김유정의 본격적인 문단 데뷔작으로, 질곡의 삶을 살고 있는 유랑 농민의 삶을 해학적이면서도 매우 서글프게 그려 낸 그의 대표작이다. 이 작품의 원제목은 〈따라지 목숨〉이었으나, 신문사가 당선작 발표시 〈소낙비〉로 개제(改題)하였고, 그 후 1968년 현대 문학사에서 《김유정 전집》을 출간하면서 〈소나기〉으로 다시 바꾸었다. 홍작과 빚 독촉 때문에 고향을 떠난 '춘호'와 그의 아내는 살기 좋은 곳을 찾아 떠나지만 어렵게 도착한 산골 마을에서의 생활도 예전과 달라진 게 없다. 다시 서울로 가기 위해 2원을 구하려는 춘호, 그는 다른 방도가 없자 아내의 매춘을 통해서라도 돈을 얻으려 한다. 몸을 팔기 위해 나가는 아내에게 단장을 해 주는 춘호의 모습에서 알 수 있듯이, 이 작품은 김유정의 작품 중에서도 부조리한 삶의 어두운 단면을 슬픈 웃음과 아이러니로 보여 준 대표작이다. 소나기로 상징되는 음산하고 음울한 분위기는 당시 농민의 어두운 현실을 암시하고 있다.

살기 위해서 매춘을 한다는 이야기의 설정은 초기작인 〈산골 나그네〉에서도 나타난다. 이 작품은 남편이 있는 여인이 남편을 살리고 남편과 함께 살기 위해 어쩔 수 없이 매춘을 하게 되는 과정을 그리고 있다. 이 소설에서 매춘에 대한 윤리적 고민이나 인간적 고통은 느껴지지 않는다. 현실의 무게가 너무나 버겁기 때문에 비록 몸을 판다는 극단적인 상황조차도 가볍게 생각되어지는 것이다. 역설적인 방법으로 비참한 민중의 삶을 표현하려 한 작가의 뜻을 읽을 수 있다. 초기 작이라 구성과 극적 전개에 있어 다소 허술한 부분이 있기는 하지만, 김유정 특유의 서정적인 묘사, 생생한 토착어의 구사, 실감나는 인물 설정 등이 탁월하게 녹아 있는 작품이다.

김유정의 작품 중에서 현실적인 문제가 가장 농노 짙게 나타난 작품은 〈만무방〉일 것이다. 이 소설은 그의 단편 중에서는 가장 분량이 길고, 그 양만큼이나 질적인 면에서도 우수한 작품이다. 붙여 먹을 땅도 없이 절도와 도박의 전과를 갖고 있는 극빈한 유랑 농민 '응칠'과 성실한 농군인 동생 '응오' 형제의 이야기를 다루고 있는 이 작품은 부조리와 모순으로 가득 찬 당시의 농업 사회와 궁핍한 농민의 삶을 매우 직접적으로 다루고 있다. 열심히 농사를 지어봤자 대부분이 지주의 몫으로 넘어가는 부조리한 현실, 그 가운데서 성실한 농사꾼인 응오가 자신이 농사한 벼를 제 손으로 훔칠 수밖에 없는 1930년대 한국 농촌 사회의 비참한 상황이 결말 부분의 반전을 통해서 극적인 충격을 주고 있다.

1935년 8월 「조선문단」에 발표된 〈산골〉은 지주와 소작인, 상전과 시종이라는 계층간의 문제를 남녀 사이의 애정 문제를 중심으로 그린 작품이다. 향토적인 배경 아래 시종의 딸 이쁜이와 상전의 아들 도련님, 그리고 시종과 비슷한 신분인 석숭이 등 세 사람 사이의 애정 관계를 해학적으로 다룬 이 작품은 그 웃음의 상황과 말 속에서도 은근히 신분 제도의 부당함과 지주 계층의 도덕적 타락을 보여 주고 있다. 이러한 계층이 다른 남녀의 애정 갈등은 그의 대표작으로 유명한 〈동백꽃〉에서 더욱 심화되이 나타난다.

동백꽃이 피는 농촌을 배경으로 계층이 다른 사춘기 남녀간의 애정 갈등을 해학적으로 다룬 〈동백꽃〉은 김유정의 작품 중에서 가장 잘 알려진 작품이며, 또한 가장 아름다운 서정의 세계를 보여 주고 있는 작품이다. 이 짧은 이야기가 아름답고 널리 읽히는 이유는 사랑의 세계, 즉 남녀간의 애정을 그리고 있기 때문일 것이다. 이 작품은 한국인 특유의 서정적인 연애 감정을 간직하고 있다. 그러나 그 연애의 감정은 단순히 아름답고 순수한 것만은 아니다. 그 이면에는 계층간의 모순이라는 사회적인 문제가 스며 있다. 작품의 주요 인물인 '나'와 '점순'. 두 사람 사이의 갈등은 점순의 애정 표시를 알아채지 못하는 나의 눈치 없음에서 일어난다. 그리고 총각은 그런 점순이의 애정 표시를 이해하지 못하고 오히려 반감을 갖게 된다. 김유정은 두 사람 사이에 일어나는 애정 싸움을 특유의 익살과 해학으로 표현함으로써 독자들에게 웃음을 준다. 그러나 그 웃음 뒤에는 현실의 아픔이 있다. 즉 점순의 은근한 사랑 표시를 깨닫지 못하는 나의 눈치 없음은 단순한 성격의 문제가 아니라, 마름의 딸인 점순과 소작인의 아들인 나의 신분 차이에서 오는 것이기 때문이다. 따라서 점순이 구운 감자를 주는 등 애정 표시를 해 오지만, 오히려 위화감과 적대감만을 갖게 된다. 따라서 작품의 결말 부분에서 이루어지는 나와 점순의 애정 결합, 그리고 각자 산 위와 아래로 따로 멀어지는 장면은 두 사람의 화해가 일시적인 것일 뿐 결혼이라는 영구적인 화합으로는 이어지지 않을 것임을 암시하고 있다.

이러한 계층간의 모순되는 애정 관계는 그의 또 다른 역작인 〈봄봄〉에서도 그려진다. 이 작품은 당시의 한국 농촌 사회의 구조적 모순을 마름인 장인과 데릴사위로 들어온 머슴의 관계를 통해서 극명하게 나타내고 있다. 주인공인 '나'는 처가집에 들어가 3년 7개월 동안 새경 한 푼 받지 못하고 머슴살이를 한다. 그러나 마름인 장인 영감은 딸의 키가 크지 않은 것을 핑계로 성례를 시켜 주지는 않고 소작인처럼 부려먹기만 한다. 이것은 바로 지주를 대신한 마름이 소작인들을 착취하고 혹사하던 당시의 상황을 여실히 드러내 주고 있다. 그러나 이 작품에서는 김유정의 다른 작품들에서와 마찬가지로 노동의 착취나 계층간의 불협화음을 드러내 놓고 직접적으로 비판하지 않는다. 다만 사위와 장인 간에 벌어지는 대화를 중심으로 작가 특유의 해학과 토속적인 언어를 사용해 그러한 상황을 은유하고 있을 뿐이다.

산골을 무대로 향토적이고 서정적인 작품들을 주로 발표했던 김유정에게 있어 〈따라지〉는 이색적인 작품이다. 김유정이 작고하기 두 달 전인 1937년 2월 〔조광〕에 발표된 이 소설은 〈이런 음악회〉, 〈봄밤〉, 〈심청〉, 〈두꺼비〉, 〈야앵(夜櫻)〉 등과 함께 도시 하층민의 삶을 그린 몇 작품 중의 하나이다. 제목이 암시하듯 이 작품은 사직골 언덕배기의 셋집에 세들어 살고 있는 여러 따라지 인생들에 관한 이야기이다. 이들 가난한 등장인물들은 그 가난의 정도만큼이나 현실에 찌들어 있으며 선한 마음을 잃어버린 지 오래다. 김유정은 실제로 자신이 처한 가난 때문에 빈민가를 전전하며 가난한 사람들의 비참한 삶을 직접 체험하였는데, 그러한 생생한 체험을 바탕으로 사람의 심성까지도 모질게 변화시키는 현실의 무서움을 극명하게 표출해 낼 수 있었다. 이 소설은 김유정 특유의 익살과 해학을 잃지 않으면서도 일제의 수탈이 막바지로 치닫던 시기의 도시 빈민들의 일상을 매우 적나라하게 드러낸 대표적인 작품으로서, 웃음 속에 숨겨진 작가의 예리한 시대 정신을 읽을 수 있다.

가난한 사람들에 대한 우울한 해학미가 절정에 달해 있는 〈땡볕〉은 김유정이 생전에 발표한 마지막 작품이다. 그는 이 작품을 발표하고 나서 한 달 뒤인 1937년 3월 29일 세상을 떠나게 된다. 이 작품에는 당시 가난과 병마의 고통에 신음하던 김유정의 음울한 기운이 짙게 배어 있다. 극도의 가난과 무지로 인해서 겪게 되는 소설 속 등장인물의 해학적 상황은 단순히 웃고 넘어가기에는 너무나 비참한 삶의 아픔을 담고 있다. 아내의 배가 까닭없이 부어오르는 이상한 병에 걸리자 덕순은 일본인 의사가 있는 병원을 찾는다. 어린 아이가 어른보다 더 크게 부어오르는 이상한 병에 걸렸다는 이유로 한 달에 10원씩 돈을 주고 먹여 주기까지 한다는 소문을 들었기 때문이다. 그러나 꿈에 부풀어 아내를 지게에 지고 '땡볕' 속을 걸어 찾아간 병원에서는 아내의 배가 부어오른 이유가 뱃속에서 태아가 죽었기 때문임을 알려 주고, 수술하지 않으면 아내의 목숨이 위태롭다는 현실을 알린다. 아내의 병 치료와 궁핍으로부터의 탈출이라는 덕순의 꿈은 현실에 부딪쳐 모두 산산이 깨지고 말게 된 것이다. 참담한 현실에서 벗어나고자 소망하지만 결국에는 다시 현실에 주저앉고 말게 되는 김유정 특유의 비극적인 인물상이 이 소설에서는 더욱 극명하게 나타나 있는 것이다. 아내의 목숨이 위태롭다는 사실보다는 굉장한 돈을 벌 수 있는 이상한 병이 아닌 것에 낙담하는 덕순. 죽으면 죽었지 수술은 하지 않겠다고 고집부리는 아내. 삶보다는 당장의 현실과 돈을 중요시하는 두 사람의 어이없는 모습은 바로 앞에 다가온 죽음의 문제조차도 큰 문제로 느낄 수 없는 절박한 생존의 세계를 비극적으로 보여 준다.

김유정 연보

1908년 1월 12일, 강원도 춘성군(春城郡) 신남면 실레에서 아버지
        김춘식(金春植)과 어머니 심(沈) 씨 사이의 2남 6녀 중 일곱
        째로 태어남. 당시 그의 집안은 그 지방에서는 부농(富農)이
        었기 때문에 어린 시절은 유복한 환경 속에서 자람. 부모들
        은 그에게 재산을 더 많이 모으고 오래 살라는 뜻으로 '먹
        설이'라는 아명을 지어 줌. 서울 안국동으로 이사함.
1914년(7세) 어머니 심씨 사망함.
1916년(9세) 4년 동안 서당에 다니며 한학 공부를 받음. 아버지 사망
        함. 형 김유근이 가계의 책임을 맡게 됨. 아버지와 사이가 좋
        지 않았던 형 김유근은 아버지가 죽자 여자와 술, 노름으로
        방탕한 생활을 하며 유산을 탕진하기 시작함.
1920년(13세) 제동공립(齊洞公立) 보통학교에 입학.
1923년(16세) 보통학교 졸업과 동시에 휘문 고등 보통학교에 입학함.
        친우들 사이에서는 '김나이(金羅伊)'로 불림. 집을 숭인동으
        로 이사하고 호적도 옮김. 2학년 때 안회남(安懷南) 등과 교
        우를 맺으며 소설 창작에 뜻을 두게 됨. 당시 학교 성적은

상위권이었으며, 모든 것에 대해서 자신 있는 생활 태도와 긍정적인 인생관을 갖고 있었음. 특히 체조, 축구, 권투 등 각종 운동을 좋아했으며, 많은 책을 읽었음.

1928년(21세) 형 김유근의 광적일 정도의 방탕한 생활과 주벽으로 인해 천석지기 재산을 거의 날리게 됨. 학교를 휴학하고, 외과 의사인 삼촌 집에서 조카 김영수(형 김유근의 아들)와 함께 살게 됨. 형은 서울 생활을 청산하고 고향 실레로 내려감. 이리저리 친척집과 누이집을 옮겨 다니는 삶이 시작됨.

1929년(22세) 휘문 고보를 졸업함. 경제 사정의 악화와 건강상의 이유로 상급 학교 진학을 포기함. 여름에 지병인 치질을 치료하기 위해 적십자 병원에서 수술함. 가을의 어느날, 길을 걷다 우연히 만난 기생 박녹주(朴綠珠)에게 사랑의 감정을 느끼고 열렬히 구애를 함. 당시 박녹주는 27살이었음. 훗날 인간 문화재가 되기도 하는 명창 박녹주와의 사랑은 불행히도 이루어지지 않음. 혈서(血書)까지 써 보내며 광적인 사랑에 빠지지만, 끝내 짝사랑으로 끝나게 됨. 늦가을에 형이 사준 사직동 집에 경무국 분실 양복부 직공으로 일하던 누이 김유형과 함께 살게 됨. 성격적인 문제로 누이와 사이가 좋지 않았음. 주로 집 밖으로 떠돌며 술로 세월을 보냄.

1930년(23세) 4월, 연희 전문학교 문과에 입학했으나 6월에 제명당함. 제명 이유는 확실하지는 않으나 무단 결석과 성적 불량 때문이라는 말이 있음. 그러나 무엇보다 스스로 학업에 대한 열의를 갖지 못한 것이 주된 원인인 듯함. 방학 기간에 고향 실레에 내려가서 조카 김영수와 함께 야학을 운영함. 자주 들병이들과 어울리며 방랑 생활을 함. 가을에 늑막염에 걸림. 형을 상대로 재산 분배 소송을 내었다가 곧 취하함.

1931년(24세) 서울로 돌아와 누이, 매형과 함께 살게 됨. 4월, 보성 전 문학교에 입학했으나 곧 그만둠. 매형의 권유로 충청도에 있 는 한 금광 광업소에서 현장 감독 생활을 몇 달 동안 함. 이 때의 체험은 후에 〈금따는 콩밭〉과 〈금〉의 소재가 됨. 삶에 의욕을 잃고 술로 세월을 보냄. 건강이 더욱 나빠짐.

1932년(25세) 다시 고향 실레로 내려감. 요양으로 어느 정도 병이 완 화되자 조카 김영수와 함께 '금병의숙(錦屛義塾)'이라는 야 학을 열고, 농민 협동 조직인 '농우회(農友會)'를 조직해 농 촌 계몽 운동에 힘씀. 야학의 화재와 경제적 문제로 농촌 운 동은 오랫동안 지속되지는 못하지만, 이 후 새로운 삶의 의 욕을 갖게 되는 전환기가 됨.

1933년(26세) 여름에 형이 전재산을 처분하여 일부를 줌. 실레에서의 생활을 청산하고 서울로 올라와 누이와 함께 생활함. 폐병 진단을 받음. 자신의 약값과 생계를 위해 소설 창작에 전념 함. 잡지 「신여성」에 〈총각과 맹꽁이〉가 최초로 발표됨.

1934년(27세) 사직동 집을 팔고 혜화동 개천가에 집을 세 얻어 누이 와 함께 생활함. 누이가 하는 밥장사로 생계를 유지함. 도서 관에 나가며 소설 창작에 열을 올림.

1935년(28세) 〈소낙비〉가 「조선일보」 신춘문예에 당선되어 드디어 문 단에 정식으로 데뷔하게 됨. 이 소설의 원제목은 〈따라지 목 숨〉이었으나, 신문사가 당선작 발표시 〈소낙비〉로 개제(改 題)하였고, 그 후 1968년 현대 문학사에서 《김유정 전집》을 출간하면서 다시 〈소나기〉으로 제목이 바뀌게 됨. 이어서 〈금따는 콩밭〉(「개벽」, 3월), 〈노다지〉(「조선중앙일보」, 3월),

〈떡〉(「중앙」, 6월), 〈만무방〉(「조선일보」, 7월), 〈산골〉(「조선문단」, 7월), 〈솥〉(「매일신보」, 9월), 〈봄 봄〉(「조광」, 12월), 〈아내〉(「사해공론」, 12월) 등을 연달아 발표하면서, 일약 문단의 주요 작가로 각광을 받게 됨. 이즈음 후기 '구인회(九人會)'에 가입하여 그 회원들과 교우 관계를 맺고, 특히 당대의 천재 이상(李箱)과는 자살을 공모할 정도로 절친한 관계를 맺음.

1936년(29세) 폐병의 악화로 정릉 골짜기 약사암에서 정양을 함. 친우인 김문집(金文輯)과 현덕을 중심으로 김유정을 돕기 위한 모금 운동이 벌어짐. 〈산골 나그네〉(「사해공론」, 1월), 〈가을〉(「사해공론」, 1월), 〈심청〉(「중앙」, 1월), 〈봄과 따라지〉(「신인문학」, 1월), 〈두꺼비〉(「시와 소설」, 3월), 〈이런 음악회〉(「중앙」, 4월), 〈봄밤〉(「여성」, 4월), 〈동백꽃〉(「조광」, 5월), 〈야앵(夜櫻)〉(「조광」, 7월), 〈옥토끼〉(「여성」, 7월), 〈정조(貞操)〉(「조광」, 10월), 〈슬픈 이야기〉(「여성」, 12월) 등의 단편 소설을 발표하고, 장편 소설 《생의 반려》를 8월부터 9월까지 「중앙」에 연재함. 박녹주와의 사랑이 소재가 된 이 소설은 뜻하지 않은 김유정의 죽음으로 미완성으로 끝남.

1937년(30세) 〈따라지〉(「조광」, 2월), 〈땡볕〉(「여성」, 2월)을 발표함. 2월에 병이 악화되어 경기도 광주군에 있는 다섯째 누이가 사는 집으로 옮겨감. 3월 29일, 아침 6시에 외롭게 세상을 떠남. 서대문 화장터에서 화장되어 한강에 유해가 뿌려짐. 사후에 〈정분〉(「조광」, 5월)이 발표됨. 또한 반다인이 지은 탐정 소설 《잃어버린 보석》(「조광」)이 번역 발표됨.